RÜDIGER BERTRAM

HUMMER TO GO

Roman

PENGUIN VERLAG

Penguin Random House Verlagsgruppe FSC® N001967

2. Auflage
Copyright © 2024 by C. Bertelsmann
in der Penguin Random House Verlagsgruppe GmbH,
Neumarkter Straße 28, 81673 München
Covergestaltung: www.buerosued.de
Covermotiv: mauritius images / Masterfile RM / Gary Gerovac
Redaktion: Gerhard Seidl
Satz: GGP Media GmbH, Pößneck
Druck und Bindung: GGP Media GmbH, Pößneck
Printed in Germany
ISBN 978-3-328-10876-4
www.penguin-verlag.de

Für alle, die Hummer lieber
im Meer als im Topf sehen
und Crêpes auch für viel zu
dünne Pfannkuchen halten.

1

Sechs Stunden.

In der Bretagne reicht das, um

... sechs Mal nass und wieder trocken zu werden,

... sechzig Leuchttürme zu besteigen

... oder sechshundert Crêpes zu backen.

Man kann aber auch einfach mitten im Meer auf einem Felsen hocken und darauf warten, dass endlich die Ebbe kommt. Weil man vergessen hat, den Gezeitenkalender auswendig zu lernen.

So wie ich.

Ich kenne den Felsen, auf dem ich sitze. Vom Strand sieht er aus wie ein riesiger Würfel. Ich habe ihn oft von dort betrachtet und weiß, dass er bei Flut nicht völlig absäuft.

Immerhin.

Der Würfel ist auf den meisten Postkarten drauf, die in den Crêperien verkauft werden. Etwa dreihundert Meter hinter mir am Ufer. Aber die sind heute alle geschlossen, weil keine Touristen da sind.

Dafür ist es zu nass und zu kalt.

Bretagnekalt halt.

Mir ist auch kalt. Die Gischt spritzt mir ins Gesicht, wenn die Wellen gegen den Würfel knallen. Das tun sie ständig. Zum Glück regnet es nicht. Es wäre schade um meine Hose und Schuhe. Die habe ich am Strand zurückgelassen, um durchs flache Meer zu dem Felsen hier zu waten.

Vorhin, als noch Ebbe war.

Es fängt an zu regnen.

Ist ja klar.

Das hier ist Trégastel, nicht Nizza.

Ist aber auch egal. Am Strand hat sich die Flut gerade meine Hose geschnappt und spielt damit Fangen. Eine Welle zieht sie ins Wasser, die nächste spuckt sie wieder aus.

Die dritte lässt sie endgültig verschwinden.

Neben mir steht eine Tasche. Ich öffne den Reißverschluss und greife hinein, um Hugo zu streicheln. Das beruhigt mich. Das tut es immer. Er schnappt nach mir, aber das meint er nicht böse.

Er ist wie ein Welpe.

Furchtbar verspielt.

Nur nicht so weich.

Ich: »Ganz ruhig, alles wird gut, Hugo.«

Vorsichtig ziehe ich den Reißverschluss wieder zu.

Noch haben wir Zeit, Hugo und ich.

Sechs Stunden.

Das erinnert mich an die Nacht, die ich in einer Gruft auf dem Cimetière Montparnasse verbracht habe.

Andere Geschichte.

Da war es dunkler, dafür trockener.

Besser war es nicht.

Was also tun?

Ich könnte erzählen, warum ich hier auf diesem Würfel hocke. Dafür dürfte die Zeit reichen. Mit Zeit hat auch alles begonnen. Davon hatte ich damals nämlich viel zu viel.

Deswegen auch die Anzeige:

»Sehe mir gegen Honorar mit
regem Interesse Ihre Urlaubsfotos an.
Frank Berger, Tel.: 0179–510…«

Marktlücke, absolute Marktlücke. Kennt jeder. Man hat tolle Fotos vom letzten Urlaub auf seinem Handy, aber keiner will sie sehen. So wie damals meine Bilder aus Venedig.

Die, auf denen Sandra noch drauf war …

Sandra auf der Rialtobrücke.

Sandra auf dem Markusplatz.

Sandra vor der Gondel … in der Gondel war zu teuer.

Aber niemand wollte meine Bilder anschauen, dabei gab es so viele Geschichten zu den Fotos:

Die alte Dame, die neben Sandra auf der Brücke steht.

Danach war Sandras Portemonnaie weg.

Die zwei Espressi auf dem Markusplatz.

Danach waren vierzig Euro weg.

Der Gondoliere, der sie zu einer Gratisfahrt eingeladen hat.

Danach war Sandra weg.

Niemand mochte meine Bilder sehen, niemand meine Geschichten hören. Selbst auf Instagram gab es dafür nur ein paar Klicks. Aus Höflichkeit oder Versehen, was auch immer. Aber immer mit dem Kommentar: »Klasse Fotos, aber hast du schon meine Bilder gesehen? Freu mich über ein Like.«

Social-Media-Kanäle sind kein Ersatz für ein ernst gemeintes »Super! Echt jetzt!«.

Ich hatte gerade meinen Job verloren, wollte mich neu orientieren. Was man eben so sagt, wenn man keine Ahnung hat, wie es weitergehen soll. Da kam mir die Idee mit den Fotos, und der Text war schnell getippt. Keine zwei Minuten hat das gedauert. Wer keine Stelle hat, schafft sich eine, und meine lautete ab heute: Professioneller Fotobewunderer.

Keine halbe Stunde nachdem die Anzeige online war, kam der erste Auftrag: Herbert, Mitte siebzig, ohne Familie, aber mit Dias. Kennt heute kaum noch jemand. Sehen aus wie schwarze Puppenhausscheiben. Die Bilder werden mit Licht auf eine Leinwand projiziert. Das ist wie Kino mit Transversalsyndrom, komplett bewegungslos. Seit seinen Zwanzigern war Herberts gesamtes Leben dokumentiert: Hochzeit, Kinder, Geburtstage, Urlaub in Deutschland, Weihnachten, Urlaub im Ausland, Hochzeit der Kinder, Enkel, Goldene Hochzeit, Scheidung der Kinder, Beerdigung der Gattin …

Ein Leben in fünftausend Fotos.

Eher mehr.

Ich habe sie alle gesehen. Begleitet vom Summen des Projektors, dem rhythmischen Klack-Klack beim Wech-

sel der Bilder und einer Kassette mit den besten Hits der 1970er in Endlosschleife. Dazu gab es aufgetauten Bienenstich und Filterkaffee mit Kondensmilch.
Ich hatte nicht gewusst, dass es so was noch gibt.

Anfangs dachte ich, ich müsste zwischendurch irgendwas zu den Bildern sagen. Aber das brauchte ich gar nicht. Höchstens mal ein »Schon sehr schön dort« oder »Da wäre ich auch gern dabei gewesen«.
Zuhören reichte völlig.
Fünf Stunden später waren wir durch, und als ich auf mein Handy schaute, hatte ich zwanzig neue Aufträge im Posteingang.

Mandy, die ihre Bilder in hübsche Fotoalben mit Katzenmotiven eingeklebt hatte. Dreißig Jahre FKK-Urlaub an der Ostsee. Eine Studie über die unaufhaltsame Macht der Gravitationskraft. Beeindruckend. Aber auch beängstigend. Daran konnten auch der russische Zupfkuchen und ihr Pfefferminztee nichts ändern.

Lars, der mir auf seinem Tablet Hunderte Fotos von Lokomotiven zeigte, die er immer auf derselben Brücke am immer selben Ort zur immer gleichen Uhrzeit aufgenommen hatte. Dazu gab es Zuger Kirschtorte und Cola. Original aus dem Bordbistro. Das war ihm wichtig.

Alexander, der schon seit Jahren täglich Fotos von seinen Muttermalen machte und von mir wissen wollte, ob die sich verändert hatten. Hatten sie nicht. Glaube ich zumindest. Ab dem fünfzigsten Bild schaute ich nicht mehr so genau hin. Für mich sahen die alle gleich aus, und Kuchen gab es auch keinen. Aber das war eher die Ausnahme.

Es gab auch Rückschläge. Tina mit den Fotos von der Geburt ihres ersten Kindes.
Tina: »Bitte passen Sie mit dem Kaffee über der Tastatur auf. Ich habe die Bilder noch nirgendwo anders gesichert.«
Ich: »Keine Sorge, ich bin Profi!«
Sie: »WAS HABEN SIE GETAN?!«
Das war nur passiert, weil ich so zittern musste. Wegen des vielen Bluts und … Egal, Tina war jung. Da konnte sie noch ein Kind kriegen und neue Fotos machen lassen. Dann würde ich einfach wiederkommen. Sogar umsonst, denn ihr Rotweinkuchen war echt lecker.

In der Regel aber waren es Urlaubsbilder. Nach ein paar Wochen konnte ich die meisten Strände der Welt an winzigen Bildausschnitten erkennen: an der Farbe der Strandliegen, der Größe der Sandkörner, der Frisur der Sonnenbrillenverkäufer.
Ein typisches Kundengespräch verlief ungefähr so:
Ich: »Wo war das denn? Das sieht ja hübsch aus.«

Sie / Er: »Mallorca, da gibt es ja auch ruhige Ecken. Im Hinterland.«

Ich: »Und wer ist der reizende Mann / die bezaubernde Frau neben Ihnen?«

Sie / Er: »Das war …«

An der Stelle flossen oft Tränen. Klar, wären er oder sie noch da gewesen, hätte sie oder er mich nicht gebraucht. Für den Fall hatte ich Taschentücher dabei. Auch für mich, weil ich dann an Sandra denken musste. Manchmal weinten wir zusammen, bevor wir weiter Kuchen aßen und Kaffee tranken.

Ich verstand meine Klienten, und sie verstanden mich. Ich besaß Stammkunden und Laufkundschaft, die mir ihre Bilder unterwegs auf dem Handy zeigten.

Es war der perfekte Job.

Gut bezahlt, emotional befriedigend und ohne Gefahr, sich zu überarbeiten.

Nicht mal ein Jahr später hatte Look-a-lot Filialen in allen großen deutschen Städten, fünfhundertzwanzig Mitarbeiter und einen Firmensitz in der dreiundzwanzigsten Etage eines der Hochhäuser am Potsdamer Platz. Look-a-lot war der Name, den ich meiner Firma gegeben hatte. Ich mied die Zentrale mit ihren Glasbüros und ging lieber weiter bei fremden Leuten Bilder gucken. Das fand ich spannender, als Bilanzen zu prüfen. Die überließ ich anderen. Vor allem Schneider, der sich bei Look-a-lot ums Geschäftliche kümmerte. Wir waren kurz davor, mit der Firma ins Ausland zu expandieren …

… dann kam Gerhard.

Es ging um Urlaubsfotos. Falsch. Es ging ums Reden. Es ging immer ums Reden. Gerhard wohnte in einer Villa mit Garten in einem der schickeren Viertel Berlins. Auf dem Klingelschild stand »Professor Angermann«. Den Prof hatte er bei der Anfrage unterschlagen. Entweder war er bescheiden oder so eingebildet, dass er glaubte, darauf verzichten zu können. Ich tippte auf das Zweite, als ich den dicken E-Volvo in der Einfahrt sah.

Gerhard (Ende vierzig, leichter Bauchansatz, teurer Leinenanzug) hatte bereits alles vorbereitet. Es gab Latte macchiato (Nespresso), Schwarzwälder Torte (Coppenrath), und ein ultraflacher Laptop (Apple) stand auch schon auf dem Kirschholztisch bereit. Von der Küche konnte man über bodentiefe Fenster in den Garten schauen. Dort gab es einen Pool, der mit einer blauen Plane abgedeckt war, und auf dem Rasen standen Gartenmöbel, die so teuer aussahen, dass ich sie niemals draußen im Regen stehen lassen würde.
Als Gerhard den Rechner aufklappte, erschien auf dem Display ein Leuchtturm als Bildschirmhintergrund.
Da ahnte ich schon, dass es in die Bretagne gehen würde. Passte auch zu dem Volvo vor der Tür und den Gemälden, die an der Wand hingen: viel Wasser und tote Fische in Öl.

Mit einem forschen »Na, dann wollen wir mal ...« eröffnete Gerhard die Show: Gerhard im Meer, Gerhard am Strand, Gerhard auf einem Felsen, Gerhard vor einem Hinkelstein, Gerhard mit einem Teller Garnelen, Gerhard in einem Segelboot, Gerhard im leichten Regen, Gerhard mit einem Hummer, Gerhard im starken Regen, Gerhard bei Ebbe, Gerhard vor einem Hünengrab, Gerhard bei Flut, Gerhard mit einem Glas Cidre, Gerhard vor einer alten Kirche, Gerhard in einer alten Kirche, Gerhard auf dem Markt, Gerhard mit einer Artischocke, Gerhard in Badehose, Gerhard im gestreiften Pullover, eine Frau vor einem Leuchtturm ...

Ich: »Noch mal zurück bitte.«

Er: »Warum?«

Ja, warum eigentlich?

Genau konnte ich das nicht erklären. Es war so ein magischer Moment, wie man ihn zwischen Geburt und Tod höchstens ein oder zwei Mal erlebt.

Ich: »Wegen ... wegen ... wegen des Leuchtturms. Ich mag Leuchttürme.«

Die ganze Zeit hatte ich mich schon gewundert, wer die vielen Bilder geknipst hatte. Das musste die Frau vor dem Leuchtturm gewesen sein. Anfang vierzig, blondes Haar, deutsch, aber elegant.

Er: »Sie auch? Das ist aber auch wirklich ein wunderschönes Exemplar. Der steht in Ploumanac'h, direkt neben dem Haus von Eiffel.«

Gerhard wartete auf eine Reaktion. Ich reagierte aber nicht, sondern starrte weiter auf den Bildschirm.

Er: »Eiffel! Das ist der Architekt, der den Eiffelturm gebaut hat. Da gibt es übrigens auch einen bezaubernden Spazierweg an der Küste entlang. Die Leute dort nennen ihn Zöllnerpfad, weil …«

Ich: »Und die Dame auf dem Foto, ist das Madame Eiffel?«

Ich unterbrach Gerhard, weil mir der bezaubernde Zöllnerpfad entlang der Küste völlig egal war. Genauso wie der blöde Leuchtturm und das Haus von Eiffel.

Er: »Nein, das ist Karin. Wir fahren jedes Jahr nach Trégastel in Urlaub.«

Gerhard stockte.

Er: »Fuhren. Wir fuhren jedes Jahr nach Trégastel.«

Ich: »Ist sie tot?«

Es kann sein, dass ich erschrockener klang, als es angemessen gewesen wäre. Aber wenn man gerade jemanden gefunden hat, will man ihn nicht gleich wieder verlieren.

Er: »Ich wünschte, sie wäre es.«

Das sagte er ganz leise, sodass ich es kaum verstehen konnte. Ich holte die Taschentücher raus, und er erzählte mir die ganze Geschichte.

Ich beschränke mich auf die Eckdaten: Hochzeit vor zwanzig Jahren, drei Kinder, Bungalow gebaut, Trennung vor drei Monaten. Da war irgendwas mit einer Studentin. Gerhard blieb an der Stelle etwas vage. Karin zieht aus, nimmt die Kinder mit, lässt die Festplatte mit den Fotos da. Wahrscheinlich, weil da sowieso nur er drauf war.

Ich hörte gar nicht richtig hin. Ich hatte nur Augen für sie.

Es war Liebe auf den ersten Fotoblick. Nicht erklärbar, völlig idiotisch, total bescheuert.

Liebe eben.

Ich: »Trégastel?! Bezaubernd, umwerfend, großartig.«

Er: »Ja, das ist es. Da wird sie auch in diesem Sommer sein, nur um mich zu ärgern. Aber nicht mit mir. Der Ort gehört ihr schließlich nicht allein. Ich werde auch da sein. Ist mir völlig egal, dass sie unser altes Ferienhaus dort schon für sich gebucht hat. Zehn Jahre haben wir da gemeinsam Urlaub gemacht. Da kenn ich jede Fliesenfuge im Bad auswendig. Nehme ich halt ein anderes, gibt ja genug Hütten da. Oder baue gleich was Neues, ihr direkt vor die Nase. Da kann sie ihren Meerblick vergessen.«

Gerhard wischte über sein Tablet, als säße da ein dicker Brummer auf dem Display. Das nächste Bild erschien: Gerhard vor einem großen Felsen, der aussah wie ein Würfel.

Ich hatte das Gefühl, ich müsste irgendwas Unverfängliches sagen, um ihn zu beruhigen.

Ich: »War das auch in Trégastel?«

Er: »Ja, da liegen überall so riesige Steine im Meer rum. Die haben auch alle Namen: der Würfel, die Hexe, der König. Sollten Sie sich mal anschauen, ist wirklich hübsch dort. Mit dem Wagen sind Sie in sechzehn Stunden da. Ein Klacks.«

Ich: »Ich fahre kein Auto.«

Er: »Nehmen Sie halt den Zug, geht genauso schnell, und wenn Sie über Paris fahren, können Sie sich noch die Stadt ansehen. Warten Sie …«

Gerhard stand auf und kramte in einer Schublade. So eine, wie es sie in jeder Wohnung gibt. Bis oben vollgestopft mit alten Prospekten, Visitenkarten, Bonusheften. Es dauerte eine Weile, bis er gefunden hatte, wonach er suchte. Mit einer kleinen Karte in der Hand kam er zurück zum Sofa.

Gerhard: »In dem Hotel hier übernachten … haben wir immer übernachtet, also Karin und ich. Wenn wir in Paris waren. Liegt ganz in der Nähe vom Bahnhof Montparnasse. Da starten die Züge in die Bretagne.«

Ich steckte mir die Karte ein, ohne hinzuschauen. Das würde ich später tun.

Gerhard: »Von unseren Paris-Urlauben gibt es übrigens auch noch Fotos, warten Sie mal, die müssten hier irgendwo sein.«

Gerhard stöberte durch die Festplatte, dann ging es auch schon weiter: Gerhard vorm Eiffelturm, Gerhard vor dem Panthéon, Gerhard auf den Champs-Élysées, Gerhard in einem Straßencafé, vor sich einen Milchshake …

Ich: »Oh, das trinke ich auch gerne.«

Das war gelogen. In Wahrheit hasste ich Milchshakes. Aber ich hatte das Gefühl, mal wieder irgendwas sagen zu müssen. Man kann ja nicht immer nur nicken und zustimmende Brummlaute von sich geben.

Gerhard: »Eigentlich hatte ich einen Kaffee bestellt. Aber mein Französisch ist seit der Schule ein bisschen eingerostet. Karin spricht viel …«

Er brachte den Satz nicht zu Ende, sondern klickte schnell weiter: Gerhard vor Sacré-Cœur, Gerhard an der Seine, Gerhard vor dem Arc de Triomphe, Gerhard vor der Louvre-Pyramide, Gerhard im Moulin Rouge …

Karin tauchte auf den Bildern nicht mehr auf. Ich überlegte, ob es eine zweite Festplatte mit Fotos von ihr gab. Oder ob Gerhard die alle gelöscht hatte.

Nein, das traute ich ihm nicht zu. Es gab einfach keine von ihr, außer dem einen vor dem Leuchtturm.

Ich verstand, warum Karin ihn verlassen hatte. Was ich nicht verstand, war, warum sie es erst getan hatte, nachdem sich drei Terabyte Gerhard-Bilder auf diversen Festplatten angesammelt hatten.

Als er mich zwei Stunden später auszahlte und zur Tür brachte, sah ich ihr Foto an einer Pinnwand im Flur. Unscharf, pixelig, schwarz-weiß. Trotzdem erkannte ich sie sofort. Sie saß hinter dem Steuer, trug einen Pferdeschwanz und sah überrascht, nein, eher ertappt aus, als sie den Blitz der Radaranlage bemerkte. Wie ein kleines Mädchen, das beim Griff in die Süßigkeitenschublade erwischt wird. Ich kannte eine ganze Reihe solcher Fotos. Einer meiner Stammkunden zeigte mir jede Woche eine neue Aufnahme, und ich musste dann neugierig fragen: »Und? Wie schnell?«

Worauf er mir stolz irgendeine selbstmörderische Geschwindigkeit nannte.

Vielleicht hatte Gerhard das Bild dorthin gepinnt. Als stillen Vorwurf. Oder Karin hatte es selbst dort aufgehängt, weil es sonst nur so wenige Fotos von ihr gab.

Aber warum hatte sie es zurückgelassen?

Weil sie wusste, dass es ab jetzt mehr von ihr geben würde und sie es nicht mehr brauchte?

Ich wartete, bis Gerhard einen Moment abgelenkt war. Dann griff ich zu. Kurz darauf stand ich draußen auf der Straße und hatte einen Plan gefasst. Ich würde in die Bretagne fahren, da war ich noch nie gewesen. Und ich wusste auch schon, wo ich auf dem Weg dorthin in Paris übernachten würde.

2

Ich hatte noch einen Anschlusstermin in der Stadt. Deswegen konnte ich nicht direkt nach Hause fahren, um meinen Urlaub zu planen. Ich klingelte, aber es dauerte eine Weile, bis der Summer ertönte.

»Folgen Sie einfach dem Treppenlift«, rief eine Stimme von oben.

Der Lift führte mich in die dritte Etage, wo Frau Kauffmann (achtzig/eher neunzig, rosa getönte Haare, Rollator mit Klingel) mich schon ungeduldig erwartete.

Sie war eine Neukundin. Eigentlich gab ich mir bei denen immer besonders viel Mühe. Aber heute war ich abgelenkt. Ich schaute kaum hin, als sie mir auf einem braunen Kachelcouchtisch die Fotos ihrer letzten Kreuzfahrt zeigte. Frau Kauffmann hatte ihre Bilder alle ausgedruckt, und die meisten besaßen einen leichten Rotstich. Was ein bisschen schade war, weil viele Schneefotos dabei waren.

Frau Kauffmann hatte ihre Bilder ganz altmodisch in ein Fotoalbum geklebt, auf dessen Deckel »Hurtigruten 2021« stand. Aus den Augenwinkeln sah ich in der Schrankwand gegenüber hinter Glas eine ganze Reihe ähnlicher Alben stehen. Auch auf denen stand Hurtigruten. Nur die Zahlen dahinter waren andere: 2005, 2006, 2007, 2008, 2010, 2011, 2012, 2013, 2014, 2015, 2016, 2017, 2018, 2019 und 2020. Wären meine Gedanken nicht die ganze Zeit bei Karin gewesen, hätte ich Frau Kauffmann bestimmt gefragt, was 2009 geschehen war. Aber ich ließ es. Ich nippte nicht mal an dem Hagebuttentee, den sie mir servierte, und probierte auch nicht ihre dänischen Kekse aus der runden blauen Metalldose. Ich hatte seit Beginn meines neuen Jobs sowieso schon zugenommen. Für die Bretagne würde ich abnehmen müssen. So wie ich jetzt aussah, konnte ich mich unmöglich in einer Badehose am Strand blicken lassen. Allerdings hatte ich gehört, dass es in der Bretagne ziemlich kalt war. Auch Gerhard hatte auf den Fotos meistens eine Jacke getragen. Sehr wahrscheinlich gab es gar keinen Anlass, mich am

Strand auszuziehen, und ein weiter Pulli kaschierte meinen Bauch immer noch zuverlässig. So dick war ich nun auch wieder nicht.

Trotzdem ließ ich die Kekse lieber in der Dose und überlegte, ob es nicht sowieso klüger wäre, Karin hier in Berlin zu treffen, anstatt in der Bretagne auf sie zu warten.

Ganz zufällig natürlich.

Andererseits boten die Ferien Vorteile. Da ist man entspannter. Offener für Neues. Außerdem kannte ich ihre neue Adresse in Berlin nicht, und Gerhard würde sie mir kaum geben. Der hatte beim Abschied schon komisch geschaut. So, als hegte er einen vagen Verdacht. Aber das konnte auch am Sodbrennen von dem vielen Kaffee liegen, den wir zusammen getrunken hatten.

Frau Kauffmann unterbrach meine Gedanken, indem sie mir mit ihrem spitzen Zeigefinger schmerzhaft in die Seite stieß.

Sie: »Sie hören ja überhaupt nicht richtig zu!«

Ich: »Doch, doch, ich bin ganz bei Ihnen.«

Frau Kauffmann klappte das Album zu und schaute mich streng an. Als wäre ich ein Schüler, der im Unterricht nicht aufgepasst hatte.

Sie: »Was war auf den letzten Bildern drauf?«

Ich: »Ein Schiff?«

Die Wahrscheinlichkeit war ziemlich groß, dass bei Kreuzfahrtfotos auch ein Schiff zu sehen gewesen war. Frau Kauffmann brummte unwirsch, offenbar hatte ich richtig geraten.

Sie: »Und sonst? Was war da sonst noch zu sehen?«

Ich hatte mir schon öfter Fotos von Hurtigruten-Touren anschauen müssen. Eigentlich gab es nur drei typische Motive auf der Kreuzfahrt: ein einsamer Fjord, eine kleine Stadt mit bunten Häuschen und Polarlichter. Aber die waren nur auf den Kreuzfahrtprospekten häufig. In der Realität gab es die eher selten. Also musste ich mich nur zwischen Fjord und Stadt entscheiden. Meine Chancen standen fifty-fifty, also eigentlich gar nicht mal so schlecht.

Ich: »Ein Fjord, da war ein Fjord. Ein ganz besonders schöner. Wo war das noch mal genau?«

Sie: »Ich habe doch gesagt, Sie gucken gar nicht richtig hin!«

Frau Kauffmann machte eine triumphierende Pause und schaute mich tadelnd an. Ich hatte schon vermutet, dass sie in ihrem frühen Leben irgendwo unterrichtet hatte. Wer, außer einer pensionsberechtigten Lehrerin, konnte sich jedes Jahr so eine Skandinavien-Kreuzfahrt leisten?

Sie: »Auf den Bildern war das Büfett!«

Mein Fehler!

Klar war es das Büfett.

Von nichts wurden auf Kreuzfahrten mehr Fotos gemacht als von überladenen Grillfleischtellern, gigantischen Fischschwarmplatten und ganzen Armeen bunt gefüllter Dessertschälchen. Das alles dekoriert mit durchsichtigen Skulpturen, die umgeschulte kanadische Holzfäller aus Eis geschnitzt hatten. Gerne Meerjungfrauen oder Meeresgötter mit Dreizack, deren Spitzen im Lauf des Abends dahinschmolzen und in die rote Grütze tropften. Kreuzfahrtschiffe rammten heute keine Eisberge mehr, die stellten sie einfach als Deko zwischen ihre Salatschüsseln. War ja auch viel sicherer so. Obwohl ich noch nie eine Kreuzfahrt gemacht hatte und auch nicht vorhatte, jemals in einer schwimmenden Kleinstadt meine Ferien zu verbringen, kannte ich die Bilder, weil ich schon Hunderte davon gesehen hatte.

Vom Büfett wurden mehr Fotos gemacht als von einsamen Fjorden oder bunten Städtchen zusammen.

Sie: »Mein Egon war viel aufmerksamer. Der hat wirklich hingeguckt und mir zugehört. Ich werde mich bei Ihrem Chef beschweren, und das Trinkgeld können Sie auch vergessen.«

Frau Kauffmann stellte das Album zurück ins Regal und räumte demonstrativ die Keksdose auf eine Anrichte. Da stand ein gerahmtes Foto von einem älteren Herrn, ebenfalls mit Rotstich. Über die rechte obere Ecke lief ein schwarzes Band. Da wusste ich, was 2009 geschehen war.

Ich würde ihr später einen Gutschein schicken lassen für ihr Hurtigruten-Album von 2022 und auch ihre Beschwerde persönlich beantworten. Sie hatte ja recht: Ich war nicht bei der Sache gewesen. Das war ich sonst immer, und das bewies nur, dass das mit Karin etwas Ernstes war.

Ich: »Ich gehe dann mal, Frau Hoffmann.«

Sie: »Kauffmann! Nicht Hoffmann!«

Dann stand ich auch schon draußen vor der Tür und machte mir eine Notiz: Ich würde ihr zwei Gutscheine schicken. Für ihre Hurtigruten-Tour 2023 gleich mit.

Ich folgte der Spur des Treppenlifts nach unten. Als ich auf die Straße trat, beugte sich Frau Kauffmann weit aus dem Fenster und zeigte auf die Plakatwand auf der Straßenseite gegenüber.

Sie: »Und überhaupt! So wie der sehen Sie gar nicht aus, da war mein Egon mit siebzig noch hübscher als Sie.«

Dann knallte sie das Fenster zu, und ich starrte auf das Plakat. Der Mann war wirklich attraktiver als ich. Das mit der Plakatwerbung für Look-a-lot war Schneiders Idee gewesen. Falsch. Die Idee der Agentur, die Schneider beauftragt hatte. Ich hatte mir eine Kampagne vorgestellt, in der ich gemeinsam mit einer netten alten Dame wie Frau Kauffmann durch ein altes Fotoalbum blättere. Musste ja nicht unbedingt eine Hurtigruten-Kreuzfahrt sein. Eher Kinderbilder vorm Weihnachtsbaum oder der erste Urlaub in Italien. Das alles gerne in Schwarz-Weiß.

Meine Idee war in dem Agentur-Meeting in weniger als einer Minute vom Tisch. Ich war zu alt, um gut auszusehen, und noch nicht alt genug, um Vertrauen zu erwecken. Stattdessen hingen jetzt überall in der Stadt diese jungen Models. Sie beugten sich mit ihren Klienten über deren Tablets oder Fotoalben und brachten dabei wahlweise ihre Dekolletés oder ihre Bizepse vorteilhaft zur Geltung. Nur der Spruch darunter »Deine Fotos, so attraktiv wie du« verriet, dass es keine Parship-Werbung war.

Seit den Plakaten hatten sich unsere Aufträge verdoppelt, und ich konnte schon verstehen, dass die gute Frau Kauffmann ein wenig enttäuscht von mir gewesen war.

Immerhin würde Karin mich in der Bretagne jetzt nicht sofort erkennen, weil sie mich in XXXXL auf Hunderten von Plakatwänden gesehen hatte.

Wer weiß, wozu es gut ist.

Einer der Lieblingssprüche meiner Mutter. Trotzdem hatte ich mich damals über Schneider und seine Agentur geärgert.

Schneider. Bei dem musste ich noch vorbeischauen und Bescheid sagen, dass ich für ein paar Wochen weg war. Selbst als Chef. Das gehörte sich einfach so. Außerdem war ich schon lange nicht mehr im Büro gewesen. Da wollte ich mich vor meiner Abreise wenigstens kurz im dreiundzwanzigsten Stock blicken lassen.

Ich fuhr mit dem Aufzug nach oben, gab den Zahlencode am Eingang ein und … nichts.

Das gewohnte Summen blieb aus. Ich probierte es noch einmal. Wieder nichts. Es gab nicht mal einen dieser fiesen hohen Töne, die einen darauf hinweisen sollen, dass man sich vertippt hatte.

Hatte ich auch nicht. Ganz sicher nicht. Trotzdem versuchte ich es ein drittes Mal. Wieder erfolglos.

Ich klingelte, und endlich öffnete sich die Tür. Hinter einem hohen Pult erwartete mich eine Frau (Anfang zwanzig, blond gefärbte Haare, krallenartige Fingernägel). Bei meinem letzten Besuch hatte es den Empfang und die Dame dahinter noch nicht gegeben.

Sie: »Einen schönen Tag. Haben Sie einen Termin?«

Ich: »Nee, aber ich bin …«

Bevor ich zu Ende sprechen konnte, kam Schneider (Mitte dreißig, karierter Anzug, Dreitagebart) den Flur entlanggerannt und streckte mir seine Hand entgegen.

Schneider: »Das geht schon in Ordnung, Sonja. Der Mann hat access *to all areas.*«

Schneider schüttelte mir die Hand, kräftig, packte mich an der Schulter und schob mich den Gang entlang. Ohne Sonja zu erklären, wer ich war. Unterwegs kamen mir weitere junge Männer und Frauen entgegen, die ich noch nie gesehen hatte, die aber alle unglaublich smart und erfolgreich wirkten. Genau wie Schneider trugen alle Headsets. Einige redeten, während sie liefen. Andere tippten auf ihren Handys rum.

Ich: »Wer sind all die Leute, und wer ist Sonja? Und wer zum Teufel hat den Code an der Tür geändert?«

Schneider antwortete nicht, sondern klopfte mir beruhigend auf die Schulter, bog am Ende des Flurs rechts ab und manövrierte mich in sein Büro, wo er mich auf den Sessel vor dem Schreibtisch drückte, während er es sich auf der anderen, der wichtigen Seite bequem machte.

Ich: »Und überhaupt, wieso gehen wir nicht in mein Büro?«

Schneider: »Wir haben expandiert und umstrukturiert, das tun wir eigentlich ständig. Kernkompetenzen stärken, Markenkern definieren, Zielgruppen analysieren, das Übliche halt. Dafür brauchten wir dein Büro. Du bist ja eh nie da. Das letzte Mal ist mindestens zwei Monate her. Und Sonja schmeißt den Empfang, den brauchten wir ganz dringend. Sieht einfach seriöser aus.«

Ich: »Zwei Monate?!«

Mir war es viel kürzer vorgekommen.

Er: »Vor einem halben Jahr war das ja noch gar nicht skalierbar, wie die Firma performen würde. Aber jetzt sind wir am Point of no Return und können ultimativ abliefern, und das werden wir auch in the Future tun.«

So sprach er immer. Ich verstand kein Wort. Brauchte ich auch nicht, dafür hatte ich ihn ja eingestellt. Damit er sich um die Geschäfte kümmert. Und ich es mir leisten konnte, zwei Monate lang nicht hier sein zu müssen.

Ich: »Aber von den Leuten hier mit Headset guckt doch keiner Fotos, oder?«

Schneider: »Doch, doch, aber das läuft quasi nebenbei. Wir haben jetzt auch Zoom-Angebote im Programm. Hier, schau mal.«

Schneider drehte seinen Monitor so, dass ich den Bildschirm sehen konnte: Strand. Ibiza. Ich erkannte einen der Sonnenbrillenverkäufer an seiner Mütze von anderen Urlaubsfotos wieder.

Er: »Wunderbar, ganz wunderbar, Herr Beckstein. Das ist ja traumhaft schön da in Gomera.«

Schneider hatte einen Knopf auf seinem Headset gedrückt, um sich in dem Zoom-Meeting mit Herrn Beckstein kurz zu Wort zu melden. Dabei griff er in eine blaue Metalldose mit dänischen Keksen. Es war dieselbe Sorte, die mir auch Frau Kauffmann angeboten hatte.

Ich: »Ibiza.«

Ich flüsterte, damit Herr Beckstein mich nicht hören konnte.

Schneider schaute mich überrascht an, reagierte dann aber schnell, während er gleichzeitig seinen Keks hinunterschluckte.

Schneider: »Ibiza, entschuldigen Sie. Klar, das ist ja Ibiza. Sieht man ja, hatten Sie ja auch gesagt und ist auch viel schöner da als auf Gomera. Da beneide ich Sie um die Zeit dort, echt jetzt.«

Dann drehte er den Bildschirm wieder weg, drückte auf den Aus-Knopf seines Headsets und hustete, weil er sich an den Kekskrümeln verschluckt hatte und Husten musste.

Er: »Das ist die Zukunft! Das läuft bald alles nur noch digital und ganz ohne Face-to-Face-Communication. Corona war nicht nur schlecht, das hat uns in der Beziehung ganz weit nach vorne gebracht. Und weißt du, was der Vorteil daran ist?«

Ich schüttelte den Kopf, weil ich es wirklich nicht wusste.

»Dann können auch Inder oder Chinesen von zu Hause aus für uns arbeiten. Ist ja auch viel billiger. Und danach kommt der nächste heiße Scheiß!«

Schneider schaute mich an und wartete auf eine Reaktion. Genau wie Gerhard heute Morgen. Ich hatte keine Ahnung, was der nächste heiße Scheiß sein sollte, und zuckte mit den Schultern.

Er: »Bots! Die kosten uns dann gar nichts mehr, und die paar Phrasen, die es braucht, um die Leute glücklich zu machen, haben wir denen ganz schnell draufprogrammiert: Schön da! Wäre ich auch gerne! Toller Sonnenuntergang!«

Mir gefiel das nicht. Mir gefiel das ganz und gar nicht. Aber darum ging es jetzt nicht.

Ich: »Ich bin für ein paar Wochen weg.«

Er: »Okay.«

Ich: »Könnte auch etwas länger werden, kann ich noch nicht sagen.«

Er: »Okay.«

Was hatte ich erwartet?

Ich war der Chef, und wenn ich ein paar Wochen oder Monate Urlaub haben wollte, brauchte ich dafür keinen Antrag zu stellen. Ich hatte ja Schneider, damit der Laden lief.

Ich war schon fast wieder draußen, da rief er mich

noch mal zurück, weil ich irgendwelche Dokumente unterschreiben sollte.

Er: »Nur Papierkram, nichts Wichtiges.«

Ich: »Wo?«

Schneider tippte mit einem Stift auf eine Linie ganz unten auf einem Blatt Papier. Genau gesagt waren es fünf Unterschriften auf fünf verschiedenen Blättern. Als ich fertig war, schob er mir die Dose mit den Keksen rüber.

Er: »Einen Keks für die Fahrt?«

Ich schüttelte den Kopf und ging.

Er: »Schöner Urlaub.«

Ich wollte mich bedanken. Erst da bemerkte ich, dass Schneider gar nicht mit mir sprach, sondern sich wieder in seinen Zoom-Termin eingeklickt hatte.

3

»Du spinnst! Das ist totaler Wahnsinn! Das ist, als wenn du nach Frankreich fahren würdest, um da die Mona Lisa zu daten!«

Anouk (Mitte zwanzig, Nasenpiercing, kurze Haare) ist meine Nichte und bei mir eingezogen, weil sie im ersten Semester ihres Studiums hier in Berlin kein WG-Zimmer gefunden hatte. Jetzt war sie im zehnten, wohnte immer noch bei mir, und ich hatte bis heute keine Ahnung, was sie überhaupt studierte. Irgendwas mit Umwelt, Wirtschaft, Jura, Marketing, und ein bisschen Design war wohl auch noch mit dabei.

Um ihr BAföG aufzubessern, nahm sie Aufträge für Look-a-lot an. Manchmal kam sie ganz beglückt nach Hause, weil sie auf den alten Bildern im Hintergrund Sachen entdeckt hatte, die es heute nicht mehr gab. Von manchen war sie total begeistert, von anderen total entsetzt. Pferdemetzgereien, Telefone mit Wählscheiben UND Spiralkabeln, Mett-Igel.

Von ihren Kunden erzählte sie nie etwas. Anouk interessierte sich mehr für Dinge und Tiere als für Menschen. Deswegen verstand sie auch die Sache mit Karin nicht.

Ich: »Die Mona Lisa ist in Paris, nicht in der Bretagne. Außerdem ist das nur ein Bild.«

Anouk: »*Das da* ist auch nur ein Bild und nicht mal ein besonders gutes. Das sieht eher aus wie das alte Ultraschallfoto von mir, das Mama gerahmt hat und das immer noch bei uns im Wohnzimmer hängt.«

Das war gelogen. Anouks Ultraschallbild hatte nichts, aber auch gar nichts mit Karins Blitzerfoto zu tun. Ich hatte ihr Foto mit einem Magneten (ein roter Hummer, dessen Plastikfühler wippten, das war beinahe schon prophetisch, aber davon ahnte ich damals noch nichts) an *meinen* Kühlschrank geheftet.

Meiner, weil wir neuerdings zwei davon hatten. Anouk wollte nicht, dass sich mein Schnitzel und ihr Tofu dieselbe Kälte teilten. Dabei aß ich wegen ihrer vorwurfsvollen Blicke schon seit einiger Zeit so gut wie kein Fleisch mehr und wenn, dann nur, um sie zu ärgern.

Ich: »Das kann man doch überhaupt nicht vergleichen!«

Sie: »Stimmt, die Mona Lisa ist hübscher, und die rast auch nicht unverantwortlich mit hundertfünfzig durch die Straßen. Was da alles passieren kann! Deine Unbekannte …«

Ich: »… heißt Karin.«

Sie: »… deine Karin sollte lieber mit dem Fahrrad fahren, ist sowieso besser für die Umwelt.«

Ich: »Eure Generation hat einfach keinen Sinn für Romantik.«

Sie: »Bretagne? Romantik? Dein Ernst? Wenn es wenigstens Venedig wäre oder Rom oder Nizza. Da ist es immerhin warm.«

Ich: »Das wird noch böse enden mit euch. Schnöde Pragmatiker seid ihr, alle miteinander.«

»Schnöde Pragmatiker« ist das schlimmste Schimpfwort, das ich mir vorstellen kann. Ich war nie pragmatisch gewesen, mein ganzes Leben nicht. Auch die Sache mit dem Bildergucken war ja eher eine spontane Idee gewesen. Ohne dass ich geplant oder geahnt hätte, dass das später irgendwann mit einem Büro im dreiundzwanzigsten Stock eines Hauses am Potsdamer Platz enden würde.

Ich: »Immerhin hast du die Wohnung dann eine Zeit lang für dich allein, wenn ich weg bin.«

Weil es mit der Romantik nicht klappte, versuchte ich, an ihren Pragmatismus zu appellieren. Das funktionierte eigentlich immer. Anouk beugte sich über das Bild und betrachtete es lange.

Sie: »Ein bisschen dunkel. Bei Tag ist sie wahrscheinlich wirklich ganz hübsch.«

Ich: »Die Aufnahme wurde nachts gemacht.«

Sie: »Das erklärt es natürlich. Dafür kriegt sie mildernde Umstände. Nachts sind wenigstens nicht so viele Leute unterwegs. Da ist es nicht ganz so schlimm, wenn sie mit hundertfünfzig durch eine Spielstraße rast.«

Ich: »Das war keine Spielstraße!«

Sie: »Woher willst du das wissen?«

Ich: »Wäre es eine gewesen, wäre sie nicht gerast.«

Zugegeben, meine Argumentation war ein wenig schwach. Deswegen musste ich noch einen weiteren Köder auswerfen.

Ich: »Ich kann auch gar nicht sagen, wie lang ich weg sein werde. Könnte den ganzen Sommer dauern.«

Sie: »Du hast recht, das sieht tatsächlich nicht nach einer Spielstraße aus. Eher Landstraße oder Autobahn.«

Ich wusste, dass ich mich auf ihren Pragmatismus verlassen konnte. Wenn ich weg war, würde sie die ganze Wohnung mit weiteren Kühlklimakillern vollstellen können. Für jede Gemüsesorte einen.

Sie: »Sonst sieht sie eigentlich ganz nett aus, und es gibt ja eine Menge Leute, also ältere, die für die Bretagne schwärmen. Fahr, sonst wirst du es vielleicht irgendwann bereuen.«

Der letzte Satz klang ein bisschen zu alt für sie. Wahrscheinlich hatte sie den bei ihrer Mutter aufgeschnappt. Mir war es egal, ich hatte zu tun: Fahrkarten kaufen, eine Unterkunft besorgen, Koffer packen, Ferienlektüre aussuchen. Was man halt so macht, wenn man verreisen will.

Ich ging in mein Zimmer und durchsuchte das Internet nach Spuren von Karin. Aber offenbar hatte sie bei der Heirat ihren Mädchennamen behalten. Unter Karin Angermann fand ich keinen einzigen Eintrag. Zu Gerhard gab es Tausende. Selbst über mich existierten im Netz zahlreiche Treffer, nachdem die Presse zu Beginn durchaus wohlwollend über meine Firma berichtet hatte. Schlagzeile: *Guter Blick und gute Worte.*

Weil ich über Karin nichts fand, suchte ich nach diesem Trégastel, von dem Gerhard gesprochen hatte. Der Ort sah hübsch aus. Ich konnte verstehen, warum Gerhard und Karin da regelmäßig hinfuhren. Viele der Motive kamen mir bekannt vor. Die hatte ich schon bei Gerhard auf dem Computer gesehen. Jetzt, ohne Gerhard davor, sahen sie sogar noch hübscher aus. Auch der riesige Felswürfel und sogar das Haus von Eiffel tauchten oben in der Bildersuche auf. Die Gegend nannte sich Côte de Granit Rose, obwohl die Felsen auf mich überhaupt nicht rosa wirkten. Da hätte es schon den Rotstich von Frau Kauffmanns Fotolabor bedurft, damit die Bezeichnung auch nur annähernd zutraf.

Es gab Hinkelsteine, die man Menhire nannte, und diverse Allées Couvertes, die keine baumgesäumten Straßen waren, sondern alte Hünengräber. Außerdem sprach man in der Gegend wohl ein etwas seltsames Französisch. Aber das machte nichts. Mein Französisch war auch seltsam. Da würden wir uns bestimmt gut verstehen, die Bretonen und ich.

Früher fuhr man irgendwohin und hatte keine Ahnung, wie es dort aussah. Heute stutzte man schon, wenn beim Italiener plötzlich rot statt blau karierte Tischdecken auf den Tischen lagen. Obwohl … durch meinen Job wusste ich sowieso, wie es überall aussah, wo Menschen Ferien machten. Es gab für mich einfach keine weißen Flecken mehr.

Das war der Nachteil meines Jobs.

Ich löschte »Trégastel« aus der Suchfunktion und schaute mich stattdessen nach einer Unterkunft um. Irgendwo würde ich schlafen müssen, während ich auf Karin wartete. Es gab in der Gegend eine Menge schöner großer Häuser zu mieten. Alle aus wuchtigen Natursteinen gemauert und mit riesigen Gärten, in denen gigantische Hortensienbüsche blühten. Ich hatte in meinem ganzen Leben noch nie so blaue Hortensien gesehen. Sandra hatte mal versucht, ihre Hortensien auf unserem Balkon genauso blau zu bekommen. Das hatte erst funktioniert, als sie für viel

Geld in der Apotheke Alaun gekauft und die Blumen-
erde damit gedüngt hatte. In der Bretagne schien man
das Zeug großflächig vom Hubschrauber über der
ganzen Landschaft zu versprühen.

Das Problem mit den schönen großen Häusern war,
dass sie für mich allein viel zu groß waren. Unter zehn
Zimmer war da kaum etwas zu kriegen. Außerdem lagen die alle weit weg von der Stadt und den Geschäf-
ten.

Wie sollte ich die erreichen, ganz ohne Auto?

Die schönen großen Häuser mit den schönen riesigen
Gärten und den schönen blauen Hortensien schieden
also aus. Auch weil die meisten sowieso schon ausge-
bucht waren. Seit Jahren, so schien es. Am Ende buchte
ich mir eine kleine Ferienwohnung mitten in der Stadt
mit Blick aufs Meer. Die schwarz-weißen Bilder, die
der Vermieter auf seiner Seite präsentierte, sahen
hübsch aus. Mit Schwarz-Weiß kriegte man mich
immer. Ich hatte einfach schon zu viele Farbfotos
gesehen. Das Appartement war noch den ganzen
Sommer über frei, so wie die meisten Einzimmer-
Ferienwohnungen.

Offenbar fuhr niemand allein in die Bretagne, sondern
immer nur als Paar oder gleich mit der ganzen Familie.
Trégastel schien nicht gerade der Partyhotspot zu sein,
an dem sich Europas paarungswillige Jugend zum
Austausch von Körperflüssigkeiten traf.

Ich fand das gut: Wahrscheinlich würde ich der erste

Singletourist in Trégastel sein, und vielleicht überreichte mir Bürgermeister Monsieur Droniou (laut Internet ein älterer, parteiloser Versicherungsmakler mit Brille und sympathischem Lächeln) dafür einen Blumenstrauß, wie ihn sonst nur Touristen bei ihrem fünfzigsten Aufenthalt in dem Badeort erhielten.

Ich bestätigte die Reservierung, buchte noch das Pariser Hotel, das Gerhard mir empfohlen hatte, und kümmerte mich dann um die Fahrkarten. Gleich morgen früh sollte es losgehen. Mit dem Zug nach Köln. Von da mit dem Thalys nach Paris, mit dem Taxi vom Gare du Nord zum Gare de Paris-Montparnasse, einmal übernachten, dann mit dem TGV weiter nach Lannion.

Da war Endstation.

Für die letzten Kilometer nach Trégastel würde ich mir noch mal ein Taxi nehmen müssen.

Taxifahren. Auch so eine Sache, die ich erst hatte lernen müssen, nachdem ich durch Look-a-lot zu ein wenig Geld gekommen war.

Für meine Mutter gab es zwei Dinge, die sie niemals in ihrem Leben getan hatte und bis zu ihrem Tod niemals tun würde:

Im Bordrestaurant der Bahn etwas essen oder trinken.

Stattdessen schmierte sie vor jeder Fahrt Unmengen an Broten und füllte Tee in Thermosflaschen, von denen nur jede zweite die Fahrt überlebte, während die andere Hälfte regelmäßig in ihrer Handtasche auslief.

Und sich ein Taxi zu nehmen, um von A nach B zu kommen.

Damit sie die Parkgebühren am Flughafen sparten, ließen sich meine Eltern lieber frühmorgens um drei von einem Nachbarn zu ihrem Urlaubsflieger bringen, statt sich ein Taxi zu rufen. Die Konsequenz war: Auch sie mussten irgendwann morgens um drei aufstehen, um den Nachbarn zum Flughafen zu fahren. Aber das schien völlig okay zu sein, wenn man so ein paar Euro sparte.

Ich hatte mir vorgenommen, mich bei der Bahnfahrt frei nach dem DB-Motto »Genuss auf ganzer Strecke« im Bordrestaurant satt zu essen und, wo immer es ging und völlig ohne Skrupel, ein Taxi zu benutzen.

Sandra hätte das nie getan. Die hatte sogar in Venedig auf eine kostenlose Mitfahrgelegenheit in der Gondel gewartet.

Karin hatte ganz sicher keine Probleme damit, sich im Zugbistro ein Fläschchen Grauburgunder zum Chili con Carne zu bestellen oder sich im Taxi einmal quer durch die Stadt kutschieren zu lassen.

Einfach so.

Und ab morgen würde ich das auch tun.

4

Am nächsten Morgen nahm ich die S-Bahn zum Bahnhof. Die Fahrkarte für die Berliner Verkehrsbetriebe war im Ticket nach Köln mit drin gewesen. Da wäre es ja unsinnig gewesen, zusätzlich ein Taxi zu bezahlen. Oder einen Bekannten zu fragen, ob der mich fährt.

Als ich mit meinem Rollkoffer in einen Wagen der Ringbahn stieg, sah ich in einer kurzen Vision meine Mutter. Sie nickte mir wohlwollend zu. Aber als der Ruf »Zurückbleiben, bitte« erklang, war sie auch schon wieder verschwunden. Stattdessen raunzte mich ein Berliner Rentner an: »Mach mal Platz mit deinem Eenzimmerapportemente uf Rädern, du Flitzpiepe.« Und dann etwas leiser: »Dämliche Touris, dämliche.« Ich klärte das Missverständnis nicht auf, sondern murmelte »Pardon« und suchte mir einen Platz in einer Ecke, wo ich niemanden störte. Dabei war der Koffer gar nicht so groß, da gab es viel größere als meinen. Ich hatte gestern Abend gepackt, vor allem warme Pullover, warme Hosen und warme Unterwäsche. Dazu noch eine wasserdichte Regenjacke und ein paar gelbe Gummistiefel. Auf Gerhards Fotos hatte zwar immer die Sonne geschienen, aber so leicht ließ ich mich nicht täuschen. Höchstens auf zehn Prozent, nein, eher nur auf fünf Prozent der Fotos, die meine Kunden mir zeigten, war schlechtes Wetter zu sehen. Sogar auf den Bildern aus dem Regenwald war das Wetter meistens schön.

Mich wunderte das nicht. Niemand fotografiert, wenn es regnet. Und wenn doch, waren das die ersten Fotos, die zu Hause sofort wieder gelöscht wurden. Wer will schon an einen nassen, verregneten Urlaub erinnert werden? Das ist wie Weihnachten ohne Schnee und mit miesen Geschenken.

Ich hatte Gerhards Bildern nicht vertraut und auch nicht dem Wetterbericht des Office du Tourisme in Trégastel. Das hatte für die nächsten Tage sonniges Wetter mit Temperaturen von mindestens neunzehn Grad versprochen. Ich glaubte dem Office kein Wort. In der Bretagne war es kalt und nass. Und wenn es mal nicht regnete, lag garantiert Nebel über den Buchten. Unterbrochen nur von extrem kurzen Wolkenlöchern, in denen dann die Sonnenbilder geknipst werden konnten, die andere Touristen in die Region locken sollten.

Aus meinem Handy erklang plötzlich »We are Family«. Nur der Refrain, der aber immer wieder und wieder.

Seit ich mir in meinem Job Trillionen von Fotos angeschaut hatte, war ich wieder auf einen alten Nokia-Knochen umgestiegen. Ich wollte nicht Teil des weltumfassenden Bilder-Tsunamis sein. Dafür verzichtete ich auf Wetter-Apps, Candy Crush und irgendwelche

Messengerdienste. SMS reichte völlig aus, und immerhin war mein Telefon so modern, dass ich damit Musik hören und Anrufern den passenden Song zuordnen konnte. Als Warnung. Ich wartete noch drei »We are Family«-Schleifen ab, dann nahm ich Nicoles Anruf an.

Nicole ist meine Schwester und als Angry-Pizza-Woman eine Internetberühmtheit. Es gibt ein Meme von ihr, und das kurze Video wird einem sogar von Facebook angeboten, wenn man nach einem passenden GIF für Wutanfälle suchte. Der Anlass war nicht der Rede wert gewesen. Ein Bote hatte ihr die falsche Pizza geliefert, und meine Schwester war völlig ausgerastet. Natürlich war es nicht nur die Pizza gewesen, da musste vorher schon was vorgefallen sein. Aber Nicole weigerte sich, darüber zu sprechen. Auch mir gegenüber. Jedenfalls hatte sie sich furchtbar aufgeregt und die Pizza (es war eine Hawaii) wie ein Frisbee aus dem Fenster geworfen. Die Flugeigenschaften des Teigfladens waren erstaunlich. Das Ding flog aus dem zweiten Stock mindestens zweihundert Meter weit und landete auf einem Klettergerüst, auf dem zum Glück gerade keine Kinder spielten. Das kurze Video gab es untertitelt sogar auf Spanisch, Koreanisch und noch ein paar anderen Sprachen. Manchmal wurde sie auf der Straße erkannt. Aber weil sie in einem kleinen Kaff mit schlechter Internetanbindung wohnte, kam das nicht sehr häufig vor.

Sie: »Sag mal, spinnst du?!«

Das hatte Anouk auch gesagt. Mutter und Tochter eben.

Ich: »Ich habe keine Ahnung, wovon du sprichst.«

Sie: »Anouk hat mir erzählt, dass du in die Bretagne fährst, um da eine wildfremde Frau zu treffen.«

Ich: »Das nennt man Blind Date. Machst du doch auch ständig.«

Sie: »Schon, aber dafür fahre ich doch keine fünftausend Kilo…«

Ich: »Es sind nicht mal zweitausend.«

Sie: »… keine zweitausend Kilometer durch halb Europa. Ich geh rüber zu Siggi in die Kneipe und warte, bis ein gut aussehender Typ mit 'ner Rose auftaucht. So wie alle erwachsenen Menschen.«

Ich: »Das verstehst du nicht.«

Sie: »Warum gehst du nicht zurück zu Sandra? Das war so eine Nette.«

Ich: »Weil Sandra seit unserem letzten Urlaub mit ihrem Gondoliere in Venedig wohnt.«

Sie: »Kluge Frau.«

Ich: »Das habe ich gehört.«

Sie: »Und überhaupt, was ist mit deiner Firma?«

Ich: »Um die kümmert sich Schneider, das tut er doch sowieso die ganze Zeit.«

Nicole stieß hörbar Luft durch die Zähne. Mir war nicht klar, ob das meiner Reise oder Schneider galt. Sie hielt nicht viel von ihm, aber viel von meiner Firma. Auch weil ich ihr jeden Monat eine kleine Summe zur Unterstützung zukommen ließ.

Ich: »Ich muss Schluss machen, die S-Bahn hält gerade im Hauptbahnhof.«

Im selben Augenblick ertönte die Ansage »Hackescher Markt« über den Lautsprecher.

Sie: »Lügner!«

Ich: »Willst du mir nicht wenigstens Glück wünschen?«

Sie: »Glück.«

Ich: »Danke, ich melde mich.«

Dann legte ich auf. Mehr Zuspruch würde ich von ihr nicht bekommen. Außerdem musste ich wirklich bald raus. Die übernächste Station war schon Berlin Hauptbahnhof.

Ich hatte noch etwas Zeit, bevor mein Zug ging. Die wollte ich nutzen, um mir für die Fahrt etwas zu lesen zu besorgen. Und für die Bretagne auch. Schließlich war nicht zu erwarten, dass es dort außer ein paar alten Konsalik-Romanen irgendwelche Lektüre auf Deutsch zu kaufen gab. Hier allerdings auch nicht. Ich suchte alle drei Etagen ab, einen Buchladen fand ich nicht. Unfassbar. In der Hauptstadt des Landes der Dichter und Denker gab es im sogenannten Hauptbahnhof keine richtige Hauptbuchhandlung.

Nur einen Zeitschriftenladen, der widerwillig ein bisschen Platz für einen Büchertisch freigeräumt hatte. Auf einem der Bestsellerstapel lagen Regionalkrimis aus der Toskana, Sizilien und Brandenburg. Ich fand sogar einen, der in der Bretagne spielte. Auf der Rückseite las ich, dass auch Trégastel darin vorkam. Ich kaufte das Buch, obwohl der Name des Autors wie ein schlechtes Pseudonym klang.

Immerhin ging es in dem Roman nicht um Bäume. Davon handelte die andere Hälfte der Bücher auf dem Tisch.

Mein Zug war pünktlich. Er und ich passierten schon nach ein paar Minuten den alten Bahnhof Zoo, was bei mir jedes Mal wehmütige Erinnerungen hervorruft. Nicht wegen der Kinder dort, sondern weil ich hier ausgestiegen bin.

Damals, als ich nach Berlin gezogen war.

Am Savignyplatz schlug ich den Bretagne-Krimi auf. In Spandau war ich eingeschlafen und wachte erst in Hamm wieder auf. Ich ließ das Buch auf dem Tisch liegen und ging ins Bordrestaurant. Genau jetzt sollte mein neues Leben beginnen.

Tat es aber nicht.

Das Bistro war geschlossen, weil irgendetwas an der Technik kaputt war. Ich nahm mir vor, das mit dem »Essen in vollen Zügen« im Thalys nachzuholen. Der gehörte den Franzosen, und da war das Essen bestimmt sowieso viel besser. Ich ging zurück zu meinem Platz und schaute auf mein Handy. Keine Nachrichten. Weder von meiner Schwester noch von Schneider. Nur meine Mutter hatte eine SMS geschickt: »Stimmt das, was Nicole erzählt? Sag mal, spinnst du?«

Der Wortschatz der weiblichen Mitglieder unserer

Familie war offenbar beschränkt. Das fiel mir erst jetzt auf.

»Rufe dich später an, sitze grad im Zug«, tippte ich als Antwort.

Damit hatte ich Zeit gewonnen. Wenn ich es über die Grenze schaffte, ohne dass sie es ein zweites Mal versuchte, war ich gerettet.

Meine Mutter hatte noch nie in ihrem Leben ein Auslandsgespräch geführt, und ich war mir sicher: Sie hatte keine Ahnung, dass die heute nicht mehr teurer waren, als wenn sie mit ihrer Freundin Gisela in Wermelskirchen telefonierte. Als Kind hatte neben unserem Wählscheibentelefon eine Drei-Minuten-Sanduhr gestanden und neben der Sanduhr meine Mutter, die aufpasste, dass die Gespräche nicht zu lang und zu teuer wurden.

Statt des Bretagne-Krimis nahm ich Karins Foto in die Hand. Ich hatte es eingesteckt, weil es die einzige Spur war, die ich von ihr besaß.

Anouk hatte recht gehabt. Die grobe Körnung erinnerte tatsächlich an ein Ultraschallbild, das einem werdende Eltern stolz und unverlangt präsentieren. Auch wenn darauf nichts zu erkennen ist. Nicht mal für einen Profi wie mich. Da waren selbst die Aufnahmen des Marsrovers schärfer. Aber das war wieder typisch Mensch: klare Bilder von einem Planeten, Millionen Kilometer entfernt, das können wir. Aber Fotos, auf denen man einen Embryo von einer Kidneybohne unterscheiden kann, das kriegen wir nicht hin.

Ich suchte Karins Foto nach Details ab, die mir mehr über sie verrieten. Sie trug einen hellen Rollkragenpullover. Das konnte nur bedeuten, dass sie vermutlich im Winter geblitzt worden war. Vielleicht hatte sie es eilig gehabt, um noch letzte Weihnachtsgeschenke zu besorgen. Am Rückspiegel hing kein Duftbaum, das sprach für sie, aber auf dem Armaturenbrett entdeckte ich eine Brille. Entweder war Karin zu eitel, um sie zu tragen, oder sie brauchte die Brille nur, um im Stau ein Buch oder die Nachrichten auf ihrem Handy lesen zu können. Ich versuchte, sie mir mit Brille vorzustellen, und fand, dass Brillen ihr standen. Mit der Lupe-Funktion meines Handys entdeckte ich noch ein paar andere Details: einen Leberfleck links über ihrem Auge und eine kleine Narbe auf der Stirn. Vermutlich ein Andenken an die Windpocken, als sie Kind war. Ich besaß auch so eine und freute mich über die Gemeinsamkeit.

Als ich ihr Bild zurück in meine Jackentasche steckte, hatte ich mir alle Einzelheiten ihres Gesichts eingeprägt, und wir – also der Zug und ich – fuhren in Köln ein.

5

In Köln hatte ich eine knappe Stunde zum Umsteigen, und das reichte locker, um das Wichtigste zu sehen. Der Dom stand direkt neben dem Bahnhof, und der Rhein floss unmittelbar dahinter. So als hätte man die Stadt schon damals für Kurzbesucher wie mich geplant.

Weil man mich mit meinem Rollkoffer nicht in den Dom ließ, lief ich einmal außen rum und schaute dann auf der Eisenbahnbrücke dahinter vorbei. An den Brückengeländern hingen Trilliarden bunter Liebesschlösser mit eingravierten Initialen und Herzchen. Das war die eigentliche Attraktion der Stadt, und es hätte mich nicht überrascht, wenn das örtliche Tourist Office die ersten dort bei Nacht und Nebel selbst aufgehängt hätte. Die Knochen der Heiligen Drei Könige hatten die Kölner ja damals auch in Mailand geklaut, um ihren Dom wallfahrtsmäßig ein bisschen aufzupeppen.
Liebesschlösser.
Auch so eine Sache, die ich nicht verstand: Wie hatte ein Vorhängeschloss zum Symbol der Liebe werden können?
Musste man seine Liebste, seinen Liebsten anketten, damit sie oder er einem nicht davonlief?

Und kamen die Pärchen später mit einem Bolzenschneider vorbei, wenn es mit der ewigen Liebe trotz des Schlosses nicht geklappt hatte?

Das waren die Fragen, die ich mir stellte, als ich nach meinem Brückenbesuch einen freien Platz in einem Brauhaus mit Domblick gefunden hatte.

Ich saß, trank und war mir sicher, dass Karin niemals ein Schloss mit unseren Namen an eine Brücke hängen würde. Anders als Sandra, die das sogar in Venedig getan hatte. Also nicht mit meinem Namen, sondern mit dem ihres Gondoliere Luigi. Ich hatte das Schloss (S&L4ever) damals zufällig auf dem Weg zum Bahnhof an einem Brückengeländer entdeckt.

Weil die Kölschstangen so klein waren und automatisch ohne Bestellung serviert wurden, reichte meine Zeit für fünf davon. Dann musste ich los, um den Zug nach Paris zu erwischen. Vorher wollte ich noch schnell Reiselektüre kaufen, den Bretagne-Krimi hatte ich im ICE liegen lassen. Obwohl in Köln ein paar Millionen Menschen weniger leben als in Berlin, besitzt die Stadt eine Bahnhofsbuchhandlung, die den Namen auch verdient. Wie immer in Buchläden vergaß ich die Zeit und schaffte es gerade so eben noch in den Thalys, der schon abfahrbereit auf dem Gleis bereitstand. Ich ließ mich auf meinen roten Sitz fallen und sah meine Neuerwerbungen durch.

»Leitfaden zum Abfackeln von Schriftstellerresidenzen«

»Die Einsamkeit des Fliesennobelpreislegers«

»Es ist so einsam im Sattel, seit das Pferd tot ist«

Die Titel habe ich mir nicht ausgedacht, die gibt es wirklich, und meine merkwürdige Auswahl war im Nachhinein wohl am ehesten durch das Kölsch zu erklären, das ich getrunken hatte. Fünf Stangen waren ja auch nichts anderes als eine ganze Maß, nur in winzigen Dosen. Die Heiligen Drei Könige fuhren in meinem Kopf Karussell, und ich beschloss, mit dem Besuch des Bordbistros zu warten, bis ich wieder nüchtern war. Dann würde endlich mein neues Leben beginnen: eines mit üppigen Mahlzeiten in vollen Zügen und endlosen Taxifahrten.

Außerdem – so redete ich mir ein – war das Essen im Zugrestaurant bestimmt viel besser, wenn der Zug erst mal die Grenze zum Land der Sieben-Gänge-Menüs passiert hatte. Was natürlich Quatsch war. Ich hatte selbst gesehen, wie das Bordbistro in Köln kurz vor der Abfahrt noch aufgefüllt worden war. Da gab es auf der ganzen Strecke dasselbe Essen, egal, ob der Zug durch Deutschland, Belgien oder Frankreich fuhr.

Kurz vor Aachen erklang das »Psycho«-Badezimmer- thema aus meinem Telefon. Das hatte ich der Nummer meiner Mutter zugeordnet. Ich bewunderte ihre tele- pathischen Fähigkeiten, mit denen sie erraten haben musste, dass ich mich noch in Deutschland befand. Wenn auch nur knapp. Ich beschloss, es klingeln zu lassen, bis wir in Belgien waren und sie aus Angst vor den hohen Kosten auflegen würde.

Klappte aber nicht, weil sie einfach nicht aufgab und mich die anderen Passagiere schon vorwurfsvoll anstarrten. Meine Mutter einfach wegzudrücken, traute ich mich nicht. Sie war in einem Alter, in dem jedes Gespräch das letzte sein konnte, und sie vergaß niemals, das bei unseren Telefonaten zu erwähnen.

Sie: »Sag mal, spinnst du?«

Ich: »Keine Ahnung, wovon du sprichst.«

Einen Versuch war es wert, obwohl das schon bei Nicole nicht funktioniert hatte.

Sie: »Hör auf, dich dumm zu stellen. Ich bin deine Mutter. Ich weiß, wo du steckst und was du vorhast.«

Ich: »Und wo bin ich?«

Sie: »Kurz vor Aachen.«

Das war unheimlich, richtig unheimlich war das. Ich hatte mit den telepathischen Fähigkeiten meiner Mutter immer nur Spaß gemacht, aber nie wirklich daran geglaubt.

Bis jetzt grad eben.

Ich: »Woher weißt du das?«

Sie: »Anouk hat mir deine Bahnverbindung verraten, damit kann ich die Fahrt verfolgen. Hier in der App auf meinem Handy ist so ein kleiner roter Punkt, der ist kurz vorm Aachener Bahnhof.«

Einerseits beruhigte mich das. Andererseits war ich auch ein bisschen enttäuscht.

Sie: »Steig da aus und lass den Unfug! Einem Foto hinterherzulaufen? Wie verrückt ist das denn?! Fahr lieber nach Venedig, die Sandra war so eine Nette.«

Ich: »Das werde ich bestimmt nicht tun.«

Sie: »Die hat auch jeden Sonntag angerufen.«

Ich: »Ich glaube, ich muss Schluss machen. Wir fahren schon wieder raus aus dem Bahnhof, und gleich wird es teuer, da bin ich nämlich schon in BELGIEN.«

Sie: »Ich bin alt, aber nicht blöd. Ich sehe doch hier auf der App, dass dein Zug gerade erst am Bahnhof Aachen Rothe Erde ist.«

Ich schaute aus dem Fenster. Da draußen war keine rote Erde. Aber die Felsen an der Côte de Granit Rose waren auf den Bildern ja auch kein bisschen rosa gewesen.

Sie: »Außerdem hat Nicole gesagt: Das macht heute gar keinen Unterschied mehr, wo man in Europa ist. Da kostet ein Telefonanruf überall dasselbe. Was ist denn jetzt mit Sandra?«

Ich: »Es hat sich ausgesandrat. Schon lange. Sie hat mich wegen eines Gondelfahrers verlassen.«

Sie: »Immer noch besser, als wenn es ein Golffahrer gewesen wäre.«

Da war sie wieder, die pragmatische Seite des weiblichen Zweigs meiner Familie.

Ich: »Das hast du gerade nicht wirklich gesagt, oder?«

Meine Mutter nuschelte irgendetwas. Was genau, konnte ich nicht hören. Irgendwie klang es nach Verständnis für Sandra.

Sie: »Nichts, ich habe gar nichts gesagt.«

Ich: »Natürlich hast du gerade was gesagt, das habe ich doch gehört.«

Sie: »Sag mal, hast du getrunken? Du bist so aggressiv.«

Ich: »Ich habe nichts getrunken und ich bin auch nicht aggressiv!«

Wieder dieses Genuschel, von dem ich kein Wort verstand und es wahrscheinlich auch nicht sollte.

Ich: »Egal, ich fahre jetzt in die Bretagne, und davon wird mich niemand abhalten. Auch du nicht.«

Sie: »Dann ruf wenigstens an, wenn du da bist. Vergiss nicht, es könnte das letzte Mal sein.«

Ich: »Wie sollte ich das vergessen, Mutter. Du erinnerst mich ja oft genug daran.«

Sie: »Hast du wenigstens genug Essen und Trinken dabei? Nicht, dass du dir was im Bordrestaurant kaufen musst. Und in Paris nimmst du die Metro. Verstanden?! Die Taxifahrer da fahren dich sonst zehnmal um den Eiffelturm, und am Ende bist du hundert Mark los.«

Ich: »Euro, nicht Mark, Mutter.«

Sie: »Hundert Euro?! Das sind ja dann sogar zweihundert Mark! Also nimm die U-Bahn. Ich muss Schluss machen.«

Ich: »Wieso das denn jetzt so plötzlich?«

Sie: »Nicole klopft an, da muss ich rangehen. Im Gegensatz zu dir ruft deine Schwester mich an, und das sogar regelmäßig.«

Als ich mein Telefon zur Seite legte, sah ich in viele verständnisvoll lächelnde Gesichter. Ein Mann, der auf dem Weg zum Klo war, klopfte mir tröstend auf die Schulter. Wahrscheinlich hatte er auch eine Mutter.

So wie jeder von uns.

Ich schaute aus dem Fenster. Der Zug überquerte nach Aachen die belgische Grenze. Wir fuhren durch Lüttich und kamen am Atomium in Brüssel vorbei, das in der Ferne im Sonnenlicht glitzerte. Ich blieb noch ein wenig sitzen. Bis ich ganz sicher war, dass der Zug die französische Grenze überquert hatte. Das war nicht einfach zu entscheiden. Es sieht auf der einen Seite der Grenze ja oft genauso aus wie auf der anderen. Erst als ich auf den Straßen mehr Autos mit französischen als belgischen Nummernschildern zählte, machte ich mich auf den Weg in den Speisewagen.

Ich freute mich. Nach den fünf Kölsch konnte ich etwas Herzhaftes gut gebrauchen. Ganz egal, was es kostete. Geld spielte keine Rolle, und ich überlegte sogar, jemanden zu bitten, ein Foto von mir zu machen. Für meine Mutter. Ich vor einem vollen Teller im Bordrestaurant, die Speisekarte hochhaltend, sodass man die Preise gut lesen konnte.

Doch als ich nach der schaukelnden Durchquerung von fünf Wagen mein Ziel endlich erreichte, war da statt eines Restaurants nur eine Bar, ohne Tische und ohne Stühle. Es gab nur ein paar im Boden verschraubte Hocker und schmale Ablagen, auf denen müde Mitreisende ihre Arme, ihren Kaffee oder eine Dose Bier abgestellt hatten.

Niemand aß hier, und als ich auf die Speisekarte schaute, verstand ich auch, warum. Es gab einfach nichts, außer ein paar Käsesandwiches und in Plastik eingeschweißte Waffeln, die sich Brüsseler nannten, aber nicht so aussahen. Hinter der Bar stand eine Frau in einem roten Blazer. Es war derselbe Stoff, mit dem auch die Sitze des Thalys bezogen waren.

Corporate Identity.

Das hatte mir Schneider mal erklärt. Unsere Mitarbeiter wollte er ebenfalls in Uniformen stecken. Blaue wegen der Farbe des Himmels auf den meisten der Urlaubsfotos. Ich hatte es verboten. Wir waren keine Armee, sondern Freunde, die gegen eine kleine Aufwandsentschädigung Fotos mit einem »Oh, wo war das denn?« und »Das ist aber schön dort« kommentierten. Und überhaupt, wie lächerlich das alles war, sah ich an dem sesselroten Blazer der jungen Frau vor mir. Sie lächelte mich erwartungsvoll an, weil ich immer noch nichts bestellt hatte.

Ich beschloss, das Essen auf Paris zu verschieben, und nahm nur einen Kaffee. Weil sie nicht wechseln konnte und das Kartengerät defekt war, gab sie mir das Rückgeld in Metrotickets raus. Die konnte man in der Bar des Thalys kaufen, und das war ja auch praktisch für alle, die in Paris mit der U-Bahn weiterfahren wollten. Aber nicht für mich, denn ich wollte endlich mit dem Taxi fahren. Statt der Tickets bot sie mir ihre gefälschten Brüsseler Waffeln an, aber das war auch keine Alternative. Ebenso wenig wie die Dose Bier oder zwei weitere Espressi, die ich stattdessen hätte haben können.

Ich nahm die Tickets, trank im Stehen meinen Kaffee im Pappbecher und verabschiedete mich von der Vorstellung glamouröser Reisen. Mit einem dünnen Holzstäbchen rührte ich gelangweilt in meinem Pappbecher und schaute zu, wie Frankreich an mir vorbeirauschte. Landschaft ging in Stadt über, und zwischen zwei Häusern blitzte kurz der Eiffelturm auf. Dann hielt der Zug auch schon im Gare du Nord, der zweiten Station meiner Reise zu Karin.

6

Mein letzter Besuch in Paris lag Jahre zurück. Damals war ich noch Student und hatte kein Geld für Taxis.
Jetzt hatte ich Geld.
Und Metrotickets.
Klassisches Dilemma: Ich wollte Taxi fahren, brachte es aber nicht über mich, die Tickets verfallen zu lassen.
Auf dem Bahnsteig ging ich eine Wette mit mir ein: Wenn mir bis zum Ausgang eine Frau begegnete, die Ähnlichkeit mit Karin hatte, würde ich ein Taxi nehmen. Falls nicht, würde ich mit der U-Bahn zum Gare Montparnasse wechseln. Dort lag mein Hotel, also das von Karin und Gerhard, und von dort würde meine Reise morgen weitergehen. Gleich ganz früh, weil ich

es nicht erwarten konnte, endlich in der Bretagne anzukommen.

Der Bahnsteig war lang, und wie immer bei Sackbahnhöfen hielt mein Wagen ganz hinten. Da, wo die Überdachung fünfzig Meter vorher endet und man beim Aussteigen vom Regen durchnässt wird.
Das war ein Naturgesetz.
Heute war mir das egal.
Je länger der Weg, desto größer meine Chance auf ein Taxi.
Aber niemand glich Karin. Auch keine der schwer bewaffneten Polizistinnen, die mit ihren Maschinenpistolen auf dem Bahnsteig patrouillierten. Das waren die Einzigen, die ich von vorne sah, weil sie mir entgegenkamen. Die anderen Menschen liefen alle in dieselbe Richtung wie mein Rollkoffer und ich. Einmal entdeckte ich vor mir einen wippenden blonden Pferdeschwanz. Aber als sich der Pferdeschwanz kurz umdrehte, vielleicht weil er sich beobachtet fühlte, war es ein Mann. Er erinnerte mich vage an Schneider.
Eine wie Karin begegnete mir nicht.
Wie auch?
Niemand war wie sie, und deswegen war die Wette von vornherein eine blöde Idee gewesen. Wahrscheinlich hatte mich mein Unterbewusstes dazu verleitet. In einer Vision sah ich wieder meine Mutter, die mir zufrieden zunickte, statt mir mit meinem Gepäck zu helfen.

Die Pariser Metro ist ein Labyrinth von Treppen, die planlos rauf- und wieder runterführen. Ein undurchschaubares System, und schon bei meinem ersten Besuch vor vielen Jahren hatte ich den Verdacht, dass man die meisten Strecken unter der Stadt nicht fährt, sondern läuft. Und genau wie damals machten mir auch jetzt die Sperren Angst, die sich wie riesige Fischmäuler rhythmisch öffneten und schlossen, wenn man sein Ticket in einem kleinen Kasten davor verschwinden ließ. Als Student war ich mit meinem Rucksack in der Sperre stecken geblieben. Sie hielt uns umklammert wie eine Beute, und nur einer jungen Französin verdankte ich meine Rettung, weil sie eines ihrer Tickets für meine Befreiung aus dem Metromonsterfischmaul opferte. Einen Kaffee wollte sie dann nicht mit mir trinken. Paris war die letzte Station meiner Interrail-Europatour gewesen, und ich hatte schon seit einigen Tagen nicht mehr geduscht.

Diesmal kam ich mit meinem Gepäck problemlos durch die Sperre, roch aber nach einem Tag im Zug wieder nicht besonders gut. Im Pariser Untergrund fiel das nicht auf. Keine U-Bahn riecht wie die andere. Paris aber ist besonders: Die Metro besitzt das Aroma einer Ledersandale, die jemand an einem heißen Tag auf einer Dachterrasse mit Blick auf den Eiffelturm ausgezogen hat. Es ist eine Mischung aus Schweiß, Gewürzen und … Eigentlich kann man es nicht beschreiben, man muss es gerochen haben, und wenn es den Duft als Parfüm in Flaschen gäbe, ich würde ihn kaufen.

Gegen Fernweh.

Ich brauchte nicht lange zu warten, dann kam auch schon eine Metro der Linie 4, und ich drängte mich mit den anderen Passagieren hinein. Wir passierten Les Halles, das Centre Pompidou, Notre-Dame, das Quartier Latin, Cluny, die Sorbonne und den Jardin du Luxembourg. Leise verfluchte ich die rot geblazerte Barfrau, die mir die Metrotickets aufgeschwatzt hatte. Ohne sie hätte ich im Taxi eine kleine Stadtrundfahrt genossen. So sah ich nichts, außer kahlen Hinterköpfen, riesigen Werbeplakaten und düsteren Röhren, durch die der Zug unter der Seine hindurchsauste.

Als ich endlich, viele Treppen und Gänge später, wieder ans Tageslicht kam, blieb ich überrascht stehen. Paris hatte sich verändert. Plötzlich waren auf der Straße Radfahrer. Die hatte es früher nicht gegeben. Jetzt waren sie überall, und zweimal wäre ich bei dem Versuch, einen Boulevard zu überqueren, fast von einem E-Bike überfahren worden. Als ich die andere Seite erreicht hatte, schaute ich mich um. Wenn der Bretone seine Heimat verließ, blieb er offenbar gerne in der Nähe des Bahnhofs, von dem aus er bei Heimweh schnell wieder nach Hause konnte.
Es war wie Chinatown, nur auf Bretonisch.
Überall waren Crêperien mit Namen wie Plougastel, Quiberon, Cœur de Breizh, Le Petit Morbihan oder Manoir Breton. Es gab sogar ein riesiges Kino, das sich Le Bretagne nannte. Um mich vorab schon ein wenig

zu akklimatisieren, beschloss ich, am Abend Crêpe zu essen und mir danach im Le Bretagne einen französischen Film anzuschauen. Ich mochte Filme, bei denen ich kein Wort verstand.

Bilder waren wichtiger als Worte.

Wer wusste das besser als ich.

Zuerst aber wollte ich meinen Koffer im Hotel abgeben. Auch das sah anders aus als die Absteigen am Gare du Nord, in denen ich als Student in Paris übernachtet hatte. Gerhards und Karins Hotel spielte in einer ganz anderen Liga. Wundern tat mich das nicht. Ich hatte die Villa und den dicken Volvo vor der Tür gesehen.

Mein Zimmer mit Kaffeemaschine, Obstkorb und einer dieser nutzlosen Decken, die nur das untere Drittel des Betts bedeckten, lag im zehnten Stock. Als ich hinausschaute, blickte ich auf einen riesigen Friedhof. Irgendwo dort unten musste das Grab von Jim Morrison liegen. Meine Mutter war ein großer Fan von ihm gewesen und hatte mir als Kind zum Einschlafen statt »Der Mond ist aufgegangen« jeden Abend »The End« vorgesungen, was ich schon damals etwas gruselig fand.

Ich schnappte mir den Stadtplan, der auf dem Schreibtisch lag, und schaute nach: Der Friedhof war nur noch eine Stunde geöffnet, und wenn ich nicht nachts heimlich über die Mauer klettern wollte, musste ich mich beeilen.

Duschen, Essen und ins Kino gehen würde ich dann einfach später.

Der Eingang zum Friedhof war nicht weit, ich musste nur einmal um die Ecke, dann stand ich auch schon vor einem kleinen Tor.

Ich mag französische Friedhöfe. Wenig Grün, viel Stein. Das hat so etwas Endgültiges. Nicht wie bei uns, wo die vielen Blumen und Bäume den Menschen eine Art Stoffwechselwiedergeburt versprechen. Auf französischen Friedhöfen ist die Sache klar: War man tot, kam ein dicker Steindeckel drauf.

Ende, aus, vorbei.

Ich lief achtlos an der Infotafel am Eingang vorbei. Das Grab von Morrison würde ich auch so finden. Ich brauchte nur nach einem Haufen Blumen und weinenden Mittsiebzigern zu suchen. Das konnte nicht so schwer sein.

War es aber.

Ich fand die Gräber von Beckett, Man Ray, der Duras, Sartre und Beauvoir, die beide nebeneinanderlagen. Da Simone nach Jean-Paul gestorben war, musste es ihre Entscheidung gewesen sein. Das fand ich bemerkenswert, und ich hätte schon gern gewusst, ob die beiden das vorher so abgesprochen hatten.

Einmal glaubte ich, Morrison gefunden zu haben. Auf einer Grabplatte lagen Hunderte Plektra. Das erschien mir logisch, bei einem Musiker wie ihm. Aber als ich näher kam, erkannte ich: Es waren keine Plektra, sondern Metrotickets. Und es war auch nicht das Grab von Morrison, sondern das von Serge »Je t'aime« Gainsbourg. Der hatte mal ein Chanson über einen Ticketkontrolleur in der Metro geschrieben. Da fiel mir ein, dass Morrison gar nicht Gitarre gespielt hatte. Das hatte ich mit Jimi Hendrix verwechselt, und deswegen war das mit den Plektra von Anfang an eine falsche Fährte gewesen.

Eine ältere Französin sprach mich an. Sie trug eine Gießkanne, auch wenn das bei den vielen Steinen keinen Sinn machte. Ich versuchte, ihr zu erklären, wonach ich suchte, und sie versuchte, mir zu erklären, dass ich mich auf dem Cimetière Montparnasse befand, Jim Morrison aber auf dem Cimetière du Père-Lachaise lag. Sechs Kilometer entfernt von hier.
Das war vor Schließung des Friedhofs unmöglich zu schaffen. Außerdem fühlte ich mich unwürdig, sein Grab zu besuchen. Wo ich ihn mit Hendrix verwechselt hatte. Aber bei Ringo Starr und George Harrison kam ich auch immer durcheinander.
Ich legte meine restlichen Metrotickets zu den anderen auf Gainsbourgs Grab. Morgen ging es in die Bretagne, da würde ich sie nicht mehr brauchen. Der Bahnhof lag direkt gegenüber dem Hotel. Da lohnte sich auch kein Taxi.

Die Madame mit der Gießkanne verabschiedete sich, und auch sonst war kaum noch jemand auf dem Friedhof unterwegs. Ich ging zurück Richtung Tor und freute mich auf eine warme Dusche, ein leckeres Essen und einen schönen Film ... da hörte ich plötzlich ein leises Miauen. Es kam aus einer der Gruften in der zweiten Reihe rechts des Weges. Zwischen zwei dorischen Säulen war eine Tür. Sie war verrostet und stand einen Spalt offen. In den Türsturz hatte jemand vor Jahrhunderten den Familiennamen eingemeißelt. Aber weil der Stein verwittert war, konnte ich ihn nicht mehr lesen. Homard oder so ähnlich. Ich trat ein paar Schritte näher. Kein Zweifel, das Miauen kam aus dem Inneren der Gruft.

Drinnen hockte eine Katze, die meine Hilfe brauchte und mit der es auch keine Verständnisprobleme geben würde.

Ich zwängte mich durch den Spalt hinein, und in dem Augenblick passierten zwei Dinge gleichzeitig: Die Katze, eine magere schwarz-weiße, huschte durch ein schmales Loch unter dem Dach der Gruft ins Freie, und hinter mir fiel die Tür ins Schloss.

Und ließ sich nicht mehr öffnen.

Jedenfalls nicht von innen, was ja auch Sinn machte. Wer hier einmal drinnen war, sollte nicht mehr raus. Das war wie mit den großen Steinplatten auf den Gräbern.

Ich warf mich gegen die Tür.

Ich trat gegen die Tür.

Ich hämmerte gegen die Tür.

Nichts zu machen.

Die Tür war zu und blieb es auch.

Ich schrie »Hilfe!«, erst nur leise, dann immer lauter. Vergebens.

Draußen war es still. Wahrscheinlich war der Friedhof längst geschlossen. Oder man hatte mich einfach nicht verstanden.

Wie hieß »Hilfe« noch mal auf Französisch?

»Aider«, glaubte ich mich zu erinnern. Also brüllte ich »Aider!« Aber selbst für mich klang das eher nach Eddy. Und wenn das tatsächlich jemand gehört hatte, dachte er bestimmt, ich wäre auf der Suche nach meinem entlaufenen Hund.

Telefonieren konnte ich auch nicht, weil ich mein Handy im Hotelzimmer hatte liegen lassen.

Und wen hätte ich anrufen sollen?

Meine Mutter? Auf gar keinen Fall.

Meine Schwester? Den Spaß hätte ich ihr nicht gegönnt.

Anouk? Die benutzte ihr Smartphone für alles Mögliche, aber ganz sicher nicht, um Telefonate anzunehmen.

Sandra? Der war ihr Handy angeblich in den Canal Grande gefallen. Deswegen hatte ich sie nie erreichen können, als ich es noch versucht hatte.

Das Hotel? Ich suchte nach der Zimmerkarte, aber da stand keine Nummer drauf.

Die Polizei? Ich hatte Französisch mit einer vier minus in der Zehnten abgewählt. Wie hätte ich denen erklären sollen, wo ich war und warum ich dort war?

Schneider? Tatsächlich war er der Einzige, den ich um Hilfe hätte bitten können, und der Gedanke machte mich traurig.

Karin hätte ich gerne angerufen, aber ich hatte ihre Nummer nicht, und mein Telefon lag ja sowieso oben auf dem Schreibtisch neben der blauen Wasserflasche, die mir das Hotel als Willkommensgruß neben den Obstkorb gestellt hatte.

Durch das Loch, in dem die Katze verschwunden war, konnte ich mein Hotelzimmer sehen.

Wenigstens standen in der Gruft keine Zinksärge. In den Wänden waren Nischen, hinter deren Türen ich die Urnen der Familie Homard vermutete. Und auf dem Boden gab es eine Klappe. Wahrscheinlich befand sich dahinter eine Stiege, die nach unten führte. Aber ich wagte es nicht, sie zu öffnen. Wer oder was auch immer da unten war, hatte ganz sicher kein Interesse an Besuch.

Und ich auch nicht.

Ich lauschte auf die Schritte eines Nachtwächters, der einen letzten Rundgang über das Gelände machte. Um sicherzustellen, dass sich niemand versehentlich in einer Gruft eingeschlossen hatte. Es kam aber niemand, und das Einzige, was ich hörte, war das Brausen des Verkehrs jenseits der Friedhofsmauern. Ich hatte Hunger und Durst, und kalt war mir auch. Um mich abzulenken, setzte ich mich auf den Boden und holte Karins Foto aus der Tasche.

Was, wenn sie mich nicht mögen würde?

An diese Möglichkeit hatte ich vorher noch gar nicht gedacht. Die Befürchtung kam mir erst hier, dem perfekten Ort für triste Gedanken.

Was, wenn ich gar nicht ihr Typ war?

Ich war nicht wie Gerhard.

Aber den hatte sie schließlich verlassen, tröstete ich mich.

Angst hatte ich keine. Also nicht vor der Nacht auf dem Friedhof. Davor, dass Karin mich nicht lieben würde, schon.

In dieser Nacht hatte ich in der Finsternis und Stille der Homardschen Familiengrabstätte ein transzendentes Erlebnis. Karin schwebte von der Decke der Gruft zu mir herunter. Ich erkannte sie sofort. Leberfleck und Narbe, alles da, und wie auf dem Blitzerfoto war ihre Erscheinung schwarz-weiß und ein bisschen körnig.

Hunger, Durst und Kälte waren mit einem Schlag verschwunden, als ihre Lippen sanft meinen Mund berührten.

»Warte auf mich«, hörte ich sie flüstern.

Dann löste sich die Erscheinung auf, und ich war wieder allein.

Bis zu diesem Moment war meine Reise in die Bretagne nur eine fixe Idee gewesen, eine alberne Grille, eine verliebte Laune. Nun aber war es eine Mission, geheiligt durch ihre Erscheinung. Denn nichts anderes war es: Eine Karin-Vision, und ich schwor, später mit ihr einmal im Jahr hierherzupilgern und mit dem Gewinn aus Look-a-lot die Homardsche Gruft zu renovieren. Die hatte es dringend nötig, denn schon kurze Zeit später war ich mir gar nicht mehr sicher, ob ich Karin wirklich gesehen hatte. Oder ob mein Gehirn durch den Schimmel an den Wänden ein wenig benebelt gewesen war. Oder ob es einfach am Hunger gelegen hatte. Seit den fünf Kölsch in Köln hatte ich nichts mehr gegessen.

Ich rollte mich auf dem Boden zusammen und formte mir aus ein paar Blättern, die der Wind hereingeweht hatte, ein Kopfkissen.

Schlaf fand ich keinen.

Aber hey, immerhin verbrachte ich die Nacht auf einem Friedhof. Nicht irgendeinem, sondern dem berühmtesten, okay, dem zweitberühmtesten von Paris. Wer konnte das schon von sich behaupten?

Gerhard und Luigi bestimmt nicht.

7

Am nächsten Morgen rettete mich ein Clochard. Nach dem Öffnen der Tore hatte ich draußen Schritte gehört und laut »Eddy« gerufen. Der Alte hatte mich gehört und mir von außen die Tür geöffnet. Vielleicht hielt er mich für einen Nekrophilen. Vielleicht passierte das häufiger, als ich dachte. Jedenfalls schien er nicht überrascht zu sein. Bevor ich mich bedanken konnte, war er mit seinen Plastiktüten schon weitergezogen. Als gehörte das Retten von Touristen aus Friedhofsgrüften genauso zu seinem Morgenritual wie die Flasche Cognac, die er mit einem gezielten Wurf in einem Papierkorb am Wegrand versenkte.

Ich klopfte mir die Blätter von meiner Jacke und eilte zwischen den Gräbern zurück zum Hotel. In der Nähe des Ausgangs sonnte sich eine Katze auf einer Grabplatte aus schwarzem Marmor. Es war dieselbe, die mich gestern Abend in die Gruft gelockt hatte. Frech zwinkerte sie mir zu.

Sie: »Miau.«

Ich: »Blödes Viech, du!«

Was ein wenig unfair war. Schließlich hatte ich ihr eine geradezu mystische Erfahrung zu verdanken. Außerdem verstand sie mich sowieso nicht; und für eine Übersetzung fehlten mir sowohl die passenden Vokabeln als auch die Zeit. Mein Zug in die Bretagne ging in einer halben Stunde. Wenn ich den erreichen wollte, musste ich mich beeilen. Ich lief zurück ins Hotel, vorbei an den Amerikanern, die in der Lobby saßen und auf ihre Handys starrten. Genau wie am Abend zuvor. Aber wer war ich, darüber zu urteilen? Ich hatte von Paris auch nicht mehr gesehen als ein paar Gräber und das Innere einer Gruft.

Weil alle Aufzüge wegen des Breakfast-Traffics belegt

waren, nahm ich die Treppe. Atemlos kam ich in meinem Zimmer an, und immerhin zahlte es sich jetzt aus, dass ich gestern Abend gar nicht erst ausgepackt hatte. Ohne zu duschen und zu frühstücken, checkte ich aus. Vor dem Hotel parkte ein Taxi. Ich zögerte. Verständlich. Aber erstens lag der Bahnhof direkt gegenüber, und zweitens war sowieso Stau. Da war ich zu Fuß schneller. Ich rannte los, zwängte mich mit meinem Rollkoffer an den hupenden Autos vorbei, wich auf der Straße geschickt zwei Radfahrern aus, stürmte in die Bahnhofshalle und war

… zu früh.

Vage erinnerte ich mich, dass in französischen Bahnhöfen das richtige Gleis erst unmittelbar vor Abfahrt bekannt gegeben wird. Selbst wenn der Bahnhof nur zwei Gleise hat. Der Bahnhof Montparnasse besitzt achtundzwanzig davon, und zusammen mit anderen Reisenden starrte ich auf die große Anzeigetafel, als würden wir auf einen Startschuss warten. Zwischen den Wartenden liefen französische Bahnbeamte herum und verteilten großzügig weiß-rot-gelbe Papieranhänger. Auf die sollte man gut leserlich seine Adresse schreiben und sie dann an seinem Gepäck befestigen. Ich bedankte mich höflich und ließ den Zettel in meiner Jackentasche verschwinden. Die Franzosen machten es genauso. Zumindest die wenigen, die den Beamten überhaupt einen der Zettel abnahmen.

Die meisten der Reisenden waren Senioren und starrten weiter erwartungsvoll auf die Tafel. Die Schulferien begannen erst in ein paar Wochen, und nicht jeder konnte sich die Zeit so frei einteilen wie ich als »Unternehmensgründer eines florierenden und prosperierenden Start-ups mit hoher Social Responsibility«. So hatte Schneider mich mal genannt, und das hatte mir gefallen. Wenn ich in Trégastel angekommen war, würde ich ihn anrufen. Nicht, weil es mich wirklich interessierte, was im dreiundzwanzigsten Stock am Potsdamer Platz passierte, sondern weil sich das als Chef mit »social responsibility« einfach so gehörte.

Als ich wieder zu der Anzeigetafel hochschaute, stand plötzlich Quai 4 hinter unserem TGV. Die meisten der Senioren hatten schon einen Vorsprung rausgelaufen. Die würde ich trotz ihres Alters nicht mehr einholen. Dennoch rannte ich hinterher, weil alle rannten. Bis mir einfiel, dass dieser Wettlauf zum Gleis 4 völlig sinnlos war. Es besaß ja sowieso jeder eine Sitzplatzreservierung, anders kam man in den Zug gar nicht rein.

Entspannt spazierte ich an den Bahnhofspolizisten mit ihren Maschinengewehren vorbei, entwertete meine Fahrkarte in einem kleinen Automaten und stieg ein. Meinen Koffer verstaute ich in dem Gepäckfach am Anfang des Wagens. Dann setzte ich mich auf meinen Platz neben eine ältere Französin. Sofort begann sie, auf mich einzureden. Obwohl ich kein Wort verstand.

Aber das bemerkte sie nicht, weil in ihrem Redefluss keine Lücken existierten, in denen ich etwas hätte erwidern können. Irgendwann zeigte sie mir ein Foto von zwei Kindern, ihren Enkeln vermutlich. Für einen kurzen Moment meldete sich meine Berufsehre, aber dann dachte ich mir: Halt einfach den Mund, du hast Urlaub.

Und in dem wollte ich nun endlich in einem Bordrestaurant essen. Das war ein französischer Zug. Da gab es weiße Porzellanteller, Kristallgläser und Essen aus der Sterneküche. Mindestens. Aber meine Müdigkeit war größer als mein Hunger, und als wir den Bahnhof verließen, war ich bereits eingeschlafen.

Als ich aufwachte, redete die alte Dame auf dem Platz neben mir immer noch. Aber nicht mit mir. Sie strich ihr lila gefärbtes Haar nach hinten, und erst da bemerkte ich den weißen AirPod in ihrem rechten Ohr. Direkt über einem Perlenohrring. Mich beschlich der Verdacht, dass sie auch vorhin gar nicht mit mir gesprochen hatte, sondern mit ihrer Tochter oder wem auch immer. Und die Fotos hatte sie mir nur gezeigt, weil ich sie so fragend angestarrt hatte.

Auch jetzt hielt sie Abstand. So als hätte sie Angst. Oder weil ich nach der Nacht in der Gruft immer noch nicht geduscht hatte.

Das war ein guter Moment, Richtung Speisewagen zu verschwinden.

Ich durchquerte fünf Wagen, und als ich das Bordrestaurant endlich erreichte, war mein »Pardon« von dem eines richtigen Franzosen nicht mehr zu unterscheiden. So oft hatte ich mich entschuldigen müssen, weil ich mich immer wieder an den Schultern und Köpfen meiner Mitreisenden hatte festhalten müssen.

»Pardon?«, antwortete auch der Kellner im Bordbistro, als ich ihn fragte, wo ich den Speisewagen mit den gedeckten Tischen finde.

Genau wie im Thalys gab es aber auch im TGV nur eine Bar und ein paar Stehtische, an denen gelangweilte Rentner an einem Dosenbier nippten, während ihre Gattinnen im Wagen auf den Kaffee warteten, den ihre Männer ihnen zu holen versprochen hatten.

Der Barmann deutete wortlos auf eine Speisekarte, die an der Scheibe seines Bistros hing. Erschüttert wich ich zurück. Es war nahezu dieselbe, die ich aus dem Thalys kannte. Es gab eingeschweißte Waffeln, verpackte Sandwiches und als echte französische Spezialität ... Hamburger.

Weil die französischen Hamburger aus waren, nahm ich ein Sandwich und dazu einen Kaffee. Der wurde in einem Pappbecher serviert, zusammen mit dem obligatorischen Holzstäbchen. Auch für das Sandwich bekam ich keinen Porzellanteller, sondern nur eine Papierserviette.

Desillusioniert kletterte ich auf einen der Hocker, rührte in meinem Kaffee und aß mein Sandwich. Ein-

mal biss ich versehentlich in die Serviette. Geschmack-
lich machte es keinen Unterschied.

Vor dem Fenster rauschte viel Land an mir vorbei.
Städte gab es eher selten. Und wenn, befand sich am
Rand eine riesige *Zone Commercial* mit hässlichen
Hallen, in denen sich Supermärkte, Möbelläden und
Baumärkte angesiedelt hatten. Dazwischen lagen Fast-
Food-Filialen, Sportgeschäfte und Baumschulen.
Baumschulen gab es immer.

Meistens aber sah ich draußen nur Weiden, auf denen
weiße Kühe grasten, die irgendwie französisch aussahen. Auch wenn ich nicht sagen konnte, weshalb. Bas-
kenmützen trugen sie keine. Womöglich hatte ich in
meinem Leben einfach zu viel Camembert-Werbung
gesehen.

Ich saß mit einer halben Pobacke auf dem viel zu
kleinen Plastiksitz, bedauerte den Untergang der
französischen Küche und dachte an die vergangene
Nacht.

»Warte auf mich!«, hatte Karin in der Gruft zu mir gesagt.

Genau das würde ich tun.

Kurz darauf hielt der Zug in einem kleinen Bahnhof.
Ein Ort war weit und breit nicht zu erkennen. Es gab
nur einen langen Bahnsteig, auf dem im Regen ein
paar Reisende warteten. Niemand stieg aus, außer einer Schaffnerin der französischen Bahn. Sie hatte einen Rollkoffer. Und ich dachte noch, dass sie bestimmt

hier wohnt und ihre Familie sich freut, wenn sie zum Feierabend nach Hause kommt. Und dann dachte ich: Komisch, ihr Koffer sieht genauso aus wie meiner. Und dann wunderte ich mich: Die Frau stellte ihren Koffer nämlich einfach auf dem Bahnsteig ab und stieg wieder ein.

Im nächsten Augenblick fuhr der Zug auch schon weiter, und langsam wurde mir klar, dass das gar nicht ihr Koffer war, der auf dem Bahnsteig zurückblieb.

Es war meiner.

»Halt! Arrêtez! Stopp!«

Schreiend lief ich zur nächsten Tür, aber die war zu und blieb es auch.

»War das Ihr Koffer?«

Ein deutscher Tourist sprach mich an.

Ich: »Ja!«

Er: »Die Schaffnerin hat vorhin überall rumgefragt, wem der gehört.«

Ich: »Ich war im Bordbistro.«

Der Mann lachte, weil er das offenbar für eine absurde Idee hielt.

Er: »In Frankreich geht niemand ins Bordbistro. Da gibt es ja nichts Vernünftiges zu essen. Klar, dass die Schaffnerin da nicht nachgefragt hat.«

Ich: »Aber was wird denn jetzt aus meinem Koffer?«

Er: »Wahrscheinlich gesprengt. Da verstehen die Franzosen keinen Spaß. Die haben hier immer noch eine Heidenangst vor Anschlägen, deswegen auch die ganzen schwer bewaffneten Soldaten überall im Bahnhof.

Die machen keine Gefangenen, auch nicht bei Koffern. Haben Sie denn das Formular nicht ausgefüllt?«

Der Mann tippte auf einen Adressanhänger, der an seinem eigenen Koffer hing. Er hatte den Zettel gut lesbar in Großbuchstaben ausgefüllt: Karl Schmidt, Hanseweg 5, 48165 Münster, Deutschland.

Er: »Die haben sie doch überall am Bahnhof verteilt. Ohne Zettel ... WUMMS!«

Er unterstrich sein WUMMS! mit einer entsprechenden Handbewegung und klopfte mir aufmunternd auf die Schulter.

Er: »Ich muss hier raus, viel Glück!«

Tatsächlich wurde der Zug langsamer, bevor er erneut an einem kleinen Bahnhof hielt. Die kurze Abfolge der Stationen konnte nur bedeuten, dass wir unser Ziel bald erreicht hatten. Für einen Moment dachte ich daran, ebenfalls auszusteigen, mit dem nächsten Zug zurückzufahren, um meinen Koffer zu holen. Aber weil ich im selben Moment irgendwo in der Ferne einen lauten Knall hörte, ließ ich es bleiben. Auch wenn ich keine Ahnung hatte, ob das mein Koffer gewesen war oder vielleicht nur die Fehlzündung eines alten Citroëns.

Karl Schmidt wuchtete seinen Koffer auf den Bahnsteig und reichte mir einen der weiß-rot-gelben Anhänger, auf denen fett gedruckt zu lesen war: »Pour votre sécurité, l'étiquetage des bagages est obligatoire«.

Er: »Besser ist, Sie füllen das aus und hängen es sich ums Handgelenk. Sicher ist sicher, nicht, dass Sie auch noch …«

Er ahmte mit seinen Händen wieder eine Explosion nach und lachte, dann fuhr der Zug auch schon wieder weiter.

Ich hatte Pantomimen noch nie leiden können.

Ich machte mich auf die Suche nach der Schaffnerin, die meinen Koffer auf den Bahnsteig gestellt hatte. Aber sie war wie vom Erdboden verschwunden, obwohl ich dreimal durch den Zug lief. Vom ersten bis zum letzten Wagen. Bestimmt versteckte sie sich in einem der Abteile, bei denen die Vorhänge zugezogen waren. Ich traute mich nicht zu klopfen. Dahinter konnte alles Mögliche geschehen. Schließlich waren wir in Frankreich, dem Land der Liebe. Da war das durchaus möglich. Eher sogar wahrscheinlich.

Außerdem hatte ich Angst, dass mir die französische Bahn die Sprengung meines Koffers in Rechnung stellen würde. So ein Einsatz war bestimmt nicht billig. Und schließlich war es irgendwie ja auch meine Schuld gewesen, dachte ich, als ich den unausgefüllten Anhänger in meiner Tasche unauffällig in einem Mülleimer verschwinden ließ.

Ich ging zurück ins Bistro, pfiff auf die Grande Kulturnation und bestellte mir auf den Schreck ein Dosenbier. Damit stellte ich mich zu den Rentnern, die mich mit einem freundlichen Nicken in ihrer Mitte begrüßten. Keiner von uns sagte ein Wort. Brauchte es auch nicht. Sie waren vor ihren Gattinnen geflohen, und ich trauerte still meinem Koffer und seinem Inhalt nach. Da waren Worte überflüssig.

Vielleicht, so überlegte ich, war der Verlust meines Koffers ein Zeichen, mein altes Leben hinter mir zu lassen und ganz von vorne anzufangen.

Gemeinsam mit Karin.

In dem Koffer waren nur Dinge, die sich ersetzen ließen. Nur um die Bücher tat es mir leid. Ich beschloss, den kleinen Zwischenfall als Initiationsritus beim Übertritt in ein neues Leben zu betrachten. Es war ein Opfer, das ich den Göttern der Liebe gebracht hatte. Genauso wie meine Übernachtung in der Homardschen Familiengruft und irgendwie war das fast schon ein Zeichen, dass ich auf dem richtigen Weg war.

Vielleicht dachte ich das alles auch nur wegen des französischen Biers, das deutlich mehr Prozente besaß als Kölsch. Aber das bemerkte ich erst, als ich bei der zweiten Dose das Kleingedruckte las.

Kurz darauf verlangsamte der Zug sein Tempo erneut, und über den Lautsprecher verkündete eine Stimme die bevorstehende Ankunft in Lannion. Ich verabschiedete mich von den Rentnern, mit denen ich mich schweigend angefreundet hatte, und verließ den Zug.

Auch Lannion war ein Sackbahnhof, genau wie der Gare Montparnasse. Ich war von einem Sackbahnhof gestartet und in einem gelandet. Aber im Gegensatz zu der Nacht auf dem Friedhof und meinem verlorenen Koffer weigerte ich mich, das in irgendeiner Weise symbolisch zu deuten.

8

Ohne Koffer war ich schneller als die anderen Passagiere. Da standen meine Chancen gut, am Bahnhof von Lannion ein Taxi zu erwischen. So viele würde es nicht geben, wahrscheinlich nur ein einziges.

Wenn überhaupt.

Offensichtlich aber war ich nicht der Einzige, der für die Weiterreise ein Taxi benötigte. Direkt hinter mir lief ein Mann und versuchte, mich zu überholen. Sein silberner Luxuskoffer war so einer mit Kugellagern. Die Räder glitten fast lautlos über den Bahnsteig und behinderten ihn kaum beim Gehen. Nicht so wie der riesige Schrankkoffer mit den eiernden Rädern, den eine alte Dame vor mir hinter sich herzog. Es war die Dauertelefoniererin, die neben mir gesessen hatte. Auch sie schien sich an der Jagd auf das einzige Taxi in Lannion zu beteiligen. Ohne dabei ihr Telefonat zu unterbrechen. Weil ich immer noch kein Wort verstand, klang sie wie eine französische Sportreporterin, die unser Rennen live im Radio kommentierte. Doch mit ihrem alten Koffer, den sie mühsam über den Bahnsteig zerrte, hatte sie nicht den Hauch einer Chance. Einen winzigen Moment bekam ich ein schlechtes Gewissen. Andererseits – die Frau hatte in ihrem Leben bestimmt schon viel gewartet: auf den richtigen Mann, den richtigen Zeitpunkt, mit ihm Schluss zu machen, die erste Rentenüberweisung. Da kam es auf dieses eine Mal auch nicht mehr an.

Ich aber wollte jetzt endlich Taxi fahren, nachdem das schon in Berlin und Paris nicht geklappt hatte. Die Taxifahrt war »eine symbolische Befreiung aus den kleinbürgerlichen Denkmustern meines Elternhauses«. Die Formulierung hatte ich mir mal in einem Buch mit Kuli unterstrichen.

Dafür musste ich nur noch den Rollkoffermann hinter mir abschütteln.

Ich beschleunigte.

Er auch.

Ich wechselte in diese komische Gangart, die Geher bei den Olympischen Spielen benutzen. Mein Konkurrent ebenso, nur war seine Technik nicht so gut wie meine. Ein Kampfrichter hätte ihn längst aus dem Rennen genommen, weil seine Füße gleichzeitig in der Luft waren. Ein absolutes No-Go beim Gehen. Hier aber gab es kein olympisches Regelwerk. Das hier war ein Kampf Mann gegen Mann.

Ich gab noch einmal Gas.

Er auch.

Ich rannte fast.

Er auch.

Zum Glück war der Bahnsteig in Lannion kürzer als der am Gare du Nord. Ich atmete bereits schwer und schwitzte. Lange würde ich das Tempo nicht mehr halten können.

Brauchte ich auch nicht. Wir hatten das Bahnhofsgebäude schon fast erreicht. Die Tür war das Nadelöhr. Wer von uns beiden dort zuerst durchkam, würde auch als Erster auf der anderen Seite ins Freie treten und laut »TAXI!« rufen.

Ich lag einen halben Meter vor ihm, gleich hatte ich es geschafft. Schon streckte ich die Hand nach dem Türgriff aus, als mich sein Koffer am Ellbogen traf. Musikantenknochenvolltreffer.

Der Schmerz jubilierte die Tonleiter rauf und runter. Nicht nur einmal. Immer wieder und wieder. Der Rollkoffermann stoppte kurz und sah mich besorgt an. Aber die Schauspielerei konnte er sich sparen. Genauso wie sein geheucheltes: »Pardon, je suis désolé.«

Ich glaubte ihm kein Wort.

Er öffnete die Tür und lief mit seinem lautlosen Killerkoffer durch den Bahnhof und auf den Ausgang zu. Trotz meiner Schmerzen hetzte ich ihm humpelnd hinterher. Es war aussichtslos. Durch die Glasfront sah ich, dass da draußen tatsächlich nur ein einziges Taxi stand. Genau wie ich befürchtet hatte. Das war jetzt seins. Auch wenn er es nicht verdient hatte, weil der Kampf kein fairer gewesen war.

Ich gab auf, verlangsamte den Schritt, und dann passierte etwas Seltsames. Von der Seite rannte ein Junge auf den Rollkofferkiller zu. Der Junge war vier oder fünf und rief laut: »Papa!« Der Mann bückte sich zu ihm herab und nahm ihn in den Arm. Dann richtete er sich wieder auf und tat dasselbe mit einer Frau, die ebenfalls wie aus dem Nichts aufgetaucht war. Die beiden küssten sich und gingen gemeinsam mit ihrem Sohn zu einem weißen SUV, der auf dem Parkplatz vor dem Bahnhof stand.

Mit einem Mal fühlte ich mich furchtbar schlecht und hätte ihm gerne eine Entschuldigung hinterhergerufen, aber da fuhr die Familie auch schon vom Parkplatz. Glücklich, nach der Trennung wieder vereint zu sein.

Ich schaute dem Wagen hinterher und sah mich selbst nach einer langen Geschäftsreise nach Hause kommen. Karin würde mich genauso empfangen. Meinetwegen auch umgekehrt. Sie kam von der Reise zurück, und ich würde sie abholen. Ganz gleich, ob mit einem bunten 2CV oder weißem SUV.

Ob mit oder ohne Kind.

Alles war möglich.

Weil ich meinen Träumen nachhing, schaffte es die alte Dame mit ihrem eiernden Schrankkoffer vor mir auf den Parkplatz. Als sie laut »Taxi!« rief, warf der Fahrer sein Handy auf den Beifahrersitz und sprang aus dem Wagen. Fassungslos schaute ich zu, wie er den Koffer verstaute und dann mit ihr davonbrauste. Als der Wagen an mir vorbeifuhr, winkte sie mir grinsend zu, während sie weiter in ihr Telefon quatschte. Wahrscheinlich erzählte sie ihrer Tochter, wie sie dem stinkenden deutschen Touristen, der sie im Zug bedroht hatte, gerade das einzige Taxi vor der Nase weggeschnappt hatte.

Weit und breit war kein weiterer Wagen zu entdecken. Entweder lohnte es sich nicht, hier zu warten, oder die Chauffeure waren mit Wichtigerem beschäftigt: essen, Boule spielen, demonstrieren. Was Franzosen halt so machen.

Ich schaute mich um und verstand sie sogar. Der Parkplatz vor dem Bahnhof war gesäumt von hässlichen Häusern. Es gab nur wenig Grün, und auf der gegenüberliegenden Straße warb ein Bestatter namens Lannionnaises mit einem Rabatt von zwanzig Prozent auf ausgewählte Grabsteine.

Nein, das war kein Ort, an dem man gerne wartete. Auch nicht auf Kunden. Mit den hübschen Bildern, die ich bei Gerhard und anderen Bretagne-Urlaubern gesehen hatte, hatte der Bahnhof von Lannion so viel gemeinsam wie die Strände von Bali mit den Straßen von Neukölln. Immerhin war es kühl, und dunkle Wolken kündeten Regen an. Zumindest das erfüllte meine Bretagne-Erwartungen.

»Kann ich Ihnen irgendwie 'elfen?«

Erschrocken drehte ich mich um. Hinter mir stand eine Französin (braunes Haar, Sommersprossen, etwa mein Alter). Obwohl weit und breit keine Sonne zu sehen war, hatte sie sich eine getönte Ray Ban über ihren Pony geschoben und schaute mich fragend an.

Sie: »Leckomio, ich 'abe nicht die ganze Tag Zeit. Wollen Sie nun mit? Oui ou non?«

Ich hatte sie einen Tick zu lange angestarrt und deswegen nicht gleich auf ihre Frage reagiert. Der Ruhrpott-Einschlag, der sich mit ihrem französischen Akzent vermischte, verwirrte mich vollends. Wörter, die ich von meiner *Omma* aus Duisburg kannte. *Leckomio* hatte ich seit Jahrzehnten nicht gehört. Mindestens.

Ihr Akzent klang, als würde man Kartoffeln in ein Schokofondue tauchen. Eigentlich völlig unvereinbar und doch …

Sie: »Meine Wagen steht da vorne. Der schwatte Peugeot.«

Ich musste jetzt unbedingt etwas sagen, wollte ich nicht als Vollidiot dastehen.

Ich: »Das Taxi ist weg. Eine alte Dame hat es mir vor der Nase weggeschnappt. Ich wette, meine Mutter steckt dahinter.«

Okay, ich stand trotzdem da wie ein Vollidiot.

Sie: »Das war die alt Madame Lacroix. Sie kommt jedes Jahr aus Paris und verbringt ihre Sommer bei uns.«

Ich: »Ich saß im Zug neben ihr. Sie hat die ganze Zeit telefoniert.«

Sie: »Das macht sie immer. Mit Paris, weil sie die Stadt schon vermisst, sobald sie in den Zug steigt. Wo wollen Sie denn hin?«

Ich: »Trégastel.«

Sie: »Trifft sich gut, ich auch. Mein Name ist übrigens Juliette.«

Ich: »Ich heiße Frank. Und danke für das Angebot, aber ich warte lieber auf das nächste Taxi.«

Über die damit verbundene Befreiung aus den kleinbürgerlichen Denkmustern meines Elternhauses schwieg ich lieber. Ich hatte mich vorhin schon verquatscht, als ich versehentlich meine Mutter erwähnt hatte.

Sie: »Es gibt nur eins, und wenn Gerard die alte Madame Lacroix abgesetzt hat ...«

Juliette schaute auf ihre Uhr.

Sie: »... wird er ausgiebig Mittag machen. Und das kann dauern.«

Ich: »Woher wissen Sie das?«

Sie: »Gerard ist mein Cousin. Wollen Sie nicht lieber doch mitfahren?«

Ich: »Wenn das so ist ...«

Geschlagen folgte ich Juliette zu ihrem *schwatten* Peugeot.

Sie: »Keine Koffer?«

Ich: »Lange Geschichte.«

Sie: »Keine Gepäckanhänger?«

Ich nickte.

Ich: »Wird der jetzt wirklich gesprengt?«

Sie: »Muss nicht, manche wirft man einfach ins Meer, um Dynamit zu sparen. Die Bretagne ist immer noch ein arme Region, eine der ärmsten in Frankreich. Trotz Tourismus. Da reicht es kaum für Essen, geschweige denn für Sprengstoff.«

Juliette lachte, als sie mein erschrecktes Gesicht sah.

Sie: »Kein Sorge, so schlimm ist es nun auch wieder nicht.«

Ich: »Ich mache mir eher Sorgen um meinen Koffer.«

Sie: »Ach, das sind doch nur Dönnekes. Gruselgeschichten, die man Touristen erzählt. Manchmal, ganz selten, stellen Schaffner Koffer auf das Bahnsteig, wenn sich kein Besitzer meldet. Sonst müsste der Zug warten, bis die Polizei da. So geht's schneller.«

Ich: »Aber was mach ich denn jetzt? Ich habe nichts mehr zum Anziehen.«

Sie: »In Trégastel gibt es ein paar sehr 'übsche Geschäfte. Da kriegen Sie alles, was Sie brauchen.«

Ich: »Sie klingen, als würden Sie dort fürs Tourist Office arbeiten.«

Sie: »*Mais oui*, ich leite es sogar, und deswegen werde ich mich persönlich kümmern um Ihre Koffer. Wir wollen schließlich, dass unsere Gäste glücklich sind. Sie machen doch Urlaub, oder? Sie sehen aus, als wenn sie welchen brauchen könnten.«

Ich: »Auch das ist eine lange Geschichte.«

Sie: »*L'amour*?«

Juliette besaß das seltene Talent, lange Geschichten in einem einzigen Wort zusammenfassen zu können.

Gepäckanhänger.

Liebe.

Mehr gab es nicht zu sagen, und deswegen nickte ich erneut, als ich in ihren Wagen stieg.

Sie: »Dann mal *beurre* bei die Fische. Wir 'aben noch eine gute Stück zu fahren, und ich liebe Liebesgeschichten.«

Juliette schoss mit ihrem Auto von dem Bahnhofsparkplatz, vorbei an den Grabsteinsonderangeboten und raus auf eine Straße, die an einem Fluss mit wenig Wasser und viel Schlamm entlangführte. Das lag an den Gezeiten, erklärte sie mir. Bei Flut drückte das Meer das Wasser in den Fluss, und die Ebbe saugte es wieder zurück.

Sie: »Wie Lungen beim Atmen. Und jetzt erzählen Sie endlich!«

Wo sollte ich anfangen?

Da, wo alles begonnen hatte.

Wo sonst?

Bei der Anzeige, die mich irgendwann zu Gerhard und seinen Fotos aus Trégastel geführt hatte. Juliette hörte zu, während sie in einem Kreisverkehr die Straße nahm, die steil einen Berg hinaufführte. Weg von dem Fluss ohne Wasser und der Stadt ohne Taxis.

Es war das erste Mal, dass ich die ganze Geschichte erzählte. Anouk, Nicole und meine Mutter hatten nur eine Kurzfassung bekommen, und auch in der hatte ich einige Details ausgelassen, damit sie mich nicht für völlig verrückt hielten. Juliette tat das nicht. Sie stellte die richtigen Fragen an den richtigen Stellen und schien überhaupt nicht verwundert zu sein, dass ich nur wegen eines Fotos die weite Reise von Berlin hierher gemacht hatte. Das mochte ich an den Franzosen, die hatten Verständnis für die Liebe.

Sie: »'aben Sie eine Bild von ihr?«

Ich zog Karins Blitzerfoto aus der Tasche. Juliette beugte sich neugierig über die Aufnahme, und ich sah besorgt auf die Straße, weil sie dabei weiter beschleunigte. Wir hatten die Stadt verlassen und rasten auf den nächsten Kreisverkehr zu.

Sie: »Schade, man erkennt so wenig.«

Ich wollte Juliette widersprechen. Ich fand, dass man auf dem Bild alles sah. Aber wahrscheinlich schaute sie anders auf das Foto als ich, und auch das hatte ich in meinem Job gelernt: Niemals sahen zwei Menschen das Gleiche im selben Bild.

Sie: »Aber sie erinnert mich an irgendwen ...«

Ich: »Karin fährt jedes Jahr hierher, mit ihrem Mann ... ihrem Ex-Mann und den Kindern.«

Sie: »Das 'ilft mir auch nicht weiter. Trégastel wimmelt in der Hauptsaison von Familien. Niemand fährt allein in die Bretagne. «

Juliette sah mich an. Mir wäre es lieber gewesen, sie hätte auf die Straße geschaut.

Sie: »Außer Ihnen.«

Ohne abzubremsen, raste Juliette in den Kreisverkehr und verließ ihn mit konstanter Geschwindigkeit in der dritten Ausfahrt wieder. Rechts tauchte ein kleiner Flughafen auf.

Ich: »Man kann hierherfliegen?«

Ich war wirklich überrascht. Das hatte ich nicht gewusst. Hätte ich es gewusst, hätte ich mir die Fahrerei mit dem Zug auch sparen können, und etwas Vernünftiges zu essen hätte ich im Flieger bestimmt auch bekommen. Da fiel mir auf, dass ich trotz des Sandwiches und der Serviette immer noch Hunger hatte. Prompt begann mein Magen zu knurren. Juliette war so höflich, es nicht zu bemerken.

Sie: »Der ist nur für Privatflieger von reiche Schnösel, die machen 'ier einen auf Marquis de Koks von der Gasanstalt.«

Ich musste grinsen. *Graf Koks von der Gasanstalt.* Auch das hatte ich ewig nicht gehört, und in der Kombi mit Marquis klang es besonders charmant. Genauso wie ihr Juliettes die *beurre* bei die Fische.

Ich: »Warum sprechen Sie eigentlich so gut Deutsch?«

Sie: »Ich 'abe drei Jahre in Deutschland studiert. Ist aber schon lange 'er.«

Ich: »Und wo da?«

Sie: »An der Ruhr-Uni Bochum, mitten im Pott. Warum fragen Sie?«

Ich musste lachen, jetzt war alles klar.

Sie: »Stimmt was nicht mit meine Deutsch? Ist es nicht gut?«

Ich: »Doch, doch, das ist perfekt, es ist nur …«

Bevor ich weitersprechen konnte, meldete sich mein Magen wieder. Lauter und ausdauernder diesmal.

Sie: »In Trégastel zeige ich Ihnen eine gute Crêperie. Aber vorher würde ich dringend zu einer Dusche raten. Sie riechen wie Laterne auf fond.«

Ich: »Auf fond?«

Sie: »Ganz unten. Sagt man doch so. Sagt man nicht?«

Wieder musste ich lachen.

Ich: »In Bochum schon.«

Unauffällig roch ich an meiner Jacke. Juliette hatte recht, aber nach zwei Tagen im Zug, einer Nacht in der Homardschen Familiengruft und dem Wettrennen auf dem Bahnsteig war ich nicht wirklich überrascht. Sobald wir angekommen waren, würde ich ein paar neue Sachen kaufen, dann duschen und erst danach etwas essen gehen. Man muss Prioritäten setzen. Einer von Schneiders Lieblingssprüchen.

Den Rest des Weges sprachen Juliette und ich nicht mehr viel. Die Straße führte vorbei an kleinen Wäldern und großen Weiden. Es ging rauf und runter, und plötzlich sah ich das Meer.

Und es war schön und riesig und unendlich wie immer.

9

Es ist immer wieder überwältigend, wenn man nach langer Zeit zum ersten Mal das Meer wiedersieht. Also für mich jedenfalls. Aber ich glaube, das geht allen Menschen so. Mir tun nur die Leute leid, die am Meer wohnen. Die sehen es ständig, und ich bezweifle, dass man seine Schönheit dann noch angemessen würdigen kann. Hätte ich die Mona Lisa bei mir im Wohnzimmer hängen, würde ich mich auch irgendwann an die lächelnde Dame gewöhnen.

Das ist wie in einer Beziehung.

Einer schlechten.

Ich war jedenfalls hin und weg, als wir über einen Hügel kamen und ich das Meer erblickte: ein schmaler blauer Streifen am Horizont. Es war eine Verheißung, ein Versprechen, und ich verstand die ersten Menschen, die ein Boot gebaut und damit hinaus aufs Meer gefahren waren. Nicht um zu fischen, sondern um zu schauen, was dahinter lag. Selbst auf das Risiko, dass da draußen irgendwo eine Kante war, über die sie mit Schiff, Mann und Maus hinunterstürzen würden. Wohin auch immer. Ich wäre mitgefahren.

Ich war ja auch von Berlin aufgebrochen, nur wegen eines Fotos. Kein so großer Unterschied, wie ich fand. Juliette beobachtete mich besorgt von der Seite, wie ich auf den schmalen Streifen Wasser am Horizont starrte. Auf ihrer Stirn hatte sich eine Falte gebildet.

Sie: »Alles klar im Schacht?«

Ihr Ruhrpott-Slang holte mich zurück in den schwatten Peugeot.

Ich: »Das Meer!«

Ich zeigte nach vorne, dahin, wo das Wasser war.

Sie: »Das ist nur eine blaue Streifen 'immel unter einer dunklen Wolkenwand. Das Meer kann man vor 'ier aus noch gar nicht sehen.«

Ich: »Oh, ich dachte …«

Egal, so hatte ich noch ein wenig länger Zeit, mich auf das Meer zu freuen. Und tatsächlich, auf der nächsten Hügelkuppe konnte ich es endlich wirklich sehen. Ein schmaler Streifen Wasser unter einem blauen Streifen Himmel unter einer dunkelgrauen Wolkenschicht. Es sah aus wie eine von Anouks veganen Schichttorten, die sie gerne mit Lebensmittelfarben ein wenig aufhellte. Damit sie nicht ganz so trist aussahen.

Ich: »Ist es nicht wunderschön, das Meer?!«

Sie: »Na ja, vor allem ist es kalt und nass.«

Ich: »Aber irgendwo dahinten liegt Amerika. Wenn man immer weiter schwimmen würde, wäre man in New York. Ist das nicht eine großartige Vorstellung?«

Juliette betrachtete mich erneut von der Seite. Wieder mit dieser Falte auf der Stirn. Damit sie zurück auf die Straße schaute, nahm ich den Arm runter, mit dem ich immer noch nach vorne deutete.

Dahin, wo das Meer lag.

Sie: »Pustekuchen, in der Richtung liegt England. Da landen Sie höchstens in Plymouth.«

Ich: »Das ist doch auch gar nicht wichtig, wo man landet. Hauptsache, man bricht überhaupt auf zu neuen Ufern. Das ist das Meer!«

Ich glaube, es war das dritte Mal, dass ich das sagte. Das letzte Mal hatte ich das Meer am Lido in Venedig gesehen. Aber das lag lange zurück, und Sandra hatte damals auch gleich wieder zurück in die Lagune gewollt.

Zurück zu ihrem Gondoliere.

Sie: »Kalt, nass und gefährlich ist es. Vor allem gefährlich.«

Ich antwortete nicht, sondern summte leise »La Mer«
von Charles Trenet. Quatsch, von Charles Aznavour.
Oder doch Trenet? Die beiden verwechselte ich immer, genau wie George Harrison und Ringo Starr oder
Jim Morrison und Jimi Hendrix.

Ich hätte meine Fahrerin fragen können. Schließlich
leitete sie das Office du Tourisme, da war sie dumme
Fragen von Fremden gewohnt.

Ich tat es nicht. Die beiden Charles zu verwechseln, war
in Frankreich wahrscheinlich genauso unverzeihlich,
als wenn man in Deutschland Grönemeyer und Wes-
ternhagen nicht auseinanderhalten konnte. Wobei sie
ganz sicher Team Grönemeyer war. Wegen Bochum.
Klar.

Juliette lächelte und zuckte mit den Schultern, was
wohl so viel heißen sollte wie: Ich freu mich, dass Sie
sich freuen, aber mir ist das Meer ziemlich schnuppe.

Sie: »Immerhin bringt es uns Touristen, und dafür
sind wir ihm wirklich dankbar. Einmal im Jahr opfern
wir eine Jungfrau, die wir von die Klippe stoßen.«

Ich: »Echt?«

Juliette grinste.

Ich glaubte ihr nicht. Natürlich glaubte ich ihr nicht.
Wir waren hier mitten in Europa. Da opferte man
keine Jungfrauen mehr. Andererseits war das hier eine
sehr abgelegene Ecke Europas. Da war alles möglich.

Wir fuhren wieder durch einen Kreisverkehr. Rechts und links der Straße tauchten jetzt immer mehr kleine Häuser auf. Wir hatten die Stadt erreicht, und Juliette stellte ihren Wagen auf einem Parkplatz ab. Unter einer riesigen Plane versteckte sich ein Kinderkarussell, als wollte es nicht gesehen werden. Ich stieg aus und schaute mich um. Eine kleine Kirche, einige Läden, ein winziger Supermarkt, eine Bücherei, eine Bar, das Tourist Office und eine hübsche Bucht. Ohne Wasser. Es war immer noch Ebbe, und ein paar Schiffe lagen im Schlick auf der Seite, als würden sie Mittagsschlaf halten.

Auch Juliette war mittlerweile ausgestiegen.

Sie: »Da vorne können Sie ein paar Sachen zum Anziehen kaufen, und am Hafen gibt es eine gute Crêperie. Wenn Sie Fragen haben, kommen Sie einfach in meine Büro vorbei. Viel Glück!«

Sie machte ein paar Schritte auf mich zu, dann zögerte sie, so als wüsste sie nicht, ob sie mich zum Abschied auf die Wange küssen sollte. So wie das Franzosen halt machen. Aber vielleicht hatte sie Angst, dass ich als Deutscher das missverstehen könnte. In Bochum hatte sie das bestimmt auch nicht getan. Da zerquetschten sich die Menschen zum Abschied die Hand, aber knutschten sich nicht gegenseitig ab. Ganz sicher nicht. Vielleicht lag ihr Zögern aber auch an meinem Geruch. Statt drei Küssen auf die Wange gab sie mir einen Stadtplan, den sie aus ihrer Tasche zog. Es war so ein gefalteter mit viel Werbung drum herum, wie man ihn überall auf der Welt in Fremdenverkehrsämtern bekommt.

Sie: »Damit müssten Sie sich in Trégastel zurechtfinden. So groß ist die Stadt nicht. Ist ja nicht Duisburg.«

Ich: »Zum Glück und danke, auch fürs Mitnehmen.«

Juliette verschwand Richtung Tourist Office, und ich stand allein auf dem Parkplatz.

Das also war Trégastel.

Ein verschlafenes Kaff am Meer, in dessen Bucht müde Boote ein Nickerchen machten. Einiges kam mir von Gerhards Bildern bekannt vor. Das meiste nicht. Das lag am Wetter. Auf den Fotos hatte immer die Sonne geschienen. Jetzt fing es an zu regnen, und ich lief schnell rüber zu dem kleinen Geschäft, das Juliette mir empfohlen hatte.

Als ich den Laden betrat, flimmerte es plötzlich vor meinen Augen. So heftig, dass ich sie mir mit den Händen zuhalten musste. Als ich zwischen meinen Fingern hindurchspinkste, erkannte ich die Ursache. Alles, wirklich alles in dem Laden war gestreift: blauweiß, weiß-schwarz, rot-weiß, blau-rot, rot-schwarz …

Es gab auch andere Farbkombis.

Viele davon.

Anscheinend waren meine Sehnerven mit diesem Streifen-Tsunami nicht klargekommen. Ein Verkäufer kam auf mich zu und führte mich zu einem Stuhl, damit ich mich setzen konnte. Um meinen Kreislauf wieder auf Trab zu bringen, ging er hinter die Kasse und kam mit einer Flasche in der einen und einem Glas in der anderen Hand zurück. Ein Schnaps war das Letzte, was ich jetzt gebrauchen konnte. Nicht, nachdem ich im Zug nur zwei Dosen Bier und ein Pappsandwich gefrühstückt hatte. Aber das konnte der gute Mann ja nicht wissen.

Er: »Un petit Calvados?«

Ich schüttelte den Kopf.

Er nickte.

Das wiederholten wir ein paarmal, bis ich ihm das Glas nach dem zehnten Nicken und Kopfschütteln mit einem leisen resignierten *Merci* aus der Hand nahm.

Ich würde einige Zeit in Trégastel verbringen und wollte nicht unhöflich sein. So groß war der Ort nicht, und da war es wichtig, bei den Einheimischen einen guten Eindruck zu hinterlassen. Ich kippte den Calvados in einem Zug hinunter. Ich hielt dem Verkäufer das Glas hin, er goss lachend nach, und ich trank. Danach hatten sich mein Rachen an das Brennen und meine Sehnerven an die Streifen gewöhnt.

Der Verkäufer klopfte mir aufmunternd auf die Schulter und fragte auf Französisch, was er für mich tun könnte. Zumindest nahm ich an, dass das seine Frage war, weil Verkäufer solche Fragen nun mal stellen. Egal wo.

Ich: »Tout, juste tout.«

Dafür reichte meine Schulfranzösisch – und es stimmte ja auch. Ich brauchte alles, einfach alles. Von der Unterwäsche, über Socken und Hosen bis hin zu Hemden, Pullovern, Handtüchern und einer wetterfesten Regenjacke.

Der Verkäufer strahlte. Die Calvados-Investition hatte sich gelohnt, und als ich den Laden mit vier Tüten verließ, hatte ich in Trégastel schon zwei Bekannte.

Juliette und Claude, so hieß der freundliche Herr im Bretonenshop, der mir zum Abschied noch eine Packung Kekse geschenkt hatte. Die gab es in dem Laden auch zu kaufen, genauso wie Cidre, Salzbutterbonbons, Crêpespfannen, Holzmöwen und kleine Leuchttürme aus Gips, mit und ohne blinkende Lämpchen.

Die Plätzchen kamen wie gerufen und sie waren gut, richtig gut sogar. Stark buttrig und nur ganz leicht krümelig, und als ich bei dem kleinen Supermarkt ankam, war die Packung alle. Ich ging hinein und besorgte mir Zahnpasta (auch die war gestreift), Zahnbürste, Seife und Shampoo. Was man halt so braucht. Und dazu noch ein paar von den leckeren Keksen, weil ich auf den Geschmack gekommen war.

Als ich den Laden mit einer weiteren Tüte verließ, schaute ich auf den Stadtplan. Um zu meinem Appartement zu kommen, musste ich nur am Wasser entlanglaufen, dann vorbei an einem Aquarium, und schon hatte ich das Haus, in dem die Wohnung lag, erreicht.

Mit der Flut floss wieder Wasser in die Bucht, und die Boote, die weiter draußen lagen, richteten sich langsam wieder auf und reckten ihre Masten wie gähnende Riesen, die man nach einem langen Schlaf geweckt hatte. Ich spürte noch immer die wohlige Wärme des Calvados in meinem Bauch. Hatte man sich einmal an die Schärfe gewöhnt, war er gar nicht mehr so schlimm. Eigentlich sogar sehr lecker, und deswegen hatte ich auch nicht Nein gesagt, als Claude mir beim Kassieren noch einen dritten angeboten hatte.

Ich stellte meine Tüten auf dem Boden ab und schaute mich um. Meine Grundbedürfnisse (Kleidung, Essen, Trinken) waren für den Moment gestillt. Deswegen gönnte ich mir das erste Mal ein wenig Ruhe, seit ich hier angekommen war. Die Bucht bildete ein kreisförmiges Becken mit einer Öffnung im Norden, durch die das Wasser hinein- und wieder hinausfließen konnte. Rechts von mir standen ein paar alte Häuser, die ihre Gärten mit Mauern vor dem Meer schützten. Sie waren aus denselben Natursteinen wie die Häuser dahinter, und in jeder Mauer gab es eine Tür, die zum Strand hinunterführte. Im Sand waren überall schwarze Algen, die aussahen wie ausgerollte Lakritzschnecken. Dazwischen lagen kleine bunte Boote, kaum größer als eine Badewanne, eine kleine, mit denen man bei Flut zu den Segelbooten hinausrudern konnte. Zumindest nahm ich das an. Ich würde es herausfinden, denn ich hatte ja Zeit und nicht viel zu tun. Eigentlich gar nichts, außer auf Karin zu warten.

Ich folgte der Straße, die an der Bucht entlangführte. Auf der gegenüberliegenden Seite lagen Häuser mit Gärten. In den meisten lagen riesige Felsen, die fast den ganzen Vorgarten ausfüllten. Die letzte Eiszeit musste die Steine hier vergessen haben. Falls die hier in der Bretagne überhaupt schon vorbei war. Es war kalt, und es regnete, und ich war froh über meine gestreifte neue Regenjacke.

Ich zog mit meinen Tüten weiter, ließ die Bucht hinter mir und kam an zwei Parkplätzen vorbei. In der Hochsaison war hier sicher die Hölle los. Jetzt standen dort nur vereinzelt ein paar Wohnmobile, unter deren Vordächern ältere Ehepaare auf Campingstühlen Kaffee tranken.
Dahinter türmten sich Felsen am Rande der Straße. Wenn es in diesem Ort an irgendetwas nicht mangelte, dann war es der Regen und die riesigen Steine. Das Aquarium hatte man praktischerweise direkt in einen der Felsen hineingebaut. Von außen konnte man durch eine Glasscheibe in einige der Bassins schauen. Fische sah ich keine, denen war es wahrscheinlich auch zu nass. Hinter einer Theke stand eine gelangweilte Kassiererin, die auf Besucher wartete. Ich würde später wiederkommen.

Jetzt wollte ich unbedingt in meine Wohnung, duschen, mich umziehen und dann etwas Richtiges essen gehen. Nicht nur buttrige Kekse. Nach Claudes Calvados war das dringend nötig. Das Gebäude, in dem sich mein Appartement befand, lag direkt gegenüber dem Aquarium. Ganz oben auf dem Dach stand in steinernen Buchstaben »Armoric Hotel«. Die ursprünglichen Besitzer waren mit der Zeit gegangen und hatten das alte Grandhotel in Schuhschachteln aufgeteilt und dann als Eigentumswohnungen verkauft. Eine dieser Schachteln gehörte nun den Sommer über mir.

Vom Vermieter hatte ich einen Code erhalten, mit dem ich in mein Appartement kam. Ich öffnete die Tür … und da war wieder dieses Flimmern vor meinen Augen. Und das nicht, weil ich mich in meinen gestreiften Sachen im Flurspiegel erblickte.
In der Wohnung sah es aus, als wäre ich in einem Antiquitätengeschäft gelandet, das sich auf alte rosa Schätzchen spezialisiert hatte: Die Vorhänge waren rosa, die Überdecke auf dem Bett war rosa, und ein Großteil der Möbel war es auch. Sogar das Bad hatte man vom Boden bis zur Decke mit rosa Fliesen gekachelt.
Plötzlich verstand ich, warum es auf der Webseite nur Fotos in Schwarz-Weiß gegeben hatte. Ich hatte das für eine sympathisch-nostalgische Schrulle des Vermieters gehalten. In Wirklichkeit war es ein Trick gewesen. Damit man nicht sofort bemerkte, dass er das Erbe einer verstorbenen Tante in dem Appartement

endgelagert hatte. Und ich war mir sicher, dass ihre tote alte Katze auch noch hier irgendwo hinter einem der Schränke lag. Jedenfalls roch es danach. Ich lehnte mich kurz an die Wand, um das Flimmern loszuwerden, und bedauerte, im Supermarkt keinen Calvados gekauft zu haben.

Dann rannte ich durch die rosa Hölle Richtung Balkon. Ohne nach links oder rechts zu schauen. Die Tür klemmte, aber als ich sie endlich geöffnet hatte, entschädigte mich der Ausblick für alles.

Vor mir lag das Meer. Okay, davor lag noch ein betonierter Platz mit ein paar Restaurants und dem Eingang zu einem Hallenbad. Ich fand das seltsam, ein Schwimmbad direkt am Meer.

Aber direkt dahinter lag tatsächlich der endlose Atlantik.

Zugegeben, ganz endlos war er nicht. Im Meer lagen die gleichen Felsen herum, die ich schon in den Gärten und am Straßenrand gesehen hatte. Hier waren sie noch riesiger, und einer davon sah tatsächlich aus wie ein Würfel. Aber den kannte ich ja schon von Gerhards Laptop. Und irgendwie fühlte sich dieses Wiedererkennen ein bisschen an, als würde ich nach Hause kommen.

10

Die nächste Stunde war ich damit beschäftigt, den ganzen Deko-Tinnef in einen großen Karton zu packen. Den hatte ich in einer Abstellkammer entdeckt. Eigentlich sollte man das immer machen: in Hotels, Ferienwohnungen oder möblierten Appartements. Erst mal kräftig lüften und dann alles entsorgen, was sinnlos da rumsteht, weil niemand anderes es haben will.

Den blinkenden Leuchtturm und die lachenden Holzmöwen hatte ich schon in Claudes Laden gesehen. Außerdem gab es einen Teller mit Plastikobst (Apfel, Banane, Birne), die bunt bemalte Schale einer Jakobsmuschel (Aschenbecher) und eine venezianische Gondel (ungelogen), die auf einer Kommode stand.

Die verschwand als Erste in dem Karton, zusammen mit den rosa Tischdecken, Überdecken und Gardinen. Einzig die Vase mit den blauen Hortensien (echten), die mir der Vermieter zur Begrüßung hingestellt hatte, fand meine Gnade. Obwohl das mit den Blumen ein Trick war, den mir Schneider mal erklärt hatte.

Wenn man etwas überteuert verkaufen möchte, packt man einfach ein billiges Geschenk dazu. Das macht Menschen glücklich, und sie vergessen darüber, dass der Preis für das Gesamtpaket viel zu hoch ist. Auf Schneiders Vorschlag hatten wir unseren Mitarbeitern eine winzige Fotokamera aus Schokolade (Einkaufspreis: fünfundzwanzig Cent) zu ihren Terminen mitgegeben. Das hatte super funktioniert. Unsere Kunden freuten sich über ihr Geschenk und schauten großzügig darüber hinweg, wenn statt zwei Stunden drei abgerechnet wurden. Auch das war eine von Schneiders Ideen gewesen.

Ich stellte die Kiste mit dem Krimskrams in der Abstellkammer ab und schaute mich zufrieden um. Dort, wo eine verstaubte Makramee-Arbeit gehangen hatte, hing jetzt Karins Raserfoto. Ich hatte es mit einer Reißzwecke an die Wand gepinnt.

Entrümpelt sah die Wohnung gar nicht mehr so schlimm aus, eigentlich sogar ganz nett. Abgesehen vom Bad. Ich duschte mit geschlossenen Augen in der zum Baden viel zu kleinen Wanne, zog meine gestreiften Sachen an und machte mich auf den Weg, endlich etwas Vernünftiges zu essen.

Ich hatte den Namen der Crêperie vergessen, die Juliette mir genannt hatte. Aber allein im Umkreis von hundert Metern gab es vier zur Auswahl. In Berlin kannte ich nur die kleinen Buden in der Fußgängerzone oder auf Jahrmärkten. Da standen Studenten hinter schwarzen runden Scheiben und sahen aus wie Discjockeys. Nur dass vor ihnen keine tanzenden Massen herumhüpften, sondern eine Schlange hungriger Menschen auf ihre dünnen Teigfladen mit Nutella warteten. Das schienen die meisten zu bestellen, denn das stand am größten auf

der Tafel neben der Bude. Immer mit der unvermeidlichen Ergänzung: ECHTE Nutella. Obwohl ja niemand
wissen konnte, ob in dem ECHTEN Nutella-Glas neben der Crêpespfanne auch ECHTE Nutella drin war.
Oder ob da nicht nachts heimlich billigere Nuss-Nou-
gat-Creme umgefüllt wurde. Egal. Ich hatte noch nie
Crêpes gegessen, schaute den Studenten aber gerne bei
der Arbeit zu. Die eleganten Bewegungen ihrer Hände
beim Verteilen des Teigs, dem Wenden und Zusam-
menlegen hatten mich schon immer fasziniert.

Trotzdem schien mir die Zubereitung keine allzu
große Kunst zu sein. Da war es egal, wo ich essen ging.
Ich wählte eine Crêperie mit Meerblick und setzte
mich an einen Platz direkt am Fenster.
Ich hatte freie Wahl, weil ich fast der einzige Gast war.
Es war Vorsaison. Nur an einem anderen Tisch saß
eine Gruppe älterer Damen, die mich nicht beachte-
ten. Sie lachten mit der Bedienung, die mich ebenfalls
keines Blickes würdigte und auch nicht auf das laute
Knurren meines Magens reagierte.
Ich schaute aus dem Fenster aufs Meer, das immer
mehr Meer wurde. Die Segelboote, die da draußen an
weißen Bojen festgebunden waren, tanzten auf und ab,
weil die Flut das Wasser immer weiter Richtung Land
schob. Es war auch windiger geworden. Immer wieder
riss die Wolkendecke auf und gab den Blick auf blaue
Himmelspfützen frei. Kurz darauf waren sie schon
wieder verschwunden. Alles war in Bewegung und än-

derte sich ständig. Das Meer, die Wolken, die Lage der Boote. Konstant war nur die weiße Gischt, da, wo das Wasser auf die Felsen traf.

Das hier war definitiv nicht die Côte d'Azur, und langsam begann ich zu verstehen, was die Menschen an der Bretagne mochten.

Einige zumindest.

Die Landschaft war rau und wild, und vielleicht war mein rosa Appartement eine Art Gegenentwurf dazu, den ich einfach nicht verstanden hatte.

Draußen fing es wieder an zu regnen. Die Tropfen prasselten so heftig gegen die Scheibe, dass ich kaum noch etwas erkennen konnte. Also sah ich mich drinnen um. Vor mir auf dem Tisch lag eine Papiertischdecke, auf die eine Karte der Bretagne gedruckt war. Trégastel lag direkt neben einer braunen Tasse, die mit der Öffnung nach unten auf dem Tischset stand. Was mich wunderte. In Claudes Laden hatte ich den Eindruck gewonnen, dass die Bretonen gerne Alkohol tranken. Zu ihren Crêpes aber schienen sie Kaffee zu bevorzugen. Mir war das nur recht. Ich hatte für heute schon mehr als genug getrunken.

Weil die Kellnerin immer noch bei den lachenden alten Damen stand, schaute ich mich weiter im Restaurant um. An den Wänden hingen Bilder von sturmumtosten Leuchttürmen und hinter der Theke Polaroids von Stammkunden. Wie immer bei Fotos konnte ich nicht wegschauen und betrachtete eines nach dem anderen. Auf fast jedem hielten Gäste braune Tassen in die Höhe, und ich wunderte mich, warum sie sich so über ihren Kaffee freuten. Der war hier offenbar richtig gut, eine echte Spezialität, als ich plötzlich …

Kein Zweifel.

Das waren Karin und Gerhard auf dem Foto links oben. Gerhard prostete mit rot glühenden Wangen in die Kamera. Karin sah weniger fröhlich aus. Sie hielt sich ihre Kaffeetasse vor den Mund, als würde sie nur daran nippen. Auf mich wirkte sie, als wäre sie überall anders lieber als hier. Falsch. Sie sah aus, als wäre sie lieber mit jemand anders hier als mit ihm.

Es lag nicht am Ort, sondern an ihrer Begleitung.

Möglich, dass ich vor Überraschung kurz aufschrie, als ich Karins Foto entdeckte. Jedenfalls tauchte nun endlich die Kellnerin bei mir auf. Sie trug eine – wer hätte das gedacht – gestreifte Schürze, legte die Speisekarte vor mir auf den Tisch und fragte, was ich trinken wollte. Ich tippte mit meinem Zeigefinger auf die Tasse. Ein Kaffee war jetzt genau das Richtige. Ich schaute in die Karte und hatte plötzlich ein Déjà-vu. Genauso war es gewesen, als ich mit meinen Eltern das erste Mal in einer Pizzeria war. Essen gingen wir damals nur ganz selten, eigentlich nie. Nicht mal im Urlaub, und ich war entsprechend aufgeregt. Obwohl es auf der Karte eigentlich immer dasselbe gab. Nur was obendrauf kam, änderte sich. Crêpes waren definitiv die Pizza der Bretagne.

Zum Glück gab es auf der Karte ein Foto zu jedem Gericht. Da wusste ich, worauf ich mich einließ. Auf vier Seiten konnte man wählen zwischen Crêpes mit Ei, Emmentaler, Zwiebeln, Schafskäse, Schinken, Thunfisch, Lachs, Innereien, Wurst, Curry, Artischockenherzen, Huhn, Spinat, Champignons, Krabben, Muscheln und so weiter und so weiter und so weiter.

Und das war nur die Karte für die Hauptgerichte. Zum Nachtisch gab es welche mit Zucker, Butter, Zimt, Banane, Sahne, der unvermeidlichen ECHTEN Nutella und auch welche, die mit Grand Marnier flambiert wurden.

Wenn ich das richtig verstand, wurden die herzhaften mit einem dunklen Teig gebacken und hießen Galette, während nur die Süßen aus weißem Mehl waren und sich Crêpe nennen durften.

Ich war von der Menge der Möglichkeiten völlig überfordert, und als die Kellnerin mit einem Krug in der Hand zu mir kam, wusste ich immer noch nicht, was ich nehmen sollte. Der Krug war aus derselben braunen Keramik wie die Tasse auf dem Tischset vor mir.

Ich: »Kaffee?«

Sie: »Cidre!«

Ich: »???«

Sie drehte die Tasse um und füllte sie. Als wäre es das Selbstverständlichste auf der Welt. War es wohl auch. Zumindest hier in der Bretagne. Langsam kapierte ich, dass man hier aus den Tassen keinen Kaffee, sondern

Apfelwein trank, den ich vorhin mit meinem lässigen Klopfen auf den Keramikrand bestellt hatte.

Die Kellnerin holte einen Schreibblock aus ihrer Schürze und schaute mich erwartungsvoll an. Ich deutete einfach auf das Galette, dessen Füllung sich am höchsten türmte. Ich hatte Hunger. Die Kekse hatten nicht lange vorgehalten, und mittlerweile war es mir fast egal, was ich aß. Hauptsache, es war viel.

Als die Kellnerin mit meiner Bestellung gegangen war, betrachtete ich weiter Karins Foto. Ich überlegte, die Bedienung auf sie anzusprechen. Ich hatte mir schon eine Geschichte zurechtgelegt. In der war ich Karins Bruder, doch durch die Scheidung unserer Eltern waren wir als Kinder getrennt worden. Karin war mit unserer Mutter nach Australien gegangen, ich als kleiner Junge mit meinem Vater nach Afghanistan, wo er zusammen mit den Taliban erst gegen die Russen und dann mit den Amis gegen die Taliban gekämpft hatte. Ich war mit achtzehn zur See gefahren und hatte in jedem Hafen nach meiner verlorenen Schwester gesucht, die genau wie ich schon als Kind das Meer geliebt hatte. Und jetzt hier, in dieser kleinen Crêperie in Trégastel, hatte ich sie endlich nach so vielen Jahrzehnten wiedergefunden. Auf dem Foto links oben an der Wand hinter der Theke.

Aber um das alles zu erzählen, sprach ich zu schlecht Französisch, und selbst wenn, hätte die Kellnerin mir die Story wahrscheinlich sowieso nicht geglaubt.

Also hielt ich den Mund, trank meinen Cidre und stellte mir vor, wie ich mit Karin bei Kerzenlicht hier sitzen würde. Unsere Hände eng verschlungen auf dem Tischset mit der Bretagne-Karte, während wir gemeinsam auf unsere Galettes mit Ei, Käse und Champignons und Schinken warteten.

»Et voilà, bon appétit.«

Die Kellnerin stellte mir einen Teller auf den Tisch und verschwand wieder zu der gut gelaunten Damenrunde.

Ich sah irritiert auf das Gericht vor mir. Die Galette war eckig und nicht rund, wie ich es von den Crêpe-Buden in Berlin kannte. Ursprünglich war sie schon rund gewesen, aber in der Küche hatte man die Ränder so über die Füllung geklappt, dass nun ein perfektes Quadrat vor mir lag. Der Teig war so dünn, dass er an einigen Stellen fast durchsichtig war. Darunter entdeckte ich ein rohes Ei, das der Koch zum Schluss über den Käse, die Champignons und den Schinken geschlagen hatte. Gewöhnungsbedürftig, aber nicht unlecker. Nur leider zu wenig. Als ich fertig war, hatte ich immer noch Hunger. Das wäre mir mit einem Pfannkuchen nicht passiert. Da war der Teig dicker, viel dicker. Erst nach zwei weiteren Galettes und zwei Crêpes zum Nachtisch war ich endlich satt. Ich trank meinen Cidre aus und zahlte. Als ich die Crêperie verließ, warf ich einen letzten Blick auf Karins Foto hinter der Bar. Ich winkte zum Abschied. Die alten Damen und die Kellnerin winkten zurück. Karin nicht.

Draußen war es jetzt schon dunkel geworden, und die Flut hatte nur noch einen schmalen Streifen Sand frei gelassen. Dafür hatte der Regen aufgehört, und auch die Wolken hatten sich verzogen. Ich setzte mich an den Strand und schaute in den Himmel, wo über mir Millionen strahlender Punkte leuchteten. So etwas sah man in Berlin nie.

Da leuchtete nur die Stadt und sonst gar nichts.

Ich hatte im selben Lokal gegessen wie Karin. Ich war über den Platz gegangen, über den sie auch schon spaziert war. Nun saß ich an demselben Strand, an dem sie ihre nackten Füße in den Sand gesteckt hatte. Ich sah, was sie gesehen hatte, und lauschte wie sie dem Rollen der Wellen.

Obwohl, das waren gar nicht die Wellen.

Das war die Dorfjugend, die hinter mir auf dem Platz mit ihren Skateboards unterwegs war. Das Meer war ganz still, weil die Flut ihren Höhepunkt erreicht hatte. Langsam begann sich das Wasser zurückzuziehen, um nach sechs Stunden an denselben Ort wieder zurückzukehren. Sinn machte das alles nicht, da hätte es auch gleich dableiben können. Aber genau das war es, warum ich mich dem Meer in diesem Augenblick so verbunden fühlte. Was ich tat, machte auch keinen Sinn. Das hatten wir gemeinsam, das Meer und ich.

Das spürte ich ganz tief in mir.

Aber vielleicht lag das auch nur am Cidre.

11

In dieser Nacht schlief ich hervorragend. So gut hatte ich ewig nicht geschlafen, das lag wahrscheinlich an der frischen Seeluft. Oder ebenfalls am Cidre.

Geträumt hatte ich nichts. Zumindest konnte ich mich am Morgen an keinen Traum erinnern, was traurig war. Meine Mutter sagte immer: Was man in der ersten Nacht in einem fremden Bett träumt, geht in Erfüllung. Und wenn ich von Karin und mir, Händchen haltend am Strand, geträumt hätte ... geschadet hätte das sicher nicht.

Ich schaute auf mein Handy, das auf dem Nachttisch lag. Wenn man vom Teufel ... Ich hatte fünf verpasste Anrufe von meiner Mutter, drei von Nicole und einen von Anouk.

Keinen von Schneider.

Ich würde sie alle später zurückrufen und mich dann auch im Büro melden. Jetzt wollte ich erst mal die Stadt erkunden, mich bei Juliette nach meinem Koffer erkundigen und dann – ganz wichtig – ein Café finden, in dem ich frühstücken konnte. Oder einfach nur sitzen, schauen und warten.

Ich stand auf und trat hinaus auf den Balkon. Es ist immer wieder verblüffend, was die Weite des Meeres mit einem macht. Selbst hier in der Bretagne, wo man wegen der vielen Felsen im Wasser gar nicht so weit gucken konnte. Irgendwas geschieht dabei mit den Synapsen, die verknüpfen sich intensiver, und plötzlich denkt man Gedanken, die man vorher nie gedacht hat. Gedanken über die Endlichkeit des Lebens, die Ewigkeit des Meeres und ob ich nicht vielleicht doch erst frühstücken und mich danach in Trégastel umschauen sollte.

Aber weil mir die drei Galettes und zwei Crêpes von gestern Abend noch schwer im Magen lagen, entschied ich mich, bei meinem alten Plan zu bleiben.

Ich zog meine gestreiften Sachen an, verließ das Haus und ging hinüber zu dem Schwimmbad. Durch eine Lichtkuppel konnte man von oben in das Becken hineinschauen. Unter mir trat eine Gruppe älterer Damen mit lila Badekappen wütend auf das Wasser ein, als wenn es ihnen etwas getan hätte. Als ich kurz darauf am Eingang des Schwimmbads vorbeikam, sah ich ein Schild: *Aujourd'hui L'aquajogging*. Es war also nicht Persönliches zwischen den Damen und dem Meer.

Ich lief an den Restaurants vorbei und stieg die Treppe hinunter zum Strand. In einer Mauer hinter mir waren kleine Strandkabinen, die ich gestern Abend gar nicht bemerkt hatte. Durch gesprungene Scheiben in den Türen konnte man hineinsehen. An den Wänden hingen Neoprenanzüge, Handtücher, Schmetterlingsnetze und Spinnweben. Davor führte ein Weg vorbei, der links Richtung Klippen ging. Das musste ein Teil des

bezaubernden Zöllnerpfads sein, von dem Gerhard ge-
sprochen hatte. Ich folgte dem Weg, der zwischen den
Felsen einmal um eine Landspitze herumführte. In der
Ferne schwammen Eisberge, und unten im leeren
Meer liefen Menschen in Gummistiefeln durch den
Schlamm. Einige von ihnen hatten die gleiche Sorte
Schmetterlingsnetz dabei, die ich auch schon in den
Strandlauben gesehen hatte. Dabei gab es hier gar
keine Schmetterlinge. Zumindest hatte ich noch keine
gesehen. Es dauerte eine Weile, bis ich verstand, dass
es dort unten nicht um Insekten, sondern um Krebse
und Muscheln ging. Ich wusste, dass die Bretagne eine
der ärmeren Regionen Frankreichs war, aber dass sich
hier Menschen ihr Mittagessen bei Ebbe zwischen Al-
genbüscheln und unter Steinen zusammensuchen
mussten, schockierte mich dann doch. Ich ging schnell
weiter, um die Leute durch meine Beobachtung nicht
weiter zu erniedrigen.

An einigen Stellen musste ich klettern, um über die
Felsen zu kommen. Dann hatte ich die Spitze der
Landzunge erreicht. Die Wellen spritzten gegen die
Felsen, und ich schmeckte Salz auf meinen Lippen. Es
fühlte sich an, als stünde ich am Rand der Welt. Hinter
mir alles, vor mir nichts außer Wasser, Felsen, Inseln,
einem Leuchtturm und Booten, die wie in Zeitlupe am
Horizont entlangzogen. Ich setzte mich auf einen der
Steine, und mich überkam eine unfassbare Ruhe, ob-
wohl es um mich herum alles andere als still war. Die
Wellen platschten krachend gegen die Steine, und über

meinem Kopf kreischten Möwen, die sich allerdings mehr für die armen Krebs- und Muschelsammler interessierten als für mich.

Keine Ahnung, wie lange ich dort saß und aufs Meer schaute. Ich hätte ewig dort sitzen können. Auch weil die Sonne sich durch die Wolken gemogelt hatte und Regenbogen in die aufspritzende Gischt malte. Doch dann tauchte hinter mir eine lärmende Reisegruppe auf. Der Leiter erklärte irgendetwas auf Französisch, was ich nicht verstand und was mich auch nicht interessierte.

Dieser Ort am Rand der Welt bedurfte keiner Erklärungen.

Ich stand auf und folgte weiter dem Pfad, der mich zur sogenannten Grève Blanche führte. Den Namen hatte ich im Stadtplan gelesen. Den letzten Meter musste ich springen. Ich landete in puderzuckerfeinem Sand, den ich hier in der Bretagne nicht erwartet hatte. Es war wie in der Karibik, nur ohne Palmen und Kokosnüssen. Dafür kälter und mit kleinen Inseln, auf denen man bei Ebbe herumklettern konnte. Die Felsen auf einer davon sahen aus wie zwei Hasenohren. Zwischen den Steinen wuchsen Pflanzen, und das konnte nur bedeuten, dass die Inseln auch bei Flut nicht völlig unter Wasser standen. Man durfte dann nur den richtigen Moment für den Rückweg nicht verpassen. Sonst saß man sechs Stunden fest. Wenn man nicht schwimmen wollte.

Und wer wollte das schon bei dem kalten Wasser?

Ich zog meine Schuhe und Socken aus, ließ sie am weißen Strand zurück und lief zum Meer. Zuerst über den Sand, dann durch Schlick und angeschwemmte schwarze Algen, zwischen denen winzige Krebse vor mir flüchteten.

Weil Ebbe war, dauerte es bestimmt eine halbe Stunde, bis ich das Meer endlich erreicht hatte. Vorsichtig tauchte ich meinen Fuß ins Wasser. Sofort zog ich ihn wieder zurück und suchte meine Zehen nach Erfrierungen ab.

Blitzeisartig wurde mir klar, warum es hier in Trégastel ein Schwimmbad gab. Das Meer war noch kälter, als ich erwartet hatte. Beim zweiten Mal war es schon nicht mehr ganz so kalt, aber immer noch kalt genug. Das dritte Mal hob ich mir für den nächsten Strandbesuch auf. Ich hatte sowieso keine Badehose dabei, und einen FKK-Abschnitt gab es nicht. Die Franzosen waren eher prüde. Die behielten ihre Badesachen sogar in der Sauna an. Das hatte ich nicht gewusst, als ich vor Jahren mal eine in Frankreich besuchte. Ich hatte vorher auch keine Ahnung gehabt, an welchen Stellen man vor Scham alles rot werden kann.

Aber für FKK war es sowieso zu kühl, weil sich die Sonne wieder hinter den Wolken verkrochen hatte. Ich war froh über meine gestreifte Regenjacke und hatte nicht die geringste Absicht, sie auszuziehen. Sie schützte vor dem frostigen Wind, der über den Strand blies und mir den feinen Sand in die Augen wehte.

Ich ging zurück zu meinen Schuhen und Socken. Ein paar tapfere Franzosen lagen auf ihren Handtüchern und warteten auf die nächsten Sonnenstrahlen. Andere hatten weniger Geduld und spielten Fußball oder Frisbee, um nicht zu erfrieren. Hinter dem Strand führte ein Weg an einer weißen Wand mit vielen Türen vorbei. Dahinter waren ganz ähnliche Kabinen, wie ich sie schon auf der anderen Seite der Landzunge gesehen hatte. Etwas weiter entfernt lag ein Restaurant mit einem Wintergarten, von dem man einen großartigen Blick aufs Meer haben musste. Ich merkte es mir für später. Vielleicht gab es auf der Karte auch etwas anderes als hauchdünne Pfannkuchen.

Ich verließ den Strand, stieß auf einen Parkplatz und folgte der Straße dahinter zurück in die Stadt. Erst ging es steil bergauf bis zu einem Kreisverkehr, danach wieder steil bergab. Ich kam an einer Crêperie vorbei (was sonst), an einem kleinen Gemüsestand und einem Maklerbüro.

Dann sah ich auch schon das eingepackte Kinderkarussell, an dem Juliette mich gestern abgesetzt hatte. Groß war der Ort nicht, aber immerhin gab es drei Bäckereien keine fünfzig Meter auseinander. Offenbar aßen die Franzosen so viel Baguette, dass ein Bäcker allein die Nachfrage nicht befriedigen konnte. Eine Schlange gab es aber nur vor einem der Läden, und da wusste ich, wo ich in Zukunft mein Brot kaufen würde.

Direkt gegenüber der Bäckerei lag das Tourist Office. Auf dem Rasen vor dem Eingang stand ein kleiner Hinkelstein, und daneben lag ein verrosteter Anker. Juliette hatte mich durch die Scheibe bereits entdeckt. Sie lachte und winkte mich herein, obwohl noch zwei Touristen vor ihr standen. Die beiden trugen die gleichen roten Regenjacken, was ein bisschen albern aussah. Ein bisschen sehr sogar. Sandra traute ich zu, dass auch sie mit ihrem Gondoliere im Partnerlook durch Venedig gondelte.

Karin und ich würden das nie tun.

Ganz sicher nicht.

An der Glastür des Tourist Office hing der Wetterbericht für die kommenden Tage, und der sah eigentlich ganz gut aus. Zumindest für alle, die kühle Temperaturen, stürmischen Wind und ergiebigen Regen mögen.

Während Juliette noch mit den beiden Touristen sprach, schaute ich mir die Prospekte an, die überall herumlagen. Die Hälfte war von Crêperien. Aber man konnte auch Wanderungen zu einer Gezeitenmühle machen, ein verwunschenes Tal erkunden oder ein nachgebautes Gallierdorf besichtigen. Außerdem im Angebot: Ausflüge mit einem Schiff zu den weißen Inseln, die ich auf dem Zöllnerpfad irrtümlich für Eisberge gehalten hatte. Bei den Temperaturen durchaus entschuldbar. Die meisten Flyer gab es auch auf Deutsch, und so erfuhr ich, dass das Weiße da draußen kein Eis, sondern der Mist von Millionen von Seevögeln war, die auf den Inseln brüteten oder gebrütet hatten.

Als ich alle Prospekte zweimal gelesen hatte, sprach Juliette immer noch mit dem Touristenpärchen.

Er: »Wann wird es denn nun wärmer?«

Juliette: »Morgen. Morgen ganz sicher.«

Sie: »Und wann hört es auf zu regnen?«

Juliette: »Spätestens übermorgen.«

Sie: »Wirklich?«

Juliette: »Bien sur.«

Er: »Na hoffentlich, wir sind nur noch bis Freitag da, und bis jetzt hat es jeden Tag geregnet.«

Sie: »Das hat Silke ja schon gesagt, dass es hier oft regnet.«

Er: »Die hat aber auch nicht immer recht, die Silke.«

Sie: »Das sagst du nur, weil du sie nicht leiden kannst.«

Er: »Ich habe nichts gegen Silke, sie ist halt nur manchmal …«

Juliette: »Kann ich Ihnen sonst noch irgendwie ’elfen?«

Schade, ich hätte gerne gewusst, was er gegen die Silke hatte. Aber die Unterbrechung hatte ihn aus dem Konzept gebracht.

Juliette: »Es gibt auch eine ’allenbad in Trégastel.«

Sie: »Da waren wir schon.«

Er: »Täglich. Was soll man bei dem Wetter auch sonst machen? Man kann ja nicht ständig Crêpes essen.«

Ich schaute aus dem Fenster. So schlecht war das Wetter gar nicht. Zugegeben, es hatte wieder angefangen zu regnen, aber diesmal nur leicht. Nach meinen bisherigen Erfahrungen hier dauerte das nie lange, und danach schien wieder die Sonne.

Manchmal jedenfalls.

Das Pärchen öffnete seine roten Regenschirme und verschwand.

Ich: »Morgen? Spätestens übermorgen? Der Wetterbericht an der Tür sagt aber was anderes.«

Juliette antwortete nicht, sondern schaute mich einfach nur an und lachte. Das war mir vorher schon aufgefallen. Die Franzosen, denen ich begegnet war, hatten auch gelacht. Oder zumindest gegrinst. Sogar der Reiseführer auf der Landspitze hatte irgendetwas in meine Richtung gesagt, was ich nicht verstanden, in seiner Gruppe aber für große Heiterkeit gesorgt hatte.

Ich: »Was bitte ist so komisch?«

Sie: »Pardon, aber Ihre gestreifte Sachen. Sie sehen aus wie eine Zebra. Ich finde das gut. Ich mag Zebras.«

Ich: »Ich dachte, hier trägt man Streifen? Sie haben mich doch selbst in Claudes Laden geschickt.«

Sie: »Aber doch nicht, damit Sie sich da einkleiden *completement*. Es gibt schließlich auch noch eine Supermarkt.«

Ich: »Da war ich schon, der ist winzig. Außerdem gab es da nichts zum Anziehen.«

Sie: »In dem *petit supermarché* hier im Ort nicht, aber an der Straße nach Perros-Guirec gibt es einen riesigen Super-U. Da kriegen Sie alles.«

Mit ihrem Finger tippte sie auf einen Stadtplan, der vor ihr auf dem Tresen festgeklebt war.

Ich: »Hätten Sie mir das nicht gestern schon sagen können?«

Sie: »Claude ist meine Schwager. Ein bisschen muss der schließlich auch verdienen. Er 'at drei Kinder.«

Ich seufzte und betrachtete mich im Schaufenster des Tourist Office. Juliette hatte recht. Mit den vielen Streifen sah ich wirklich aus wie ein Zebra.

Ich: »Ich schau nachher mal in dem Supermarkt vorbei. Haben Sie schon etwas von meinem Koffer gehört?«

Sie: »Ja, er 'at laut ›'ilfe! Bitte nicht sprengen!‹ gerufen.«

Ich: »Sehr komisch.«

Juliette lachte wieder.

Ich nicht.

Sie: »Tut mir leid. Ab jetzt bin ich ganz ernst, Ehrenwort. Ich 'abe 'eute Morgen schon eine Nachricht via Minitel wegen Ihres Koffers an die Bahn geschickt.«

Ich: »Echt, das gibt es noch?«

Es musste Jahrzehnte her sein, dass ich das letzte Mal etwas von Minitel gehört hatte. Die Franzosen waren furchtbar stolz gewesen, weil sie damit ihr eigenes Netzwerk erfunden hatten. Noch vor dem Internet. Die kleinen weißen Kästen standen damals überall in Frankreich rum. Die Schrift auf dem Display sah aus wie Videotext. Den gibt es immer noch, Minitel aber war längst Geschichte. Außer in der Bretagne anscheinend.

Sie: »Das war eine Scherz. Ich 'abe telefoniert. Ihr Koffer ist auf dem Weg nach Paris.«

Ich: »Was soll der denn in Paris?«

Sie: »Frankreich ist eine zentralistische Land. Da geht alles nach Paris und kommt von da irgendwann wieder zurück. Wenn man eine Papst in der Tasche 'at.«

Ich: »Einen Papst in der Tasche?«

Sie: »Wenn man Glück hat. Sagt man doch so, oder?«

Ich: »Eigentlich nicht oder höchstens in Bochum. Ich gehe jetzt einen Kaffee trinken, und dann laufe ich zu dem Supermarkt.«

Sie: »*Bonne chance* und bis bald.«

Als ich das Tourist Office verließ, deutete ich auf den Wetterbericht, der an der Tür hing.

Ich: »Morgen, spätestens übermorgen. Von wegen.«

Sie: »Man darf den Menschen nicht ihre Träume und 'offnungen nehmen. Alles andere wäre zu grausam.«

Ich war schon fast wieder draußen, da drehte ich mich noch einmal zu ihr um.

Ich: »Ich habe übrigens ihr Foto gesehen. In der Crêperie am Hafen.«

Sie: »Meins?«

Ich: »Nein, das von Karin natürlich. Es hing hinter der Theke. Ein Polaroid.«

Sie: »Oh.«

Juliette schien nicht ganz so begeistert zu sein wie ich, dass ich in Trégastel eine erste Spur von Karin gefunden hatte.

Ich: »Soll ich es Ihnen mal zeigen? Vielleicht erkennen Sie Karin auf dem Foto wieder. Sie ist schließlich jedes Jahr hier.«

Sie: »Ja … gerne … meinetwegen.«

Ich: »Heute Abend?«

Sie: »Einverstanden.«

Ich: »Wir müssen ja nicht unbedingt Crêpes essen, vielleicht gibt es da auch was anderes.«

Sie: »Wissen Sie, worauf ich mal wieder so richtig 'unger 'ätte?«

Ich: »Keine Ahnung. Hummer?«

Juliette schüttelte den Kopf.

Sie: »Pommes Schranke. 'abe ich ewig nicht gegessen.«

Ich: »Mit Currywurst?«

Sie: »Klaro.«

Dann war ich endlich draußen und hatte eine Verabredung. Vielleicht konnte Juliette mir tatsächlich helfen, Karin hier in Trégastel zu finden.

Wer sonst?

Nur ein paar Meter vom Tourist Office entfernt war eine Bar-Tabac. Obwohl der Regen schon wieder aufgehört hatte, nahm ich keinen der nassen Stühle, die draußen auf der Terrasse standen. Der nächste Schauer kam bestimmt, und ich wollte meinen Kaffee unverdünnt trinken. Also ging ich hinein. Eigentlich war es ganz gemütlich. Es gab ein paar Tische und Stühle sowie eine lange Theke aus hellbraunem Holz. Unter einem Fliegengitter lagen ein paar Croissants auf einem Tablett. Dahinter an der Wand war ein Regal mit Zigaretten und Zigarren und eines mit Wein- und Schnapsflaschen. Außerdem konnte man Lotterielose und die örtliche Zeitung kaufen.

Der Patron schaute kurz auf und grinste wegen meiner Zebra-Verkleidung. Zumindest nahm ich das an. Dann nickte er mir zu, und das verstand ich als Erlaubnis, mich zu setzen. Außer mir waren nur ein paar Rentner da, die an der Theke vor ihrem Frühstücksbier saßen und mich neugierig anstarrten. Touristen schienen sich eher selten hierherzuverirren, und deswegen war ich genau richtig. Ich war keiner der üblichen Urlauber, die sich im Tourist Office über das Wetter beschwerten. Ich war hier im Namen der Liebe.

12

Obwohl alle Tische frei waren, setzte ich mich auf einen Barhocker an der Theke. Da ist der Kaffee in Frankreich billiger. Keine Ahnung, warum das so ist. In Venedig war es genauso gewesen. Sandra hatte trotzdem immer darauf bestanden, sich an einen Tisch zu setzen. Sogar auf dem Markusplatz.

Statt mir bezahlt jetzt ihr Gondoliere, und ich wette, der steht auch lieber an der Theke. Nicht allein wegen des gesparten Geldes, sondern weil man an der Theke dazugehört. Teil des Bildes ist, nicht nur Betrachter. Außerdem hatte ich von dort einen schönen Blick auf den Kreisverkehr. Einen Platz mit Meerblick gab es leider nicht.

Ich bestellte einen Kaffee, ein Croissant und eine von den lokalen Tageszeitungen. Es gibt nichts Besseres, um Land und Leute kennenzulernen, als einen Blick in die Lokalblätter zu werfen. Ich verstand zwar nur wenig, aber das war nicht schlimm. Es gab sowieso fast nur fette Überschriften und riesige Fotos von blutigen Autounfällen, aus Seenot geretteten Surfern und den örtlichen Vereinen. Davon gab es am meisten, und auf jedem Bild waren alle Mitglieder zu sehen. Die meisten Fotos nahmen eine halbe Seite ein, weil so viele Menschen drauf waren.

Was lernte ich daraus?
Die Leser hier sahen sich gerne selbst in der Zeitung, und die Redaktion sparte am Honorar ihrer Reporter, denen so nur wenige Zeilen für ihre Artikel blieben.
Schneider hätte die Idee gefallen.
Vielleicht waren die Bilder aber auch nur deswegen so groß, weil es in der Bretagne einen hohen Anteil von Analphabeten gab (was möglich war). Oder aber es passierte hier einfach nichts, und wenn die tägliche Ausgabe mehr als nur vier Seiten haben sollte, musste man die Bilder in XXL abbilden (was ich für wahrscheinlicher hielt).

Ich legte die Zeitung zur Seite, trank meinen Kaffee und knabberte an dem Croissant. Der Wirt stand hinter der Theke und scrollte durch seine letzten Urlaubsbilder. Auf einem der Fotos stand er an einer Strandbar unter Palmen. Irgendwo im Süden. Ich hätte ihn fast nicht erkannt, weil er nur Shorts statt seiner Jeans und seinem karierten Pullover trug. Aber der Schnäuzer war derselbe und seine Badehose blau-weiß gestreift. Da war die Sache klar.

Ich: »Très, très belle.«

Ich konnte nicht anders. Ich musste seine Bilder loben. Das war so eine Art Berufskrankheit.

Er: »Réunion.«

Er hielt mir das Handy jetzt so hin, dass ich seine Fotos besser sehen konnte, und ich tat, was ich immer tat.

Ich: »Très charmant, très belle, très jolie, très chaud … äh … beau, très mal …«

Manchmal traf ich das falsche Wort, und Jacques schaute mich irritiert an. Aber nur kurz. Dann scrollte er weiter, bis das Bild einer Frau erschien. Sie besaß Ähnlichkeit mit der Kellnerin in der Crêperie gestern Abend. Jacques seufzte, und ich reichte ihm eine Packung Taschentücher. Die mit dem Logo unserer Firma. Auch so eine von Schneiders Ideen. Er wischte sich eine Träne aus den Augen, zeigte auf das Display und flüsterte leise: »Monique.«

Dass er Jacques hieß, hatte er mir nach dem fünfzigsten Bild verraten, und als ich die Bar nach dem hundertzwanzigsten verließ, hatte ich einen weiteren Freund und eine Stammkneipe gefunden. Jacques hätte mir auch noch mehr Bilder gezeigt. Aber zwei Kundinnen warteten schon ungeduldig auf ihre Zigaretten, und die Rentner klopften auch schon seit einiger Zeit mit ihren leeren Gläsern auf das Holz der Theke. Die Idee von Look-a-lot funktionierte offenbar auch in Frankreich, und da fiel mir ein, dass ich unbedingt Schneider anrufen musste.

Und meine Mutter auch.

Die vor allem. Schließlich hatte ich es ihr versprochen. Kurz vor Aachen und wie immer konnte es das letzte Mal sein.

Ich verabschiedete mich von Jacques und machte mich auf den Weg zu dem Super-Supermarkt, den Juliette mir empfohlen hatte. Dabei kam ich an dem Bretonenshop ihres Schwagers vorbei. Claude stand an der Tür und winkte mir fröhlich zu. Ich winkte freundlich zurück und fühlte mich schon fast wie zu Hause. Es waren noch nicht einmal vierundzwanzig Stunden vergangen, seit ich hier angekommen war, und schon jetzt hatte ich mehr Freunde und Bekannte gefunden als in den vielen Jahren, die ich in Berlin wohnte.

Claude rief mir etwas zu, was ich nicht verstand, und verschwand in seinem Laden. Ich vermutete, dass er die Flasche Calvados und zwei Gläser holen wollte. Dazu war es zu früh, und ich beschleunigte meinen Schritt, bis ich außer Sichtweite war. Die Straße führte an einem Geschäft vorbei, in dem man Muscheln, Krebse und Hummer kaufen konnte. Und da musste ich an die armen Menschen denken, die sich die teuren Meeresfrüchte im Laden nicht leisten konnten und mit ihren Schmetterlingsnetzen bei Ebbe auf Krebsjagd gingen.

Der Supermarkt lag am nächsten Kreisverkehr, und Juliette hatte nicht übertrieben. Schon der Parkplatz war riesig. Links davon lag ein Baumarkt, rechts das obligatorische Gartencenter und direkt vor mir der Super U. Es war ein bisschen wie auf dem Petersplatz, nur ohne Kuppel und Heiligenfiguren. Ich schnappte mir einen Einkaufswagen – auch der war riesig – und betrat die heilige Halle. In Berlin hatte ich immer nur in einem kleinen Supermarkt oder beim Türken bei mir um die Ecke eingekauft. Läden, in denen es in den schmalen Gängen zu einem Stau bis zum Eingang kam, wenn man sich zwischen den zwei angebotenen Marmeladensorten nicht sofort entscheiden konnte. Der Super U in Trégastel besaß die Fläche von zwei, eher drei Fußballfeldern, und hier gab es mehr als zwanzig Sorten Marmelade. Staus entstanden trotzdem keine, weil die Einkaufswagen dreispurig zwischen den Regalen hindurchfahren konnten. Die einzige Schlange hatte sich an einer Theke gebildet, wo Fische auf Eis lagen. Komplett mit allem Drum und Dran: Kopf, Flossen, Schuppen und Gräten. Alles eher so das Gegenteil von Fischstäbchen. Die meisten der Fische, die sich die Franzosen ganz selbstverständlich einpacken ließen, hatte ich noch nie in meinem Leben gesehen und ich wäre ihnen auch ungern im Meer begegnet. Die hießen ja nicht umsonst Seeteufel oder Knurrhahn. Das wusste ich von einem Plakat, das neben der Theke hing und auf dem die Namen der Fische in Französisch, Englisch und Deutsch unter den Bildern standen.

Es gab auch ein eigenes Wasserbecken, in dem Hummer und Taschenkrebse auf ihre Erlösung warteten. Ich machte einen Bogen um die Fischbassins. Hummer und so würde ich mir für später aufheben. Drum herumkommen würde ich nicht. Das war die Bretagne, da aß man Austern, Garnelen und Hummer wie bei uns Döner, Currywurst oder die 75 mit süß-saurer Soße. Ich schob meinen Wagen zu den Weinregalen und machte mich auf die Suche nach einer Flasche Calvados. Nur für den Fall, dass das Flimmern wiederkommen würde.

Das Angebot in den Regalen überforderte mich. Nicht wegen der Preise. Die gingen hoch bis zu dreihundert Euro und mehr. Der teuerste Wein in meinem Supermarkt in Berlin lag bei irgendwas vier Euro fünfzig. Ich beschloss, meinen Calvados lieber bei Claude zu kaufen. Und alles andere in dem kleinen Supermarkt im Ort. Mehr als zwei Sorten Marmelade braucht kein Mensch, und da verlief man sich wenigstens nicht. Nicht wie in dieser Konsumkathedrale hier. Ich brauchte zwei Stunden, um den Weg von den Spirituosen zur Kleiderabteilung zu finden. Deswegen war ich ja überhaupt hierhergekommen. Damit ich auch mal etwas Ungestreiftes tragen konnte, bis mein Koffer aus Paris zurück war. Am Ende schnappte ich mir ein paar neutrale T-Shirts, eine Hose und einfarbige Shorts zum Baden. Eine rote, um genau zu sein. Auf der Suche nach den Kassen verlief ich mich zwischen der Käsetheke und den Tiefkühltruhen.

Karin wäre das bestimmt nicht passiert. Ich stellte mir vor, wie sie, ohne zu zögern, im Vorbeifahren in die Regale griff, ihren Einkaufswagen elegant um die nächste Ecke schob und souverän an der Theke die kompliziertesten Käsenamen fehlerlos aussprach. Wenn sie erst einmal da war, würden wir gemeinsam einkaufen gehen, und ich würde sie bewundernd beobachten und mich von ihr sicher zum Ausgang führen lassen.

Auf dem Rückweg in die Stadt bog ich rechts in einen kleinen Kiesweg ab. Er führte zu der Bucht, die ich gestern schon bei meiner Ankunft gesehen hatte. Weil Flut war, lagen die Segelboote nicht mehr faul auf der Seite, sondern schwammen aufrecht und stolz auf dem Wasser. Ich lief mit meiner Tüte an der Wasserlinie entlang und nahm mir vor, die weiteren Einkäufe auf später zu verschieben. Entgegen dem Wetterbericht schien die Sonne, und das Wasser war auch gerade da. Die perfekte Gelegenheit, baden zu gehen.
Wozu war ich sonst hierhergekommen?
Wegen Karin.
Stimmt, aber solange sie noch nicht da war, konnte ich auch genauso gut meine neue Badehose einweihen.

Ich brachte meine Einkäufe in mein Appartement, zog mich schnell um und machte mich auf den Weg an den Strand. Nicht zu dem, den ich von meinem kleinen Balkon aus sehen konnte. Ich ging zu einem kleineren, der etwas abseits lag und den ich auf Juliettes Karte entdeckt hatte. In Trégastel gab es mindestens so viele Strände wie Crêperien.

Die Entscheidung für den abgelegenen Strand war eine gute. Dort badeten nur wenige Menschen, und die meisten davon waren älter als ich. Deutlich. Da fühlte ich mich nicht so hässlich, als ich mich bis auf die Badehose auszog.

Vor mir ging eine Frau in einem gestreiften Badeanzug über den Strand aufs Wasser zu. Ich sah nur ihren Rücken, aber ich war mir fast ganz sicher, es war …

Ich: »Karin!«

Die Frau drehte sich überrascht zu mir um. Sie war es nicht. Natürlich nicht. Zwischen ihr und Karin lagen mindestens zwanzig Jahre.

Nach oben.

Ich: »Oh, Pardon.«

Sie: »De rien.«

Als die Frau weiter aufs Wasser zulief, war ihr Gang leichter, jugendlicher als vorher. So als fühlte sie sich durch meine Verwechslung um Jahre jünger. Vielleicht aber wollte sie nur schnell fortkommen von dem verrückten Deutschen, der sie am Strand angequatscht hatte.

Ohne zu zögern, stieg sie über die leichten Wellen. Kurz darauf stand sie auch schon bis zur Hüfte im Wasser. Dann tauchte sie unter, tauchte wieder auf und schwamm mit ein paar Kraulschlägen hinaus aufs

Meer. Das Wasser schien hier nicht so kalt zu sein wie an dem Strand mit dem weißen Sand und der Hasenohreninsel. Vielleicht kam hier der Golfstrom vorbei und da drüben nicht. Ich würde Juliette fragen, die wusste das bestimmt. Schließlich war es ihr Job, so etwas zu wissen.

Ich legte meine Sachen auf einen Haufen, deckte ein Handtuch darüber und schaute mich um. Die Senioren hier am Strand sahen nicht wie Verbrecher aus. Obwohl das ja gerade der Trick von Verbrechern ist, wenigstens der Profis unter ihnen, dass man es ihnen nicht ansieht. Trotzdem schien mir das Risiko vertretbar. Ich verzichtete darauf, Schlüssel, Geld und Telefon im Sand zu verbuddeln, damit sie nicht geklaut wurden. Das hatte ich mal in Italien gemacht und nachher vergessen, wo. Damals hatte ich mir von einem kleinen Jungen seine Schaufel ausgeliehen und den halben Strand umgegraben.
Erfolglos.

Ich wollte es wie die Dame machen, die ich mit Karin verwechselt hatte. Unerschrocken in die Wellen marschieren, abtauchen, auftauchen, losschwimmen. Das war mein Plan. Aber als ich meinen Fuß ins Wasser streckte, war es genauso kalt wie heute Morgen. Möglicherweise sogar noch kälter. Obwohl das kaum vorstellbar war. Vor Schreck sprang ich zurück an den Strand. Hinter mir hörte ich Lachen. Doch als ich mich umdrehte, schauten alle weg. Keiner der Rentner sah mich an, dabei wusste ich genau, dass mich alle beobachteten. Bestimmt hatten sie Wetten abgeschlossen, ob ich mich trauen würde oder nicht. Und ganz sicher hatten sie ihre Wetteinsätze in Francs angegeben, so wie meine Mutter alles immer noch in D-Mark umrechnete.

Es gab kein Zurück, ich musste da rein. Es ging um die Ehre.

Bei meinem zweiten Versuch wagte ich mich schon einen Schritt weiter. Einen kleinen. Schnell atmend blieb ich stehen und wartete, bis sich meine Knöchel an die Kälte gewöhnt hatten. Erst dann traute ich mich ein winziges Stück weiter nach vorne. Jetzt stand ich schon bis zu den Waden im Wasser. Aber nur kurz, weil es so unfassbar kalt war. Schnell hüpfte ich zurück. Hinter mir lachte wieder jemand, aber das war mir egal. Ich hatte die perfekte Technik gefunden. Zwei Schritte mutig nach vorne, schnell bis drei zählen, dann wieder einen Schritt nach hinten.

So ging es.

Nicht gut, aber es ging.

Stück für Stück eroberte ich das Meer, zog mich zwischendurch immer wieder taktisch klug einen halben Meter zurück, um danach erneut einen Meter nach vorne zu gehen. Das Wasser schwappte über meine Knie, die Oberschenkel und meine Badehose. An der Stelle machte ich drei Schritte zurück. Als das überstanden war, hatte ich das Schlimmste hinter mir. Für die fünfzig Meter hatte ich etwa eine halbe Stunde gebraucht, und ich ärgerte mich, dass ich nicht zu Beginn der Flut gekommen war. Dann hätte ich mich einfach hingestellt und gewartet. Den Rest hätten die Gezeiten ganz von allein erledigt.

Mit den Händen schöpfte ich Wasser aus dem Meer und spritzte es mir auf meine Brust und meine Arme. So wollte ich meinen Körper an den Schock gewöhnen, wenn ich gleich komplett eintauchen würde.

Ich war so weit ... Nur noch ein Moment ... Gleich würde ich es tun ... Einmal noch durchatmen ...

Genau in dem Augenblick erwischte mich die Welle. Alle davor waren winzig gewesen. Jetzt aber kam ihr großer Bruder, riss mich um und drückte mich brutal und gnadenlos unter Wasser.

Als ich wieder auftauchte, schnappte ich nach Luft und zwang mich, ruhig zu atmen. Zehn Atemzüge später fühlte sich das Wasser schon gar nicht mehr so kalt an. Eigentlich sogar ganz angenehm. Ich machte ein paar Schwimmzüge aufs Meer hinaus, dann legte ich mich auf den Rücken und ließ mich eine Weile sanft von den Wellen schaukeln.

Als ich müde wurde, schwamm ich zurück an den Strand. Stolz schaute ich mich um, erhoffte mir lobende Worte oder zumindest ein anerkennendes Nicken der Strandrentnergang. Aber die waren längst nach Hause gegangen.

Auch nicht schlimm, da konnte ich mir die Badehose ausziehen, ohne mir bei den prüden Franzosen eine

Anzeige wegen Erregung öffentlichen Ärgernisses einzuhandeln. Ich zog mich aus und schaute hinaus aufs Meer, dem ich getrotzt hatte. Das mich nicht bekommen hatte. Dem ich entronnen war.

Tapfer, mutig, furchtlos.

Ich hatte die nasse Hose in der Hand, noch nichts Neues an, als ich direkt hinter mir laute Schreie hörte. Erschrocken drehte ich mich um. Ohne zu überlegen. Instinktiv.

Es war keiner der Rentner, der zurückgekommen war, weil er am Strand etwas vergessen hatte. Es war eine Kindergartengruppe, die mit ihrer Erzieherin und ihren blauen, weißen und roten Schäufelchen einen Ausflug an den Strand machte.

13

Ich: »Und dann haben alle auf einmal angefangen zu schreien.«

Sie: »Ich weiß, Christine 'at es mir erzählt und sehr gelacht.«

Ich: »Wer ist Christine?«

Sie: »Meine Cousin. Sie leitet den Kindergarten und sagt, die Kinder 'ätten kaum was gesehen. Er war wohl auch sehr spillerig …«

Ich: »Spillerig?«

Sie: »Klein, so sagt man in Bochum. Sagt man nicht?«

Ich: »Ich kam gerade aus dem eisigen Meer, da ist das völlig normal.«

Sie: »Sie müssen sich nicht entschuldigen.«

Ich: »Ich entschuldige mich doch gar nicht!«

Ich saß mit Juliette in der Crêperie, in der ich ihr Karins Bild zeigen wollte. Also das bessere, das hinter der Theke hing. Offenbar hatte mich der peinliche Vorfall am Strand mehr getroffen als alle anderen Beteiligten. Vielleicht waren die Franzosen ja doch nicht so prüde, wie ich gedacht hatte.

Ich hatte mir schnell meine Sachen geschnappt und war hinter einen Felsen geflüchtet, um mich da ungestört und in Ruhe umziehen zu können.

Genau in dem Augenblick hatte meine Mutter angerufen.

Wie immer mit dem richtigen Gefühl für den falschen Zeitpunkt. Ich wollte sie wegdrücken. Aber weil ich gleichzeitig versuchte, mir meine Hose anzuziehen, erwischte ich versehentlich die falsche Taste.

Sie: »Hast du sie schon gefunden?«

Ich: »Wen?«

Sie: »Na, diese Kathrin …«

Ich: »Karin, nicht Kathrin.«

Sie: »Ist doch egal, also hast du oder hast du nicht?«

Ich: »Nein, habe ich nicht. Aber sie wird kommen, das weiß ich.«

Sie: »Dann bleibst du also noch länger da?«

Ich: »Ja.«

Sie: »Dann kann Anouks Freund ja vorübergehend bei ihr einziehen.«

Ich: »Was?«

Sie: »Anouk hat versucht, dich zu erreichen. Aber du rufst ja nie zurück. Nicht mal deine Mutter. Also was ist jetzt, kann ihr Freund bei ihr einziehen?«

Er: »Er würde bei MIR einziehen! Es ist immer noch MEINE Wohnung!«

Sie: »Aber du brauchst sie ja nicht, solange du am Meer auf diese Kathrin wartest.«

Ich war sicher, sie machte das mit Absicht. Deswegen verbesserte ich sie nicht mehr.

Sie: »Was ist jetzt? Anouk würde sich so freuen.«

Ich: »Ich wusste gar nicht, dass sie überhaupt einen Freund hat. Bist du sicher, dass der nicht nur mit Anouk zusammen ist, um ein Dach über dem Kopf zu haben?«

Ich hatte in Berlin schon von ähnlichen Fällen gehört. Genau wie umgekehrt. Paare, die nur zusammenblieben, weil es für beide unmöglich war, zwei neue Wohnungen zu finden.

Sie: »David? Nein, der doch nicht. Das ist ein ganz Lieber, so wie Sandra damals.«

Ich: »Du kennst ihn?«

Sie: »Ich hatte die beiden zum Kaffee eingeladen. Es gab veganen Käsekuchen.«

Ich: »Oh … wie nett.«

Auf meine Vorlieben hatte meine Mutter niemals

Rücksicht genommen. Wenn ich sie besuchte, tat sie immer zwei Stücke Zucker und einen Schuss Milch in meinen Kaffee. Obwohl ich den seit Ewigkeiten schwarz trank. Und Kuchen gab es auch nie, nicht mal veganen. Aber ich hatte ja geahnt, dass sie ihre Enkelin lieber mochte als ihre Kinder. Also zumindest als mich.

Sie: »Und deinen Kühlschrank kann sie dann auch nutzen, oder?«

Ich: »Aber nur, bis ich wieder zurück bin.«

Sie: »Logisch.«

Ich: »Ich meine das ernst.«

Meine Mutter hatte schon aufgelegt, um Anouk die gute Nachricht so schnell wie möglich mitzuteilen.

Damit sie den Dank dafür bekam, nicht ich.

Weil ich das Telefon sowieso schon in der Hand hielt, probierte ich es bei Schneider. Aber da lief nur die Mailbox.

Als ich mich hinter dem Felsen wieder hervorwagte, waren die Kinder und ihre Erzieherin verschwunden. Das war ja das Schöne an Trégastel, dass es hier so viele Strände zum Baden und zum Buddeln gab.

Ich lief zurück in mein Appartement und hoffte, dass ich morgen nicht in der Lokalzeitung auftauchen würde. Ich kannte ja die riesigen Fotos, die dort abgedruckt wurden. Vielleicht hatte einer der Zwerge ein Handy mit Kamera dabeigehabt. So ein Teil besitzen ja mittlerweile schon die ganz Kleinen, damit Maman und Papa sie immer erreichen können.

Vielleicht war mein Foto längst online.

Vielleicht war ich, ohne es zu wissen, schon zu einem Meme geworden: Der nackte Mann am Strand.

So wie meine Schwester mit ihrem Pizza-Frisbee-wurf.

Nein, das hielt ich für unwahrscheinlich. Das hätten die sozialen Netzwerke sofort gelöscht, wie alles, was nackt ist.

Selbst wenn da kaum etwas zu erkennen ist.

Ich zog mich schnell um, weil ich mit Juliette in der Crêperie verabredet war.

Und jetzt saß ich hier mit ihr und versuchte, das peinliche Thema zu beenden.

Ich: »Da hat doch keiner von den Kleinen ein Foto gemacht, oder?«

Sie: »Natürlich nicht. Und wenn schon? Für eine echte Skandal 'ätte man ein Teleobjektiv gebraucht, 'at Christine gesagt.«

Ich: »Sehr komisch.«

Juliette fand das offenbar wirklich lustig und wäre vor Lachen fast von ihrem Stuhl gekippt. Es war jetzt allerhöchste Zeit, über andere Dinge zu reden.

Wichtige.

Ich: »Da vorne hängt übrigens das Foto?«

Sie: »Von Ihnen am Strand?«

Juliette drehte sich schnell um, weil sie scheinbar doch neugierig war.

Ich: »Nein, das von Karin. Deswegen sind wir doch

hier, weil ich es Ihnen zeigen wollte. Damit Sie Karin erkennen, wenn sie hier ankommt.«

Juliette hörte auf zu lachen und schaute sich die Polaroids an, die hinter der Theke hingen. Von dem Schwung, mit dem sie sich eben noch umgedreht hatte, war nicht mehr viel zu spüren.

Ich: »Und? Erkennen Sie Karin wieder? Dritte Reihe von oben, viertes Bild von links. Die Blonde! Deutsch, aber elegant.«

Juliette nickte und betrachtete das Foto, auf dem Karin und Gerhard zu sehen waren.

Sie: »Die sind jeden Sommer 'ier. Er beschwert sich bei mir im Office über das schlechte Wetter, und sie steht gelangweilt mit den Kindern daneben. Aber ist schon schön.«

Ich: »Gerhard?«

Sie: »Nein, Madame Karin. Ich 'abe nie verstanden, warum sie mit ihm zusammen ist.«

Ich: »Ist sie ja jetzt auch nicht mehr.«

Juliette drehte sich wieder zu mir um.

Sie: »Warum wollen Sie sie treffen?«

Ich: »Weil ich mich in sie verliebt habe.«

Sie: »Auf eine Foto?«

Ich nickte nur, weil ich es ihr mit Worten nicht hätte erklären können.

Sie: »Das ist fast wie in diese Theaterstück. Warten auf Merlot.«

Ich: »Godot, es heißt *Warten auf Godot*.«

Sie: »Das war eine Scherz.«

Ich: »Außerdem stimmt der Vergleich nicht. Godot kommt nie, Karin wird kommen. So wie jedes Jahr.«

Sie: »Sie sind eine echte 'eiopei.«

Es dauerte einen Moment, bis ich kapierte, dass sie Heiopei meinte. Wie man im Ruhrgebiet halt jemanden nennt, der nicht mehr alle Tassen im Schrank hatte. Ich erwiderte nichts. Was hätte ich auch sagen sollen?

Sie hatte ja recht.

Den Rest des Abends erzählte ich ihr die ganze Geschichte. Diesmal mit allen Details, die ich auf unserer Fahrt von Lannion nach Trégastel ausgelassen hatte. Als ich ihr von meiner Nacht in der Gruft der Familie Homard erzählte, lachte sie. Ich auch, weil es ja wirklich komisch war. Zumindest im Rückblick.

Sie: »Wissen Sie, was 'omard bedeutet auf Französisch?«

Ich: »Nein.«

Sie: »'omard bedeutet 'ummer.«

Ich: »Wie bitte?«

Sie: »'ummer!«

Es war wie bei 'eiopei. Wie die meisten Franzosen und trotz ihres Studiums in Bochum fiel es Juliette schwer, das H am Anfang eines Wortes auszusprechen. Ich fand das charmant, auch wenn es unser Gespräch manchmal ein bisschen komplizierter machte.

Ich: »Ach, Sie meinen Hummer!«

Sie: »Sag ich doch: 'ummer! Die Bretagne ist berühmt für ihre 'ummer. Und für ihre Austern, die müssen Sie natürlich auch kosten.«

Ich: »Und in welchem Restaurant isst man hier den besten Ümmer?«

Ich schämte mich, weil ich sie nachgemacht hatte. Aber das merkte Juliette gar nicht. Stattdessen sah sie mich an, als hätte ich etwas richtig Dummes gesagt.

Sie: »Doch nicht in eine Restaurant! Sie müssen ihn schon selbst kochen. Das gehört dazu. Nur weiche Eier lassen das andere machen. Ihn selbst zu fangen, wäre *naturellement* noch besser.«

Ich: »So wie die armen Menschen, die mit ihren Netzen bei Ebbe Muscheln und Krebse suchen? Weil sie kein Geld haben, sich Essen im Geschäft zu kaufen. Bei uns sammeln die Menschen Bierflaschen und leben vom Pfand. Aber bei uns gibt es ja auch keine Gezeiten, wo man sich sein Abendbrot aus dem Meer holen kann.«

Sie: »Das sind doch keine arme Leute!«

Juliette lachte wieder so laut, dass die Kellnerin neugierig zu uns herüberschaute.

Sie: »Jeder 'ier sucht bei Ebbe nach Muscheln und Krebsen, das 'at überhaupt nichts mit Geld zu tun. *Pêche à pied*. Angeln zu Fuß. Ist so ähnlich wie Pilze sammeln. Nur eben im Wasser. Aber eine 'ummer finden Sie da keine. Besser, Sie kaufen eine bei Madame Viviers in dem kleinen Laden am Kreisverkehr neben Jacques' Bar.«

Ich: »Also doch kaufen!«

Sie: »Ja, aber *vivant*. Lebend.«

Ich: »Und dann?«

140

Sie: »Große Topf auf 'erdplatte, 'ummer rein, zwanzig Minute kochen, fertig. *Très simple*.«

Ich fand das überhaupt nicht simpel.

Ich: »Und wenn er nicht will?«

Sie: »Sie müssen sein Scheren zusammenbinden, sonst zwickt er Sie. Kann man ihm auch nicht übel nehmen. Ich würde auch zwicken, wenn man würde versuchen, mich in kochendes Wasser zu schmeißen. Mir ist ja schon das Wasser in unserem Schwimmbad zu warm.«

In dem Augenblick kam unsere Bestellung. Wir hatten beide auf Galettes verzichtet. Juliette hatte sich in Bochum an dicke Pfannekuchen gewöhnt und fand die hauchdünnen Teigfladen in ihrer Heimat auch viel zu flach. Genau wie ich. Ich mochte das. Sandra hatte von allem immer nur die Hälfte gegessen. Weil sie Angst hatte, zu dick zu werden. Dabei war sie superschlank. Damals zumindest. Jetzt hatte sie bestimmt zugenommen, weil sie sich von ihrem Gondoliere mit Pasta füttern ließ.

Juliette war solche Zurückhaltung fremd. Sie hatte für uns beide Moules Frites bestellt und zeigte mir, wie man die leeren Muschelschalen als Zange benutzte, um das Fleisch aus den anderen Muscheln herauszulösen. »Bretonische Stäbchen« nannte sie das. Zu den Moules gab es Pommes frites, die wir auch mit den Händen aßen. Das Besteck rührten wir erst an, als die Kellnerin jedem von uns zum Nachtisch eine große Portion Mousse au Chocolat servierte.

Während wir unseren Cidre aus Kaffeetassen tranken, erzählte mir Juliette von der Bretagne. Wie arm die Gegend früher gewesen war. Daran hatte der Tourismus nur an der Küste etwas geändert. Im Hinterland war es immer noch nicht viel besser. Da lebten die Menschen von der Landwirtschaft und überdüngten ihre Felder, um über die Runden zu kommen. Der Regen schwemmte den Dünger ins Meer. Das freute die Algen. Die Touristen und Vermieter der Ferienhäuser weniger. Juliette war die Erste in ihrer Familie, die studiert hatte. Einige ihrer engen Verwandten waren immer noch Bauern oder Fischer, außer ihrer Cousine Christine (der Kindergärtnerin), ihrem Schwager Claude (der Streifendealer) und ihrem taxifahrenden Cousin Gerard.

Ich: »Haben Sie nie überlegt, hier wegzuziehen?«

Sie: »Wieso?«

Ich: »Weil anderswo die Pfannkuchen dicker sind. Und weil es hier ständig regnet.«

Sie: »Das stimmt doch gar nicht. Das ist doch nur so eine dumme Klischee über die Bretagne.«

Ich schaute nach draußen, wo der Regen gegen die Scheibe prasselte. Er war so stark, dass ich kaum den Steinwürfel erkennen konnte. Obwohl der Felsen nur wenige Hundert Meter von uns entfernt war.

Sie: »Es gibt auch viele schöne Tage. Mit Sonne.«

Ich antwortete nicht, weil die Kellnerin kam, um unsere leeren Teller abzuräumen. Es war dieselbe von gestern Abend, und Juliette und sie unterhielten sich auf Französisch. Weil ich kein Wort verstand, starrte ich auf Karins Foto hinter der Theke. Ich überlegte, Juliette um einen Gefallen zu bitten. Sie sollte die Kellnerin für mich fragen, ob ich eventuell das Polaroid haben könnte. Ich ließ es dann aber doch lieber sein, weil das mit Sicherheit ein wenig seltsam gewirkt hätte. Auf Juliette und die Kellnerin. Sie hatte mich schon gestern so seltsam gemustert, weil ich die ganze Zeit auf Karins Foto gestarrt hatte. Die Kellnerin sagte etwas zu Juliette, und sie antwortete. Dann schaute die Kellnerin wieder mich an, grinste und lachte.

Ich zwang mich, woanders hinzuschauen und mich wie ein normaler Mensch zu benehmen. Also holte ich mein Handy raus und schaute, ob Schneider sich gemeldet hatte. Hatte er nicht. Dafür hatte ich zwei Nachrichten von Anouk und Nicole, die sich nur in den Verwandtschaftsgraden voneinander unterschieden.

Meine Nichte schrieb: »Super mit der Wohnung! Ich habe mich schon bei Oma bedankt. Grüße.«

Meine Schwester schrieb: »Super mit der Wohnung! Ich habe mich schon bei Mutter bedankt. Grüße.«

Wahrscheinlich hatte Schneider einfach zu viel zu tun.

Als die Kellnerin mit den Tellern verschwunden war, wandte sich Juliette wieder mir zu.

Ich: »Auch eine Cousine von Ihnen?«

Sie: »Non, Monique ist die Frau von meine Bruder.«

Ich: »Claude, dem Streifendealer?«

Juliette musste lachen, und das freute mich. Sonst war es immer sie, die die Witze machte.

Sie: »Nein, Claude ist meine Schwager. Monique ist mit meine Bruder zusammen.«

Ich: »Verkauft der auch Bretonenpullis?«

Sie: »Non, der trägt sie nur, wenn er zum Fischen rausfährt.«

Ich: »Hatte Monique früher mal was mit Jacques aus der Bar?«

Sie: »Ja, aber sie 'aben sich zerstritten im Urlaub.«

Ich: »In Réunion. Ich weiß.«

Juliette schaute mich überrascht an.

Sie: »Woher?«

Ich: »Lange Geschichte, hat was mit meinem Beruf zu tun. Sind hier eigentlich alle miteinander verwandt?«

Sie: »Die meisten.«

Ich: »Und was haben Sie ihr die ganze Zeit erzählt?«

Sie: »Die Wahrheit natürlich. Monique mag Gerhard auch nicht, weil er nie Trinkgeld gibt und übers Essen meckert. *Toujours.*«

Ich: »Sind ihm die Crêpes zu dünn?«

Sie: »Nein, weil es entweder zu salzig oder zu fad ist, zu viel oder zu wenig, zu kalt oder zu 'eiß ist.«

Ich: »Eis muss doch kalt sein.«

Sie: »Nicht Eis, 'eiß. Wie, wenn viel, viel zu warm. Jedenfalls wünscht Monique Ihnen viel Glück.«

Ich: »Danke! Und Sie? Wünschen Sie mir auch Glück?«

144

Sie: »Natürlich, was denken Sie denn?! Ich leite das Office du Tourisme 'ier in Trégastel. Es ist meine Job, dass unsere Besucher glücklich sind. Monique 'at erzählt, dass Sie gestern schon den ganzen Abend das Foto hinter der Theke angestarrt 'aben.«

Ich: »Das hat sie gemerkt?«

Sie: »War wohl kaum zu übersehen.«

Juliette lachte, und ich lachte auch. Was blieb mir anderes übrig.

Sie: »Aber Bildergucken ist ja schließlich Ihre Beruf. Und davon kann man wirklich leben?«

Ich: »Sehr gut sogar.«

Sie: »Ich finde das traurig.«

Ich: »Warum?«

Sie: »Zu Ihnen kommen nur Leute, die kein Freunde haben, denen sie ihre Fotos zeigen können. Das finde ich traurig.«

So hatte ich das noch nie gesehen. Ich hatte immer nur die roten Gesichter gesehen, die mir aufgeregt von den Geschichten hinter den Bildern erzählten.

Irgendwann hörte Juliette auf, mich zu siezen, und ich duzte sie auch. Darauf tranken wir beide einen Calvados. Und als wir uns irgendwann vor der Crêperie verabschiedeten, gab sie mir rechts, links, rechts drei Küsse auf die Wange. Aber das hatte nichts zu bedeuten.

Gar nichts.

Das taten hier alle.

An diesem Abend saß ich noch lange allein am Strand. Es war Ebbe, und das Meer glitzerte im Mondlicht silbern in der Ferne. Ich dachte über den Abend nach. Vor allem über das, was Juliette über Look-a-lot und die Einsamkeit gesagt hatte. Ich tippte eine SMS an Schneider: »Wir müssen mit den Preisen runtergehen. Das sind doch alles arme Hunde. Die haben doch niemand außer uns.«

Als ich auf Senden gedrückt hatte, ging es mir besser, und ich war kurz davor, Anouk anzurufen und meiner Nichte zu ihrem Glück zu gratulieren. Ich hatte das Gefühl, ich würde meine Berliner Wohnung nicht mehr brauchen. Bald würde für mich ein neues Leben beginnen. Gemeinsam mit Karin. Hier oder irgendwo anders, wo es wärmer und trockener war. Ganz egal.

Hauptsache, wir waren zusammen.

Irgendwann schlief ich ein, und die Flut kam. Das spürte ich, weil meine Füße nass wurden. Ich stand auf und ging in mein Appartement. Dort schlief ich weiter und als ich aufwachte, schien draußen die Sonne.

Ich nahm das als ein gutes Zeichen.

14

Morgens frühstückte ich immer bei Jacques. Wenn ich seine Bar betrat, schauten die Theken-Rentner nicht mal mehr von ihren Biergläsern auf. Ich gehörte dazu und kam mir vor wie ein verwaistes Rehkitz, dem eine Hündin erlaubte, an ihren Zitzen zu saugen. Das Bild hatte ich mal irgendwo im Internet gesehen.

Es war unfassbar kitschig, aber genau so fühlte ich mich.

Angekommen und angenommen.

Ich hatte meinen Stammplatz mit Blick auf den Kreisverkehr, trank einen Kaffee, aß ein Croissant und schaute mir die Bilder in der Lokalzeitung an: Autounfälle, gerettete Segler, Fußballmannschaften, die irgendwas gewonnen oder verloren hatten.

Manchmal kam Claude auf einen Café au lait oder zwei oder drei Calvados herein, und draußen auf dem Bürgersteig sah ich oft Juliette mit ihrer Cousine. Die beiden winkten mir lachend zu, wenn sie mich hinter der Scheibe entdeckten.

Und ich, ich war fast glücklich.

Alles, was mir fehlte, war Karin.

Und Geld.

Die regelmäßigen Zahlungen von Look-a-lot blieben aus, und mein Kontostand schmolz dahin. Schneider war immer noch nicht zu erreichen, und ich überlegte, nach Berlin zu fahren. Um persönlich im dreiundzwanzigsten Stock nach dem Rechten zu sehen. Aber ich hatte Angst, Karins Ankunft in Trégastel zu verpassen. Die Ferien hatten begonnen, und es wurde langsam voll in Trégastel. Wenn ich bei Jacques aus dem Fenster schaute, sah ich die überpackten Wagen, die sich vor dem Kreisverkehr stauten.

Eine Rückkehr nach Berlin war ausgeschlossen.

Nicht ohne Karin.

Den Triumph wollte ich weder Nicole noch meiner Mutter gönnen. Außerdem besaß ich dort gar keine Wohnung mehr, weil Anouks Freund inzwischen fest bei mir eingezogen war. Meine Nichte hatte Fotos geschickt, auf denen sie beide vor meinem Kühlschrank standen und glücklich – immerhin das – in die Kamera schauten. Bedankt hatten sie sich nicht. Also nicht bei mir. Bei meiner Mutter schon.

Mittlerweile hatte ich in Trégastel den perfekten Tagesablauf gefunden. Nach dem Frühstück bei Jacques schaute ich bei Juliette vorbei und fragte, ob sie Karin schon gesehen hätte. Hatte sie nicht. Dann ging ich an den Strand, um einen Fuß ins kalte Wasser zu stecken. Abwechselnd mal den rechten, mal den linken. Das reichte, um wahrheitsgemäß behaupten zu können, im Meer gewesen zu sein. Aber auch nur, wenn es nicht regnete oder gerade Flut war. Sonst war mir der Weg zum Wasser zu weit und zu feucht. Einmal besuchte ich das Schwimmbad. Aber da hatten mich die Aqua-jogging-Damen mit einem lauten »Allez! Allez!« über den Haufen gestrampelt. Trotz der einmaligen Gelegenheit, mich dort ein wenig aufzuwärmen, beschloss ich, es bei dem einen Besuch zu belassen.

Nach dem Besuch am Strand machte ich ein paar Besorgungen. Mal in dem riesigen Super U am Stadtrand. Mal in dem winzigen Laden im Zentrum des Städtchens. Das teilte ich gerecht auf, das war mir wichtig, damit keiner zu kurz kam. Auf dem Rückweg vom Einkaufen schaute ich wieder bei Juliette vorbei.

Ich: »Ist Karin schon da?«

Sie: »Du nervst, *casse-toi!*«

Oder bei Jacques

Ich: »Einen Pastis, *s'il vous plaît.*«

Er: »Mais bien sûr.«

Manchmal ging ich auch in die Bücherei. Da stand ein öffentlicher Computer. Weil ich mir Sorgen um Look-a-lot machte, versuchte ich probehalber, online einen Termin zu buchen. Der nächste war erst in zwei Monaten frei, und das war ja eigentlich ein gutes Zeichen. So schlimm konnte es der Firma nicht gehen.

Danach spazierte ich den Zöllnerpfad entlang, kletterte ein bisschen über die Felsen und schaute den Zu-Fuß-Anglern zu. Das Klettern war das Schönste am Tag. Wie ein kleiner Junge sprang ich von Stein zu Stein und testete, wie weit ich mich an den Rand traute.

Dahin, wo Wasser auf Fels traf und mir Gischt ins Gesicht spritzte.

Manchmal war es so stürmisch, dass mir der Wind die Querstreifen von meiner Jacke riss, mich in die Luft hob und weiter hinten am Strand sanft wieder absetzte.

Tat er natürlich nicht, aber es fühlte sich fast so an.

Nach dem Spaziergang ging ich wieder zu Jacques und beobachtete von der Theke aus den Kreisverkehr. Oder wir schauten uns gemeinsam mit Claude die Fotos aus Réunion an. Dann weinten wir alle. Jacques wegen Monique, ich wegen Karin und Claude … Keine Ahnung, warum Claude weinte. Vielleicht weil er dazugehören wollte. Vielleicht hatte er auch jemanden verloren.

Wer hatte das nicht?

Es dauerte nicht lange, dann tranken wir zusammen einen Calvados, und fast alles war wieder gut.

Abends ging ich dann zu Monique in die Crêperie. Nicht wegen der Muscheln oder der hauchdünnen Teigfladen, sondern wegen Karins Foto. Manchmal seufzte ich leise, aber das hörte niemand, weil der Regen laut gegen die Scheiben prasselte. Wenn die Schauer abends aufhörten, setzte ich mich noch eine Weile an den Strand. Dort stellte ich mir vor, genau hier mit Karin auf einer Decke zu sitzen. Mit einer Flasche Wein, zwei Gläsern, dem sanften Rauschen der Wellen, ein paar schlaflosen Möwen und dem

Leuchtturm, der nur für uns kurz, lang, kurz, kurz, Pause, kurz, kurz, Pause, kurz, Pause, lang, kurz, kurz, kurz, Pause, kurz blinkte. Morsisch bedeutete das »Liebe«, das hatte ich in dem Büchereicomputer gegoogelt.

Irgendwann stand ich auf, wünschte der Dorfjugend auf dem Platz hinter mir eine gute Nacht und ging in mein Appartement. Ich hatte das Bett so gestellt, dass ich Karins Raserbild sehen konnte, bevor ich einschlief.

Und wenn ich aufwachte, auch.

Dann war es endlich so weit: mein erster Hummer.

Schließlich war ich in der Bretagne. Da isst man Hummer. Und Austern. Jeder. Sogar Kinder. Ich hatte beides schon in ihren Pausenbrotboxen gesehen, wenn ich bei meinen Spaziergängen an der alten Schule vorbeikam.

Zuerst Hummer, später irgendwann dann auch Austern. Vielleicht. Austern leben noch, wenn man sie isst.

So ein Hummer ist wenigstens schon tot.

Irgendwer muss ihn nur vorher umbringen.

Und genau das war mein Problem.

Juliette hatte darauf bestanden, dass ich es selbst machte, und wahrscheinlich hatte sie recht. Auch weil ich es mir im Augenblick gar nicht leisten konnte, einen Hummer im Restaurant zu essen.

Wasser kochen, Deckel auf, Hummer rein, fertig.

Klang jetzt nicht so kompliziert, eigentlich ganz einfach.

Ich hatte die Küche der kleinen Ferienwohnung inspiziert.

In der Besteckschublade fand ich:

- ein Austernmesser
- sehr spitze, sehr lange Krebsgabeln
- einen Nussknacker für die Hummerscheren
- große Nadeln für große Schnecken
- kleine Nadeln für kleine Schnecken
- einen Schutzhandschuh aus winzigen Metallringen, die die Finger beim Austernöffnen schützten.

Stasikeller nichts dagegen.

Was fehlte, war der Hummer. Ich hatte schon welche gesehen. Auf Postkarten und Tellern waren sie dunkelrot und tot. Im Supermarkt eher dunkelblau, hatten aber in ihren winzigen Wasserbecken auch nicht besonders lebendig gewirkt. Meine Vermutung war: Die Händler kippten Beruhigungsmittel ins Wasser.

Ich fand das gut.

Wenn ich den Hummer aß, würde ich davon profitieren. Dann konnte ich die Wartezeit besser ertragen. Die Zeit, bis Karin kam. Einerseits. Andererseits hatte ich im Super U auch schon hyperaktive Hummer gesehen. Denen war die Flucht aus den Wasserbecken gelungen. Unklar, ob allein oder mit Fluchthelfern, die sie aus den Aquarien gerettet hatten. Dem Ruf des Meeres folgend, waren sie Richtung Ausgang gekrochen.

Aber französische Supermärkte sind riesig, das war ihnen zum Verhängnis geworden. Keiner der Hummer hatte es in die Freiheit geschafft. Trotz meiner Anfeuerungsrufe. Noch vor der Kasse hatte ein Mitarbeiter sie hochgehoben und zurückgetragen. Da konnten sie noch so wütend mit den Scheren klappern. Das nützte ihnen gar nichts.

Der Topf war ihr Schicksal.

Das redete ich mir ein, um mein schlechtes Gewissen zu beruhigen.

Mit den Händen maß ich den Umfang des größten Kochtopfes, den ich in den Küchenschränken finden konnte. Der war nicht besonders groß. Logisch. In einer kleinen Ferienwohnung brauchte man keine Töpfe für eine Großfamilie.

Machte aber nichts. Ich war allein. Noch.

Da reichte ein kleiner Topf für einen kleinen Hummer völlig aus. Ich musste mir nur die Größe merken, damit das Tier da später auch reinpasste. Nicht, dass seine Beine links und rechts über den Rand hingen. So wie meine in der winzigen Badewanne des Appartements.

Weil ich keinen Zollstock finden konnte, hielt ich meine Hände einfach im passenden Abstand. So lief ich durch die Straßen. Vorbei an dem Kreisverkehr und dem Office du Tourisme zu dem kleinen Laden, in dem Madame Viviers *coquillages et homard vivant* verkaufte.

Natürlich guckten die Leute. Hätte ich auch getan, wenn jemand mit ausgestreckten Armen an mir vorbeigelaufen wäre. So als würde er ein unsichtbares Baby mit voller Windel vor sich hertragen.

Als ich am Tourist Office vorbeikam, winkte Juliette mir zu. Sie lehnte an dem kleinen Hinkelstein vor ihrem Büro, rauchte eine Zigarette und rief mir zu: »Wohin?« Ich rief zurück: »Hummer kaufen bei Madame Viviers.«

Juliette lachte. Sie hielt mich für verrückt. Nicht wegen der Sache mit Karin. Das verstand sie. Es ging um Liebe, das verstehen Franzosen. Immer.

Ich winkte ihr … Nein, tat ich natürlich nicht, wäre ja sonst alles umsonst gewesen. Ich behielt die Hände brav weiter im richtigen Abstand und betrat so den Hummerladen.

Madame Viviers begrüßte mich im blauen Kittel. Sie sprach einen Dialekt, den ich noch weniger verstand als das normale Französisch.

Ich: »Je voudrais acheter un homard.«

Madame antwortete. Keine Ahnung, was.

Ich: »Dans cette taille.«

Dabei streckte ich ihr meine Hände entgegen. Es sah aus, als wartete ich darauf, dass sie mir Handschellen anlegte.

Tat sie aber nicht. Sie lachte und führte mich zu einem großen Bassin, auf dem ein Gitter lag. Madame schob es zur Seite und holte einen der Hummer aus dem

Wasser. Der arme Kerl machte sich lang, als sie ihn mir entgegenhielt. Als ahnte er, dass sein Leben von seiner Größe abhing. Aber sosehr er seine Fühler auch nach vorne streckte, es reichte nicht.

Nicht für ihn.

Für den Topf schon.

Aus schwarzen Knopfaugen schaute er mich traurig an. Ich schaute weg, nickte Madame zu und sagte, dass ich ihn am Abend abholen wollte. Ich wollte raus, schnell raus hier.

Sie setzte den Hummer in ein kleineres Becken. So eine Art Todeszellenpool, nahm ich an.

Bekam er dort eine Henkersmahlzeit? Was fressen Hummer überhaupt? Man weiß so wenig über sein Abendessen.

Ich zahlte und war schon fast wieder draußen, da rief Madame mir noch etwas hinterher.

Sie musste es dreimal wiederholen, bevor ich verstand.

Ich: »Vous voulez …«

Mir fiel das französische Wort für Töten nicht ein, das braucht man so selten.

Ich: »… kill le homard pour moi?«

Madame lächelte weiter freundlich: »Mais oui.«

Ich: »Ça fait combien?«

Madame: »Deux Euro.«

Ich: »Mais oui. Oui, oui, oui!!!«

Fast hätte ich die gute Madame Viviers aus Dankbarkeit umarmt. Ich ließ es bleiben, weil ihr blauer Kittel doch arg nach Fisch roch.

Ich verabschiedete mich und trat bestens gelaunt ins Freie. Die Sonne schien, und ich fühlte mich erleichtert. Heute Abend würde ich Hummer essen, ohne dafür zum Mörder werden zu müssen.

Also nicht direkt.

Trotzdem ließen mich die traurigen schwarzen Augen nicht los. Nicht größer als Nadelköpfe, aber so tief wie das Meer.

Zum Glück war gerade mal wieder Ebbe, da war es nicht so besonders tief.

Ich lief an der Bucht entlang. Die Menschen, die mir entgegenkamen, grüßten freundlich. Einige lachten. Eigentlich alle. Ich konnte das Aquarium schon sehen, da erst fiel es mir auf: Ich hielt immer noch meine Hände ausgestreckt.

Kein Wunder, dass die Leute lachten.

Dann fiel mir noch etwas auf. Wenn Madame Viviers meinen Hummer für mich kochte, musste der ja gar nicht in meinen kleinen Topf passen. Dann konnte er auch größer sein. Viel größer.

Ich rannte. Vorbei an der Bucht, dem kleinen Supermarkt, Claudes Bretonenshop, dem Kreisverkehr, Jacques' Bar, hinein in den Laden. Ein deutsches Paar suchte gerade zwölf Austern aus. Einzeln. Er nahm jede in die Hand, wog sie nachdenklich und klopfte mit seinen Fingerknöcheln gegen die Schale.

Ich: »Die werden kaum Herein sagen.«

Erneutes Schalenklopfen.

Ich: »Das sind Austern, keine Melonen! Sind Sie bald fertig?«

Sie: »Hör gar nicht hin, Walter, und lass dir ruhig Zeit. Wir sind hier im Urlaub und nicht bei der Arbeit.«

Das tat er dann auch. Als er alle Austern abgeklopft hatte, entschied seine Begleiterin, dass sie zum Abend doch lieber Artischocken essen wollte. Austernloser Abgang.

Madame Viviers seufzte, ich seufzte und erklärte ihr, was ich wollte. Sie nahm den kleinen Hummer aus dem Vorhöllenpool, um ihn zurück zu seinen Gefährten zu setzen und ein neues Opfer auszuwählen.

Ich: »Arrêt, s'il vous plaît.«

Madame: »???«

Es dauerte, bis sie verstand, dass ich den Kleinen trotzdem mitnehmen wollte. Ich fühlte mich verantwortlich für ihn. Mit Gummibändern sicherte sie seine Scheren und packte ihn in einen leeren Weinkarton. Muscadet, der passt zu Hummer.

Bevor Madame ein neues, größeres Exemplar für mich ausgesucht hatte, war ich schon wieder draußen. Auf keinen Fall wollte ich denselben Fehler ein zweites Mal machen. Eine emotionale Bindung zu meinem Abendessen aufbauen.

Nicht so wie zu … Hugo.

Ich klemmte mir den Karton unter den Arm und machte mich auf den Weg zum Meer. Ich wollte ihm die Freiheit schenken, weil mich seine schwarzen

Knopfaugen gerührt hatten. Pech für die Muscheln gestern Abend, dass sie keine besaßen.

Mein Ziel war der Strand, an dem ich der Kindergartengruppe begegnet war. Da war es ruhig und still, meistens jedenfalls. Weil immer noch Ebbe war, musste ich ein ganzes Stück laufen, um die Wasserlinie zu erreichen. Ich hielt den Weinkarton leicht schräg mit der Öffnung nach unten, sodass Hugo sanft auf den nassen Sand rutschte. Vorsichtig löste ich die Gummibänder, die Madame Viviers um seine Scheren gebunden hatte. Hugo sah sich neugierig um, tat aber keinen Schritt. Auch nicht, als ich ihn sanft mit dem Fuß Richtung Meer schob.

Ich: »Worauf wartest du noch? Auf die Flut?«

Vielleicht war er einfach nur faul und wollte lieber warten, bis das Meer zu ihm kam. War ja auch viel einfacher, da hatte er schon recht. Das Wasser näherte sich bereits und netzte an seinen und meinen Füßen. Ich trat einen Schritt zurück, weil ich die Schuhe noch anhatte.

Ich: »Da draußen wartet doch bestimmt jemand auf dich. Lass sie nicht warten.«

Ich stupste mit dem Fuß ein bisschen stärker, doch statt sich endlich in Bewegung zu setzen, schnappte Hugo mit einer seiner Scheren nach meinem Fuß.

Ich: »Verstehe, auf mich wartet zu Hause auch keiner.«

Ich dachte an meine Familie in Berlin und Schneider, der nicht zurückrief. Am Ende war ich auch nichts anderes als ein Hummer, den nichts, aber auch gar nichts zurück in sein Meer zog. Hugo drehte seinen Kopf zu mir um und schaute mich mit seinen schwarzen Knopfaugen an. Lange.

Und dann passierte etwas Komisches, etwas wirklich Merkwürdiges. Hugo drehte sich um und kroch wieder in den Karton, der immer noch am Strand lag. Er klopfte mit einer seiner Scheren von innen gegen die Pappe, so als wollte er mir zu verstehen geben, dass er genug vom Meer gesehen hatte und wir jetzt bitte wieder gehen könnten.

Ich hob den Karton mit Hugo hoch und nahm ihn mit in mein Appartement. In dem rosa gekachelten Badezimmer war eine Badewanne, zu klein für mich, aber genau richtig für ihn.

Die würde Hugo gefallen, denn wie sollte man einen Hummer sonst nennen. Hugo war der perfekte Name für ihn. In Berlin hatte ich mal einen Hugo gekannt: harte Schale, weicher Kern. Genau wie mein neuer Freund hier.

Ich ließ Wasser ein. Kaltes. Das war Hugo gewohnt. Dann hob ich ihn vorsichtig aus dem Karton und setzte ihn vorsichtig in die Wanne. Hugo schnappte nach mir. Aber das war nicht bös gemeint. Das war mehr so ein Reflex.

Wer würde schon die Hand zwicken, die einen füttert? Aber womit?

Ich hatte keine Ahnung, was Hummer fraßen. Ich hätte Madame Viviers fragen können. Oder noch besser, ich besorgte mir ein Buch über Meerestiere aus der kleinen Bibliothek neben dem Tourist Office. Dort gab es ganz sicher viele Bücher über Hummer.

Wo, wenn nicht hier in Trégastel?

Ich streichelte Hugo sanft über den Kopf und flüsterte: »Bin gleich wieder da.«

So schnell ich konnte, rannte ich dieselbe Strecke wieder zurück, stürmte in die Bücherei und rief: »J'ai besoin de livres sur le homard.«

Die Bibliothekarin, eine ältere Dame mit einem – ich schwöre – Dutt, saß hinter ihrem Tisch und löste ein französisches Kreuzworträtsel. Erschreckt sah sie auf. So viele Menschen schauten hier nicht vorbei. Meist war ich der einzige Besucher in der Bücherei, wenn ich den Computer benutzte. Schnell hatte sie sich wieder gefangen und lächelte mich an. Glücklich. So wie man halt lächelt, wenn man lange auf jemanden gewartet hatte. So wie ich lächeln würde, wenn Karin endlich da war.

Die Bibliothekarin erhob sich, flüsterte »un moment« und verschwand zwischen den Regalen. Ich sah mich um und strich prüfend mit dem Finger über die Bücher, die neben mir in einem Regal standen. Sie waren von einer dünnen Staubschicht bedeckt, in die ich mit dem Zeigefinger abwechselnd »Karin« und »Hugo« schrieb. Dann war die Bibliothekarin auch schon wieder zurück und legte einen großen Stapel Kochbücher auf dem Tisch ab.

Ich: »No, no! Je … je …«

Mein Französisch reichte nicht, um ihr zu erklären, was ich wirklich wollte. Diesmal war ich es, der »un moment« murmelte und kurz verschwand. Ich lief rüber zu Juliette ins Tourist Office, um sie um Hilfe zu bitten.

Ich: »Du musst bitte mal kurz für mich übersetzen. Ich brauche Bücher über Hummer.«

Juliette: »Kochbücher?«

Ich: »Nein, ich muss wissen, was Hugo gerne isst und sonst noch so braucht.«

Sie: »Wer ist ’ugo?«

Ich: »Erkläre ich dir alles später, und jetzt komm bitte, die Dame drüben in der Bücherei versteht mich nicht.«

Sie: »Du meinst Héloise, meine Tante?«

Mich überraschte das nicht.

So etwas Ähnliches hatte ich schon vermutet.

15

Weil gerade keine Touristen da waren, erklärte Juliette ihrer Tante, wonach ich suchte. Héloise räumte die Kochbände weg und kam mit einigen Biologiebüchern über Hummer zurück. Es war genau das, was ich gesucht hatte. Ich musste nicht Mitglied werden, brauchte kein Formular auszufüllen, nichts unterschreiben. Ich konnte die Bücher einfach so mitnehmen. Wahrscheinlich war Héloise froh, dass überhaupt mal jemand kam und nicht nur an den Computer wollte. So wie ich sonst.

Leider waren alle Bücher auf Französisch. Trotzdem fand ich schon beim schnellen Durchblättern, was Hummer gerne fraßen: *Oursin*.

Was immer das sein mochte.

Ich fragte Juliette. *Oursins* waren Seeigel.

Ich: »Wo kann ich die kaufen?«

Sie: »Beim Fischhändler, wo sonst?«

Ich drückte ihr einen Kuss auf die Wange und dann ihrer Tante, weil sie mir beide sehr geholfen hatten. Dann lief ich rüber zum Fischhändler. Das ist das Gute an Trégastel, hier sind die Wege kurz. Egal, wo man hinwill.

Ich verlangte ein Dutzend Cousins, und erst, als ich das entsetzte Gesicht des Verkäufers sah, verbesserte ich mich: »Oursins, pas de Cousins.«

Mit der Plastiktüte in der einen und den Büchern in der anderen Hand lief ich zurück zu meinem Appartement. Diesmal sparte ich mir den hübscheren Weg an der Bucht entlang, sondern lief durch die Gassen der Stadt. Ich stürmte die Treppe hoch, schloss auf und …

Hugo war es irgendwie gelungen, aus der Wanne zu klettern. Er hockte im Flur und schaute mich erwartungsvoll an aus seinen schwarzen Knopfaugen. Unter ihm hatte sich eine Pfütze gebildet. Er saß da wie ein Hund, der auf sein Herrchen wartete, und begrüßte mich, indem er eine seiner Scheren hob und damit freudig erregt in der Luft klapperte.

Mir wurde ganz warm ums Herz. Schon als Kind hatte ich mir einen Hund gewünscht, aber nie einen bekommen. Jetzt hatte ich einen Hummer. Ich nahm Hugo vorsichtig hoch, trug ihn ins Bad und setzte ihn zurück in die Wanne. Dann leerte ich meine Einkaufstüte mit Seeigeln aus und schaute fasziniert zu, wie geschickt Hugo die Seeigel schälte. So als wären es Orangen. Die Stacheln schienen ihn überhaupt nicht zu stören. Kein Wunder bei seinen gepanzerten Scheren. Erst jetzt fiel mir auf, dass sie unterschiedlich waren. Die rechte war größer und kräftiger als die linke, und auch das faszinierte mich. Die Natur besitzt eine Vorliebe für Harmonie. Die Körper der allermeisten Arten waren symmetrisch. Auch damit die Tiere im Gleichgewicht blieben und nicht ständig umkippten. Für Hummer galt das scheinbar nicht.

Ich holte mir ein Deutsch-Französisch Wörterbuch aus dem kleinen Bücherregal der Ferienwohnung, machte es mir auf dem Klodeckel gemütlich und arbeitete mich Wort für Wort durch die Hummerbücher. Ab und zu blickte ich auf, um Hugo beim Fressen zuzuschauen. Er schnappte sich einen Seeigel nach dem anderen und wirkte dabei sehr zufrieden.

Je mehr ich über Hummer las, desto begeisterter war ich.

Die fünf beeindruckendsten Fakten über Hummer:

Erstens, der lateinische Name von Hummern lautet Homarus, und das klingt fast wie ein römischer Feldherr.

Zweitens, Hummer können bis zu siebzig Jahre alt werden, und mit jedem Lebensjahr werden sie fruchtbarer. Zumindest die Männchen. Verantwortlich dafür ist ein Enzym im Zellkern namens Telomerase. Die Entdecker des Enzyms Elizabeth Blackburn, Carol Greider und Jack W. Szostak erhielten dafür den Nobelpreis für Medizin. Alle drei leiden an einer Meeresfrüchteallergie. (Okay, das Letzte habe ich mir ausgedacht, wäre aber lustig.)

Drittens, die beiden ungleichen Scheren des Hummers nennt man Greifschere (die linke) und Knackschere (die rechte). Das erklärt sich von selbst. Braucht man nicht viel dazu zu sagen.

Viertens, um Sex haben zu können, muss das Weibchen seinen Panzer abwerfen. Im Anschluss liebt sich das Pärchen Bauch an Bauch. Allerdings nur für etwa fünf Sekunden. Nach dem Sex beschützt der männliche Hummer das Weibchen, bis sich ihr Panzer wieder erneuert hat. Das ist ja schließlich kein Abendkleid, in das man am Morgen danach schlüpft, um noch vor dem Frühstück zu verschwinden. Insgesamt herrscht bei Hummers also eine eher konservative Rollenverteilung. Im Gegenzug schnappt sich das Weibchen beim Akt das Spermapaket des Männchens und befruchtet damit ihre Eier, wann immer sie Lust dazu hat. Was dann doch wieder irgendwie modern ist.

Fünftens, der größte europäische Hummer, der je gefangen wurde, war knapp eineinhalb Meter lang und wog über neun Kilo. Im Restaurant hätte man bei einem gängigen Kilopreis von siebzig bis achtzig Euro für das Tier rund siebenhundert Euro bezahlen müssen.

Da war Hugo viel günstiger gewesen. So viel dann allerdings auch wieder nicht, weil ich mich am nächsten Morgen auf den Weg zum Supermarkt machte, um ein paar Kleinigkeiten für ihn einzukaufen.

Der Super U besaß eine gut ausgestattete Haustierabteilung. Mir war in Paris und auch in Trégastel schon aufgefallen, dass die Franzosen eine innige Beziehung zu ihren Hunden pflegten. Je kleiner der Wauwau, desto größer die Liebe. Mir kam das entgegen. Einfach alles, was so ein Hund braucht oder nicht, gab es auch in XXS: Leinchen, Fressnäpfchen, Deckchen, Körbchen, Mäntelchen, Gummitierchen …

Gerne in Rosa oder Lila.

Die Franzosen liebten Rosa oder Lila. Vor allem die älteren Damen, das hatte ich schon im Schwimmbad beobachtet, wenn die Aquajogging-Damen aus dem Wasser stiegen und ihre Badekappen abnahmen. Beim ersten Mal hatte ich geglaubt, das wäre ein Unfall gewesen und hätte etwas mit dem Chlor im Wasser zu tun. Aber keine der Damen schrie entsetzt auf, als sie ihre lila-rosa Haare im Spiegel betrachtete. Im Gegenteil. Mit zufriedener Miene renovierten sie ihre Frisur und verschwanden Richtung Umkleiden.

Ich kaufte für Hugo eine rosa Leine, die mit Strass verziert war und noch das Geschmackvollste war, was ich an dem Ständer entdecken konnte. Ich war nicht sicher, ob sie Hugo gefallen würde. Aber soweit ich wusste, waren Hummer farbenblind. Außerdem landete ein Hundemäntelchen (ebenfalls rosa) in meinem Einkaufswagen. Da würde ich später mit einer Schere noch ein paar Löcher für Hugos Fühler hineinschneiden müssen. Auf das Körbchen verzichtete ich. Hugo war zufrieden mit seiner Badewanne. Stattdessen landete noch ein Gummitier in meinem Einkaufswagen. Damit er was zu spielen hatte, wenn ich nicht da war. Es gab blau-weiß gestreifte Krebse, Enten und Hühner. Ich entschied mich für den Krebs und kaufte auch noch eine wasserdichte Tasche, in der ich ihn überallhin mitnehmen konnte. Sie war ebenfalls gestreift – was sonst – und erinnerte ein wenig an eine Bowlingtasche.

Als ich mit meinen Einkäufen zur Kasse fuhr, kam ich an dem Becken vorbei, in dem Hugos Verwandte gefangen gehalten wurden. Ich widerstand dem Impuls, für Hugo eine Gefährtin zu kaufen.

Der alte Konflikt: Man kann nicht alle retten.

Vor vielen, vielen Jahren hatte meine Mutter eine Patenschaft für ein Mädchen in Nigeria übernommen. Keine Ahnung, warum, das passte eigentlich gar nicht zu ihr. Als ich älter wurde, hatte ich meiner Mutter in den Ohren gelegen, wie ungerecht das wäre, ein Kind zu retten und Tausende andere nicht. Meine Mutter hatte mir – auch das war ungewöhnlich – sofort recht gegeben und die Patenschaft gekündigt. Nicht, weil sie meiner Meinung war, sondern weil das ein guter Vorwand war, um Geld zu sparen.

Damals war ich jung und idealistisch gewesen.

Heute sah ich das anders.

Hugo zu retten, war gut, alle Hummer aus dem Becken zu befreien, unmöglich. Jedenfalls nicht, solange Schneider immer noch kein Geld überwiesen hatte.

An der Kasse packte ich alles in die Tasche, die ich gekauft hatte, und machte mich auf den Heimweg. Ich stoppte kurz bei Jacques, der mir bei einem Cidre noch ein paar Fotos aus Réunion zeigte. Dann schaute ich bei Juliette vorbei, um mich für ihre Hilfe in der Bücherei zu bedanken und um zu fragen …

Ich: »Ist Karin schon da?«

Sie: »Non!«

Es war ein sehr kurzes und knappes »non«.

Ich: »Aber du sagst mir Bescheid, wenn du sie siehst?«

Sie: »Oui.«

Zu Hause wartete Hugo schon auf mich. Ihm war erneut die Flucht aus der Wanne gelungen, und ich beschloss, bei meinem nächsten Einkauf bei Claude ein Netz zu besorgen, das ich über die Wanne spannen konnte, wenn ich nicht da war. Ich trug Hugo zurück und gab ihm noch ein paar Seeigel zu fressen. Den Rest des Tages spielte Hugo mit seinem Gummikrebs, und ich versuchte, Schneider zu erreichen (vergeblich), telefonierte mit meiner Mutter (verstörend) und unterhielt mich mit Hugo (vertraulich). Ich saß auf dem Klodeckel und erzählte ihm von Karin. Er schaute mich dabei aus seinen kleinen schwarzen Augen an, als würde er mich verstehen und hätte selbst schon einmal lange auf eine Hummerdame gewartet. Dabei fiel mir ein, dass ich überhaupt nicht wusste, ob Hugo ein männliches oder weibliches Exemplar war. Ich hob ihn hoch, aber das half mir nicht weiter, und die Bücher aus der Bibliothek waren auch keine Hilfe. Da stand nur, dass die Männchen größer als die Weibchen waren. Hugo war nicht besonders groß, eher klein, doch vielleicht war er einfach nur sehr jung. Ich beschloss, ihn weiter Hugo zu nennen, egal welches Geschlecht er besaß.

Zwischendurch knabberte er an seinen Seeigeln und ich an den leckeren Keksen, mit denen ich mich bei Claude eingedeckt hatte. Manchmal fielen Krümel in die Wanne, und Hugo schnappte danach. Offenbar schmeckten sie ihm. Schließlich war er ein echter Bretone. Klar, dass er die mochte.

Ich saß auf dem Klo, las noch ein wenig in den Hummerbüchern und wartete auf die Dämmerung.

Als es draußen dunkel wurde, probierte ich die Leine aus. Sie passte wie angegossen. Ich ließ ein wenig Wasser in die gestreifte Bowlingtasche laufen, packte Hugo hinein und verließ das Appartement. Am Strand setzte ich ihn vorsichtig auf dem Sand ab. Es war wieder Ebbe, und wir liefen einfach dem sich verabschiedenden Meer hinterher.

Ich war noch nie mit einem Hummer spazieren gewesen, aber es fühlte sich gut an. Im Umland von Berlin konnte man Alpakawanderungen buchen. Schneider hatte das mal als Incentivemaßnahme für besonders verdienstvolle Mitarbeiter von Look-a-lot organisiert. Aber weil die Alpakas zu teuer waren, hatte er ein paar Esel gebucht. Und weil er selbst an dem Tag beschäftigt war, musste ich mit.

»Das ist ja auch eine viel größere Motivation, wenn der Chef dabei ist«, hatte Schneider gesagt.

Stundenlang hatten wir versucht, die störrischen Esel durch Brandenburg zu treiben. Entweder waren sie gar nicht gelaufen, oder sie hatten angefangen zu traben, und wir hatten ihnen hinterherrennen müssen. Am Ende des Tages erklärten mir drei Mitarbeiter mündlich die Kündigung. Ich konnte sie verstehen.

Mit Hummern wäre das nicht passiert. Hugo blieb artig in meiner Nähe, zerrte nicht an der Leine und folgte mir anstandslos, wo ich auch hinging. Manchmal machte er ein paar tapsige Schritte ins Wasser, kam aber immer wieder schnell zu mir zurück. Aus dem Dunkeln näherte sich ein Mensch. Für einen Augenblick hoffte ich, es wäre Karin. Es wäre ein Moment gewesen, wie man ihn sonst nur im Kino erlebt.

Sie tritt auf mich zu, ich auf sie.

Wir schauen uns an.

Ich: »Karin!«

Sie: »Fremder?!«

Mehr bräuchte es nicht, dann würden wir uns in die Arme fallen und küssen. Ganz ohne Worte. Ich sah es vor mir, es war genau wie im Film. Nur die Sache mit dem Hummer an der rosa Strassleine würde ich ihr erklären müssen.

Es war dann aber doch nicht Karin, die sich uns näherte. Es war eine ältere Dame, und auch sie hatte einen Hummer an der Leine, was mir komisch vorkam. Man denkt ja immer, man sei einzigartig. Ein Individuum eben. Dabei ist man immer nur einer von vielen, egal, was man tut, mag oder nicht mag.

Offensichtlich war ich nicht der Einzige hier in Trégastel, der sich einen Hummer als Haustier hielt. Wir nickten uns wissend zu und sprachen ein wenig über das Wetter, soweit mein Französisch das zuließ. Sie lobte Hugos Leine und ich die ihres Schalentiers. Dann erzählte sie, dass sie ihren Hummer vor dem Kochtopf gerettet hatte. Es war fast dieselbe Geschichte wie meine, wenn ich das richtig verstand.

Viel mehr sprachen wir nicht, sondern schauten unseren beiden Krustentieren beim Beschnuppern zu. Wie man halt beisammensteht, wenn man sich zufällig begegnet und durch ein gemeinsames Hobby verbunden ist. Das ist in den Berliner Parks auch nicht anders als hier am Strand von Trégastel, nur dass die Tiere am anderen Ende unserer Leine keine Hunde waren.

Hugo und der andere Hummer beschnüffelten sich,

schienen aber kein großes Interesse aneinander zu haben. Einmal schnappte Hugo mit seiner Greifschere nach ihm oder ihr. Das war auch hier nicht leicht zu sagen. Die ältere Dame zog ihren Hummer ein wenig an der Leine zurück, und ich zischte ein strenges »Hugo!«.

Sie: »Un homme?«

Ich: »Je pense.«

Sie: »Josephine est une femelle.«

Ich schnappte mir Hugo, der begonnen hatte, die fremde Hummerdame jetzt mit beiden Scheren zu betatschen. Es war mir unangenehm. Außerdem hatte es wieder angefangen zu regnen. Ich packte Hugo in die Tasche, verabschiedete mich höflich und ging zurück in mein Appartement. Hugo kam in seine Wanne, und ich legte mich in mein Bett, von dem aus ich Karins Bild sehen konnte.

Irgendwann schlief ich ein und wachte wieder auf, weil Hugo mit seinen Scheren an den Bettkasten klopfte. Im Halbschlaf nahm ich ihn hoch. Er war nass und kalt und hart, aber ich brachte es nicht übers Herz, ihn zurückzubringen. Einschlafen konnte ich nicht mehr. Ich schaltete den Fernseher an und zappte durch die Programme. Irgendwo lief Woody Allens *Der Stadtneurotiker* im Original mit französischen Untertiteln. Es war die Szene, in der Allen aus Angst vor seinen Scheren einen kleinen Hummer fällen lässt. Das arme Tier flüchtet sich hinter den Kühlschrank, landet am

Ende dann aber doch noch im Topf, und Allen sagt: »Wir hätten Steaks kaufen sollen, die haben wenigstens keine Beine.«

Ich war froh, dass Hugo schon schlief und das nicht hatte sehen müssen.

Als ich am Morgen aufwachte, war Hugo verschwunden, mein Bettlaken aber immer noch nass. Ich fand ihn im Badezimmer, und als er mich sah, klapperte er fröhlich mit seinen Scheren.

16

Am Morgen schien die Sonne, und in der Stadt war Markt. Ich mochte die Markttage in Trégastel. Der Parkplatz und die Hauptstraße werden gesperrt, und da, wo sonst Autos parken, stehen überall Stände mit Gemüse, Büstenhaltern, Obst, Messern, Fisch, Bettlaken, Austern, Schuhen, Artischocken, Handtüchern, Fleisch, Jeans, Gewürzen, Matratzen, Zwiebeln, Kleiderschränken und überteuertem Tourikram.

Ich saß draußen auf der Terrasse vor Jacques' Café und sog den Geruch ein, der in nebligen Schwaden in der Luft hing. Es war eine Kakofonie von Aromen, und ich versuchte, mit geschlossenen Augen herauszufinden, welcher Duft gerade vorne lag. Es gab gegrillte Hähn-

chen und Haxen, riesige Paellapfannen und ebenso
große Töpfe mit Bratkartoffeln und Wurst. Dazu kam
der Geruch der unvermeidlichen Crêpe-Stände und
des Meeres, weil einer der Fischhändler seinen Wagen
direkt vor der Terrasse abgestellt hatte.
Vielleicht kam der Geruch aber auch aus der Tasche,
die unter meinem Tisch stand. Ich hatte sie mit Wasser gefüllt, damit Hugo sich darin wohlfühlte. Hin
und wieder streckte er eine seiner beiden Scheren ins
Freie. Ich schob sie unauffällig wieder zurück. Jacques
mochte es nicht, wenn man sein eigenes Essen mit in
die Bar brachte. Bisher hatte ich mich noch nicht getraut, ihm von Hugo zu erzählen. Trotz seiner Sehnsucht nach Palmen war er Bretone. Er hätte nie verstanden, wie man ein Krustentier in sein Herz
schließen konnte. Außer es lag gekocht oder gegrillt
auf einem Teller.

Jacques brachte mir einen Kaffee und ein Croissant
nach draußen, das brauchte ich gar nicht mehr zu bestellen. Jacques wusste, was ich wollte. Vormittags Kaffee, bis um drei Cidre, ab vier Pastis, danach *vin blanc*.
Das war nicht so schwer zu merken.
Jacques: »Et Karin?«
Ich: »Je l'attends toujours.«
Er nickte mitfühlend, weil ich noch immer auf sie
wartete, schlug mir aufmunternd auf den Rücken und
murmelte: »Bonne chance.«
Dann ging er zurück in seine Bar, wo auf einem Bild-

schirm der Einlauf eines Pferderennens übertragen wurde. Das Siegerpferd hieß Hugo Cabret, und das erinnerte mich daran, dass ich nachher auf dem Markt noch ein paar Seeigel besorgen musste. Die mochte Hugo immer noch am liebsten.

Ich schicke Juliette eine SMS auf ihr Handy: »Karin?« Als Antwort erhielt ich ein GIF, und es dauerte ewig, bis mein altes Handy den kurzen Film geöffnet hatte: Eine Frau stritt mit einem Pizzaboten und schleuderte vor Wut die Pizza (Hawaii) aus dem Fenster. Es war meine Schwester, aber das hatte sie nicht wissen können.

Juliette schien sauer zu sein, auch wenn ich keine Ahnung hatte, warum. Wahrscheinlich hatte sie einfach zu viel zu tun, weil immer mehr Touristen in die Stadt kamen. Auch der Markt war voller als in der Woche davor. Folgerichtig gab es mehr Stände, an denen man sich bunte Fäden in die Haare flechten lassen oder T-Shirts mit lustigen Sprüchen kaufen konnte.

Mein Favorit war: »En Bretange il ne pleut que sur le cons.«

Jacques hatte es mir mühsam übersetzt. Der Spruch bedeutet so viel wie: »In der Bretagne regnet es nur auf Idioten.«

Ich: »Was soll das bedeuten?«

Er: »Nach Breizh zu kommen und sich über den Regen zu beschweren, ist genauso idiotisch, wie in der Karibik über die Hitze zu jammern.«

Das hatte er in einer Mischung aus Englisch und Französisch gesagt. Und auf Bretonisch natürlich. Breizh war der Name der Ureinwohner für die Bretagne, und von denen hatte ich auch schon ein paar andere bretonische Wörter gelernt:

Ker = Haus

Demat = Guten Tag

Kenavo = Auf Wiedersehen

Trugarez = Danke

Bihan = klein

Das waren die leichten. Bei den anderen war es völlig unmöglich, sie als Fremder korrekt auszusprechen. Das galt vor allem für die Ortsnamen: Caouënnec-Lanvézéac, Hénanbihen, Plouëc-du-Trieux oder Trédrez-Locquémeau. Um nur ein paar der einfachsten zu nennen.

Es war wie eine Geheimsprache, und manchmal hatte ich den Verdacht, Jacques und seine anderen Gäste, aber auch Juliette und ihre Verwandtschaft gebrauchten sie immer dann, wenn ich nicht verstehen sollte, worüber sie sprachen. Oft schauten sie danach alle zu mir rüber und lachten.

Ich hatte das Idioten-Shirt nicht gekauft. Natürlich nicht. Das war für Touristen, und ich war keiner. Ich hatte einen Hummer adoptiert und fühlte mich schon fast wie ein Bretone. Auch wenn ich immer noch keine Crêpes mochte.

Die Leute kauften ein, und ich schaute ihnen beim Einkaufen zu. Manchmal warf ich einen Blick in das Lokalblättchen. Auf der Titelseite wurde schon wieder ein neuer Kreisverkehr eingeweiht. Es war ein besonders schönes Exemplar. In der Mitte stand eine Skulptur, die aussah wie ein ...

Das sah nicht nur so aus, das sollte tatsächlich ein Penis sein.

Oder war es doch ein Delfin?

Ich blickte irritiert auf, und da sah ich ...

Nein, nicht Karin.

Gerhard (Panamahut, Bretonenpulli, Shorts) lief keine zwei Meter an mir vorbei, und er war nicht allein. Bei ihm war eine junge Frau (Anfang zwanzig, leichtes Sommerkleid, Gänsehaut). Sie zitterte, dabei waren es achtzehn Grad. Mindestens. Also eigentlich recht mild für die Gegend. Die beiden schauten sich suchend um, dann sahen sie mich an. Ich glaube nicht, dass Gerhard mich wiedererkannte. Damals in der Villa hatte er die ganze Zeit nur auf den Monitor gestarrt.

Er: »Das hat sich alles verändert, seit ich das letzte Mal hier war. Der Kreisverkehr mit dem Delfin auf der Straße nach Lannion war ja auch neu, Julchen.«

Sie: »Du kannst manchmal echt süß sein.«

Er: »Warum?«

Sie: »Das war doch kein Delfin! Aber wo ist denn jetzt der Stand mit den Erdbeeren aus Plougastel, von denen du so geschwärmt hast?«

Er: »Um solche Sachen hat sich immer Karin gekümmert. Warte, wir fragen den Mann da im Café, der
sieht deutsch aus. Vielleicht kann der uns helfen.«

Sie: »Ich finde, der sieht eher aus wie ein Franzose.«

Ich grinste geschmeichelt, als die beiden auf mich zuliefen, hielt mir sicherheitshalber aber die Zeitung vors
Gesicht.

Er: »Pardon, wissen Sie, wo ich hier auf dem Markt
Erdbeeren kriege, die leckeren aus Plougastel?«

Ich: »Jenesaispas, stupideboche.«

Sie: »Was hat der gesagt?«

Er: »Keine Ahnung, ich habe kein Wort verstanden.
Der hat auch genuschelt.«

Sie: »Ist wohl doch Franzose.«

Gerhard: »Schlimmer. Der ist bestimmt Bretone.«

Sie gingen weiter, und ich nahm die Zeitung wieder
runter. Er wollte ihre Hand nehmen, aber sie zeigte auf
ein Wasserbecken mit Hummern und rief: »Die Armen!«

Gerhard murmelte: »Gestern Abend haben sie dir
noch geschmeckt.«

Dann waren die beiden auch schon in der Menge verschwunden.

Am Nachmittag saß ich wieder in meiner gestreiften
Bretonenjacke auf der Terrasse vor Jacques' Bar. Es war
so stürmisch, dass mir der Wind die Eiswürfel aus
meinem Glas fegte. Ich traute mich aber nicht hinein,
weil ich wieder Hugo dabeihatte. Am Eingang hing ein

»Hunde, Eis und Rollschuhe verboten«-Schild. Mein Hummer war kein Hund, aß kein Eis und trug auch keine Rollschuhe. Trotzdem blieb ich mit Hugo lieber draußen. Sicher war sicher. Ich wollte es mir mit Jacques nicht verscherzen, und dass er mich für verrückt hielt, wollte ich auch nicht. Wegen Karin schon, aber nicht wegen eines Hummers, den ich in einer mit Wasser gefüllten Bowlingtasche mit mir herumschleppte.

Nur noch der Duft von gegrilltem Huhn und Fischinnereien erinnerte an den Markt am Vormittag. Die Straßen waren wieder menschenleer, weil die Leute bei dem Wetter lieber in den Crêperien hockten oder Spaziergänge entlang der Küste unternahmen. Dick eingepackt in Hightech-Nasa-Spaceforce-Jacken, in denen sie erfrierungsfrei auch eine Antarktis-Querung überleben würden.
Jule und Gerhard nicht. Sie trug immer noch ihr kurzes Kleid und er Shorts und Strohhut, als sie über die Straße auf die Bar zuliefen.
Sie: »Guck mal, da sitzt er wieder, der Bretone.«
Er: »Ja, lebt wahrscheinlich von unseren EU-Subventionen. Das tun die hier alle, sogar ihren neuen Delfin-Kreisverkehr haben die sich von Brüssel bezahlen lassen.«
Sie: »Nee, der ist bestimmt Kapitän, und bei dem Wetter kann er nicht rausfahren. Guck dir doch die Jacke an.«

Er: »Von wegen, Kapitän. Der ist höchstens Artischo-ckenbauer.«

Ein Windstoß fegte Gerhard den Hut vom Kopf. Sie lachte, er schimpfte und rannte hinterher. Der Hut flog direkt auf mich zu. Als er an mir vorbeikam, trat ich zu. Fest, sehr fest mit meinen gelben Gummistiefeln, die ich mir für die Spaziergänge mit Hugo besorgt hatte. Dann hob ich den Hut auf, beulte ihn ein wenig aus und reichte ihn Gerhard.

Er: »Danke, äh, Merci.«

Ich: »De rien.«

Jule grinste. Ich grinste, trank meinen Pastis aus und ging rüber zu Juliette, um sie abzuholen. Das Tourist Office machte gleich zu, und das war eine gute Gelegenheit, mit ihr zu sprechen. Ich spürte schon seit ein paar Tagen eine gewisse Spannung zwischen uns beiden, und außer ihr hatte ich hier sonst niemanden. Außer Hugo, Jacques und Claude natürlich. Aber das waren Männer, mit denen ich über alles Mögliche sprach. Nur nicht über Gefühle. Okay, ab und zu weinten wir gemeinsam, wenn wir uns zusammen die Palmenfotos aus Réunion anschauten. Reden aber taten wir nie über das, was uns wirklich beschäftigte.

Da waren bretonische Männer auch nicht anders als deutsche.

Mit Juliette dagegen hatte ich eine Menge zu besprechen. Gerhards Ankunft hatte alles komplizierter gemacht. Einerseits. Dass Julchen dabei war, machte es vielleicht aber auch einfacher für mich. Karin würde sich rächen wollen, und ich war bereit, mich dafür selbstlos zur Verfügung zu stellen.

Ich wartete auf Juliette an dem Hinkelstein vor ihrem Office du Tourisme. Die Dinger stehen hier in der Gegend überall rum, besitzen allerdings nur vage Ähnlichkeit mit den perfekt geformten Steinen, die Obelix in den Comics ständig durch die Gegend trägt. Die Menhire, die ich hier bisher gesehen hatte, glichen eher Zeichnungen, die ein Fünfjähriger von Hinkelsteinen gemacht hätte. Einige besaßen noch alte heidnische Inschriften, die meisten davon waren später christianisiert worden. Man hatte Kreuze und christliche Symbole in die Menhire geritzt. Die religiöse Aneignung war nicht unerfolgreich gewesen. Die komplette Bretagne ist stramm katholisch, und alte verwitterte Steinkreuze findet man überall rechts und links an den Straßen.

Von dem Hinkelstein aus blickte ich auf eine kleine Kapelle. Ich hatte sie einmal besucht. Drinnen war es dunkel, und es roch auch ein wenig modrig. Auf den Deckenbalken thronten alte Schiffsmodelle, und an den Wänden hingen noch ältere Dankestafeln. Ich nahm an, dass sich das »Merci« auf die glückliche Wiederkehr der Männer von hoher See bezog. Damals, als die Stadt noch von der Fischerei und nicht vom Crêpes-Verkauf und Ferienwohnungen lebte. Eine richtige Kirche gibt es nur oben in Bourg, einem kleinen Dorf, das ein paar Kilometer entfernt auf einem Hügel im Hinterland liegt. Dort oben befindet sich auch der Friedhof der Stadt. Nach meiner Nacht in der Gruft besaß ich ein besonderes Verhältnis zu Friedhöfen, und auch wenn dort auf dem Cimetière ganz sicher keine Promis wie Jim Morrison lagen, wollte ich ihn unbedingt noch besuchen.

Vielleicht zusammen mit Karin.

Ich erschrak, weil plötzlich Juliette neben mir stand.

Sie: »Ich 'abe sie noch nicht gesehen. Ich weiß auch gar nicht, ob sie kommt. Ist mir auch total egal. Dafür ist ihr Mann da. Seit gestern. Aber nicht allein.«

Juliette schloss die Tür zum Tourist Office ab, und ihre ganze Körperhaltung zeigte, dass sie aus irgendeinem Grund sauer auf mich war.

Ich: »Ich wollte gar nicht nach Karin fragen!«

Sie: »Non?«

Ich: »Nein, bestimmt nicht. Aber wenn du schon damit anfängst, bist du sicher, dass sie noch nicht da ist?«

Juliette schaute mich an, schüttelte den Kopf und deutete auf die Tasche in meiner Hand.

Sie: »Ist er da drinnen?«

Ich: »Wer?«

Sie: »Gerhard. Du 'ast deine Konkurrent getötet, in kleine Stück geschnitten und in Tasche gepackt.«

Ich: »Nein!«

Sie: »Das war eine Witz. Ich meine deine 'ummer.«

Ich: »Woher weißt du von Hugo?«

Sie: »Die ganze Stadt redet davon. Der verrückte Allemand, der seine 'ummer in eine Tasche spazieren trägt und am Strand mit ihm Gassi geht.«

Ich: »Da bin ich aber nicht der Einzige! Es gibt auch Franzo…«

Juliette seufzte.

Sie: »Ich weiß, Charlotte. Meine Großtante. Aber Charlotte ist auch …«

Sie sprach nicht weiter, sondern ließ stattdessen ihren Zeigefinger an der Stirn kreisen.

Sie: »Lass uns ein wenig am Meer spazieren, damit der arme 'ugo endlich aus seiner Tasche kann.«

Wir liefen zum Strand und ließen Hugo an der Leine laufen. Meinen treulosen Hummer zog es zu Juliette. Ich war ein bisschen eifersüchtig, weil Hugo sie zu mögen schien. Mehr als mich. Dabei war ich mir ziemlich sicher, dass Juliette schon eine Menge Hummer gegessen hatte und ich noch keinen einzigen.

Die Flut kam näher, und wir kletterten auf einen der vielen großen Felsen, die hier überall am Strand herumlagen. Wir suchten uns einen, der aussah wie eine Fernsehcouch. Allerdings war das Programm vor uns besser als im Fernsehen. Viel besser. Das Meer war *très agitée* und gab sich große Mühe, uns zu unterhalten. Genau wie die Möwen, die kreischend über unseren Köpfen kreisten. Trotz der hohen Wellen mit ihren Schaumkronen war es erstaunlich mild an diesem Abend. Es regnete auch fast gar nicht. Nur ein ganz feiner Nieselregen fiel auf uns herab. Vielleicht war es auch gar kein Regen, sondern nur die Gischt der Wellen, die gegen den Felsen schlugen. Hugo saß zwischen uns. Ich ließ ihn an der Leine, weil ich Angst hatte, dass eine Welle ihn ins Meer spülen und uns beide für immer trennen würde. Dazu waren wir beide noch nicht bereit. Ich griff in meine Jackentasche und bot Hugo und Juliette einen Keks an. Beide griffen zu. Wir saßen nebeneinander auf dem Stein, knabberten Kekse und starrten schweigend hinaus aufs Meer. Wir hingen alle unseren Gedanken nach. Dazu ist die See mindestens so gut geeignet wie ein Kaminfeuer. Vielleicht sogar noch besser. Ich dachte an Karin, Hugo vielleicht an ein Hummerweibchen irgendwo da draußen, dem er den Panzer ausziehen konnte, und Juliette … Ich hatte keine Ahnung, woran Juliette dachte.

Ich: »Meinst du, sie kommt noch?«

Ich wollte das nicht sagen. Aber das ist ja oft so, dass man plötzlich genau das anspricht, was man auf keinen Fall hatte erwähnen wollen.

Sie: »Bien sûre.«

Ich: »Warum bist du dir so sicher? Ich bin es mittlerweile nicht mehr.«

Sie: »Weil ihr Mann mit seiner Schnalle …«

Ich: »Schnalle?«

Sie: »Sagt man nicht so? Damals in Bochum hat man so gesagt.«

Ich: »Heute nicht mehr unbedingt.«

Sie: »Warum stehen alte Männer eigentlich immer auf so junge Dinger?«

Ich: »Dinger sagt man eigentlich auch nicht mehr.«

Sie. »Jeunes *filles*, warum stehen sie auf junge Mädchen?«

Ich: »Weil sie jung sind.«

Sie: »Jung und dumm.«

Ich: »Aber es sind ja nicht alle Männer so! Ich zum Beispiel …«

Juliette schaute mich an, als hätte ich wieder mal etwas sehr Dämliches gesagt. Aber den Blick kannte ich schon, deswegen störte er mich nicht. Sie drehte den Kopf und sah aufs Meer hinaus.

Sie: »Sie wird ihm unser schönes Trégastel nicht kampflos überlassen. Ich 'abe gesehen, wie sie letztes Jahr in meine Büro um das letzte Ticket für eine Überfahrt zu den Sept Îles gekämpft hat.«

Ich: »Was sind die Sept Îles?«

Sie: »Siehst du die Inseln dort drüben? Das sind sie.«

Juliette zeigte auf ein paar weiße Punkte, weit draußen auf dem Meer. Es waren dieselben, die ich für Eisberge gehalten hatte. Damals, als ich hier noch neu war.

Sie: »Manchmal fahre ich da Ski. Gibt aber leider keine Lifte …«

Ich: »Echt?«

Juliette schaute mich mitleidig an. Wieder einmal.

Sie: »Non, *naturellement* nicht. Das Weiße da drüben ist Vogelscheiße. Auf den Inseln brüten Tausende, ach was, Millionen von Vögeln. Sogar Papageientaucher.«

Ich hatte die Bilder der Vögel mit ihren lustigen bunten Schnäbeln schon auf Postkarten und Handtüchern gesehen.

Sie: »Wusstest du, dass sie leben monogam? Jedes Jahr kommen dieselben Pärchen auf die Inseln, um dort ihre Jungen auszubrüten.«

Ich: »Ist das auch wieder so eine Geschichte?«

Sie: »Non, das stimmt wirklich. Aber ist das nicht très romantisch? Ein ganzes Leben lang nur eine Mann, eine Frau. Mit der du zusammen bist. Für immer. *Pour toujours.*«

Ich nickte und musste an Sandra und ihren Gondoliere denken. Ich hatte Frieden geschlossen und wünschte den beiden, dass es für sie klappen würde.

Hugo versuchte, in seine Tasche zurückzukrabbeln. Er hatte genug vom Meer und wollte nach Hause.

Ich auch.

Nicht, dass ich nicht gerne mit Juliette auf dem Felsen saß. Im Gegenteil. Aber mittlerweile war ich von der Gischt oder dem Regen so durchnässt, dass ich fror. Ich freute mich auf eine warme Badewanne, auch wenn ich sie mit Hugo würde teilen müssen.

Ich: »Lass uns gehen, mir ist kalt.«

Sie: »Stimmt, es wird Zeit. Sonst müssen wir auf dem Felsen übernachten. Aber wäre das nicht auch très romantisch?«

Ich: »Wieso das denn?«

Juliette sah mich an und schüttelte den Kopf.

Sie: »Du 'eiopei.«

Ich: »Nein, ich meinte, warum wir übernachten müssen?«

Sie: »Wegen Flut. Spätestens in zehn Minuten steht der Felsen mitten im Meer.«

Ich: »Müssen wir dann ertrinken?«

Es kann sein, dass ich etwas besorgt aussah, als ich die Frage stellte. Sie schaute mich wieder mit diesem mitleidigen Blick an. Wie immer, wenn ich etwas Dummes sagte, weil ich mich hier nicht auskannte. Dann nickte Juliette traurig.

Sie: »Alle. Alle bis auf 'ugo.«

Juliette streichelte den Hummer über seinen Panzer, dann hob sie ihn hoch und setzte ihn sich auf den Schoß. Hugo ließ sich das gefallen, was mich wunderte. Sonst war er bei Fremden nicht so zutraulich. Aber wenn man von Menschen in ein Todesbecken gesetzt und dann mit gefesselten Scheren in einen Weinkarton gestopft wird, ist das ja auch irgendwie verständlich.

Sie: »Du glaubst echt alles, was man dir erzählt. Du verliebst dich ja auch in eine Foto.«

Den zweiten Satz sagte sie ganz leise. Fast hätte ich ihn nicht verstanden, weil gerade eine große Welle gegen den Felsen krachte.

Ich: »Wie meinst du das?«

Sie: »Der Felsen geht nicht unter. Nicht mal bei Springflut. Das Meer versperrt uns bei Flut nur den Weg zurück an den Strand. Nach ein paar Stunden ist der Weg wieder frei.«

Juliette streichelte weiter Hugo, der sich das gefallen ließ. Fast glaubte ich, ihn schnurren zu hören.

Sie: »Ich glaube, ich werde nie wieder 'ummer essen können.«

Ich: »Wir würden vielleicht nicht ertrinken, aber ganz sicher verhungern. Die Kekse sind alle. Lass uns lieber schnell gehen.«

Sie: »Schade.«

Ich: »Ja, die sind echt lecker. Viel besser als Crêpes. Ich könnte mich komplett davon ernähren, und Hugo mag die auch.«

Juliette seufzte.

Wahrscheinlich wegen der Kekse, die alle waren.

Sie hauchte Hugo einen Kuss auf seinen Panzer und reichte ihn mir. Er streckte seine Zangen nach ihr aus wie ein Kind, das bei seiner Mama auf dem Schoß gesessen hatte und jetzt an eine entfernte Tante weitergereicht wird.

Ich packte ihn in seine Tasche, stand auf und kletterte über den Felsen zurück an den Strand. Das Meer stand jetzt tatsächlich schon so hoch, dass ich den letzten Meter springen musste und trotzdem mit den Schuhen im Wasser landete. Juliette gelang der gleiche Sprung problemlos. Mit nassen Füßen lief ich mit ihr über den Strand zurück. Wir sprachen nicht mehr viel, und zum Abschied gab sie mir drei Küsse auf die Wange: rechts, links, rechts.

Es waren drei sehr kühle Küsse. Das erinnerte mich an den Unterschied zwischen *bises* und *baisers* den mir

Jacques in der Bar erklärt hatte. *Bises* waren die gehauchten auf die Wange. Die gaben die Franzosen sogar ihren schlimmsten Feinden. *Baises* dagegen waren richtige Küsse, also mit Gefühl und ganzem Lippen- und Zungeneinsatz.

Juliettes Trio hatte eindeutig zur ersten Kategorie gehört.

In meinem Appartement pulte ich die Seeigelschalen aus der Wanne und ließ heißes Badewasser ein, um mich aufzuwärmen. Ich war völlig durchfroren. Meine Füße tauten erst wieder auf, als ich in die heiße Wanne stieg. Hugo blieb draußen. Wäre ja auch blöd gewesen, ihn vor dem Topf zu retten, um ihn dann in meiner Badewanne zu kochen.

17

Am nächsten Morgen traf ich Gerhard und Jule gleich drei Mal. Das überraschte mich nicht. Trégastel ist klein, da läuft man sich ständig über den Weg. Beim ersten Mal saß ich drinnen bei Jacques, las die Zeitung und trank einen Kaffee. Es war früh am Morgen, und ich hatte gut geschlafen. Es musste doch irgendwas dran sein an den Geschichten mit der frischen Seeluft. Vielleicht lag es aber auch nur daran, dass Hugo die

Nacht über im Badezimmer geblieben war. Wahrscheinlich um zu verhindern, dass ich noch einmal seine Wanne zum Baden benutzte.

Auch heute Morgen hatte er sich geweigert, die Wanne zu verlassen. Ich glaube, er war beleidigt, weil ich gestern Abend allein gebadet hatte. Hugo war ein kluger Hummer, der klügste, den ich kannte. Aber auch ihm hätte ich nicht erklären können, dass es nur zu seinem Besten geschehen war. Dazu waren Hummerhirne zu klein, selbst seines.

Es regnete – wieder einmal –, und ich schaute durch die Scheibe nach draußen auf den Kreisverkehr. Gerhard (ohne Hut) und Jule (Sweatshirt: *TeletABI – winke, winke 2019*) kamen über die Straße gelaufen und betraten die Bar, beide völlig durchnässt.

Er: »Halt! Stopp! Warte! Nicht setzen. Wir trinken den Kaffee an der Bar.«

Sie: »Warum darf ich mich denn nicht setzen? Mir ist kalt.«

Er: »An der Bar ist der Kaffee billiger.«

Jule rollte mit den Augen und zeigte auf mich.

Sie: »Guck mal, der Bretone ist auch wieder da.«

Er: »Der sollte lieber mal arbeiten, statt ständig hier faul rumzuhocken und sich volllaufen zu lassen. Ich bestell jetzt mal.«

Sie: »Als du in Paris Kaffee bestellt hast, haben wir zwei Milchshakes bekommen.«

Er: »Die waren aber lecker, musst du zugeben.«

Gerhard wendete sich an Jacques und sagte etwas Unverständliches. Ich nahm an, es sollte Französisch sein, und tat weiter so, als würde ich in meiner bretonischen Zeitung lesen. Gerhard und Jule standen an der Bar und schwiegen, bis Jacques ihnen zwei Milchshakes servierte. Ich erinnerte mich, dass Gerhard so etwas erwähnt hatte. Damals, als ich mir auf dem Tablet seine Urlaubsbilder aus Trégastel angeschaut hatte. Ich musste lachen, ich konnte gar nicht anders. Gerhard schaute zu mir rüber.

Er: »Was gibt es denn da zu lachen?«

Ich tippte auf meine Zeitung und tat so, als wenn ich da etwas Lustiges gelesen hätte. Den Witz des Tages oder den Wetterbericht, der für Morgen einen sonnigen Tag versprach. Gerhard wandte sich wieder an Jacques.

Er: »Pardon, das ist ein Missverständnis, ich hatte Kaffee bestellt.«

Sie: »Vergiss es, der hat dich doch eben schon nicht verstanden.«

Er (leise): »Niemand versteht mich.«

Jule nippte an ihrem Milchshake.

Sie: »Der in Paris war besser.«

Er: »Das war ja auch Paris, Jule.«

Sie: »Wenn wir hier weiter dreimal täglich Kaffee trinken, sehe ich bald aus wie ein Nilpferd.«

Vor und nach dem Wort Kaffee hatte sie ihre Hand gehoben und mit ihrem Zeige- und Ringfinger Anführungszeichen in die Luft gemalt.

Er: »Ach, Julchen, du doch nicht.«

Jule verdrehte die Augen.

Sie: »Ist aber auch egal, bei der Scheißkälte hier kann ich meinen Bikini sowieso nicht tragen.«

Er: »Das werden heute bestimmt achtzehn Grad, vielleicht sogar zwanzig.«

Sie: »Tommi und Carla sind in Nizza.«

Er: »Weißt du, was das kostet? Das kann ich mir nicht leisten. Das Haus ist noch nicht abbezahlt, die Zahnspangen der Kleinen kosten ein Vermögen, Thomas studiert Medizin in diesem ungarischen Ort, dessen Namen ich nicht aussprechen kann, weil sein Abi für eine deutsche Uni zu schlecht war, und Karin …«

Gerhard sprach den Satz nicht zu Ende, aber in seinem Blick war Reue und Sehnsucht zu erkennen. Vielleicht irrte ich mich auch, und es war nur eine Reaktion auf den Rauch der E-Zigarette, den Jacques ihm ins Gesicht blies. Geschmacksrichtung: Kokos-Kirsch-Vanille. Das weiß ich, weil mich die Wolke kurz darauf auch erreichte.

Jule hatte gar nicht zugehört, die kannte das Gejammer wahrscheinlich schon.

Sie: »Die zelten.«

Er: »Wer?«

Sie: »Na, Tommi und Carla. Das ist nicht so teuer.«

Er: »Julchen, du weißt, ich tu alles für dich, aber das kannst du nicht von mir verlangen. Nicht in meinem Alter.«

Jule: »Ich hätte nie was mit meinem Prof anfangen sollen, hätte mir lieber einen echten Kerl gesucht, einen, der anpacken kann und nicht den ganzen Tag nur am Schreibtisch hockt.«

Jule schaute zu mir herüber, und ich versteckte meine Hände schnell unter der Tischplatte.

Sie: »Mir ist kalt.«

Gerhard: »Weißt du was, Julchen?! Ich kauf dir nachher einen Bretonenpulli, einen mit Streifen.«

Ich stand auf, ging zur Bar und bestellte bei Jacques für die beiden Kaffee: »Deux cafés, s'il te plaît, pour Mademoiselle et … lui.«

Sie (lächelnd): »Merci.«

Er: »Hat der Bretone uns da gerade noch zwei Milchshakes bestellt?«

Ich ließ die beiden allein, um Hugo zu holen. Ich wollte ihn ein bisschen am Strand laufen lassen. Im Regen, das würde ihm gefallen. Da waren nicht so viele Menschen unterwegs, und ich musste keine komischen Fragen beantworten.

Das zweite Mal traf ich die beiden gegen Mittag. Ich war nach dem Strandspaziergang mit Hugo an der Tankstelle gewesen, um dort Wäsche zu waschen.

Klingt komisch? Ist komisch.

Aus mir unerklärlichen Gründen stehen in Frankreich die Münzwaschmaschinen nicht in kleinen Läden, wie bei uns, wo sich Singles vor ihrer rotierenden Unterwäsche langweilen oder die Liebe ihres Lebens treffen. Hier stehen die Maschinen unter einem Blechdach keine zwanzig Meter von den Zapfsäulen entfernt. Wenn man die Sachen aus der Trommel holt, nehmen sie sofort einen leichten Benzingeruch an, der sich sehr unvorteilhaft mit dem Duft des billigen Waschpulvers vermischt. Das ist kein Ort, an dem man Bekanntschaften macht, und deswegen nutzte ich die Waschzeit, um kurz bei Claude vorbeizuschauen. Mein Koffer war immer noch nicht wieder aufgetaucht, wahrscheinlich endgültig irgendwo verloren gegangen, und ich brauchte ein paar neue Sachen. Ich schaute mich gerade bei den Sonderangeboten um, als Jule und Gerhard hereinkamen.

Sie: »Guck mal da, der Bretone ist auch wieder da.«

Er: »Wo soll er denn auch sonst sein, Julchen?! Ist ja schließlich ein Bretonenshop.«

Gerhard lachte über seinen albernen Witz. Jule nicht.

Er: »Wahrscheinlich arbeitet der in dem Laden hier, und du hast geglaubt, das wäre ein Kapitän!«

Sie: »Vielleicht kauft er hier für seine Mannschaft ein.«

Er: »Wozu braucht man für ein Ruderboot eine Mannschaft?«

Sie: »Kann ja so ein großes Ruderboot sein, wie heißen die noch mal? Die Römer hatten die auch. Ach ja, Galeeren.«

Gerhard zuckte, als hätte ihn ein Ruderblatt am Kopf getroffen, während Jule weiter zwischen den gestreiften Pullovern herumwühlte.

Sie: »Was soll ich denn nehmen?«

Er: »Irgendwas mit Streifen.«

Sie: »Die machen dick.«

Gerhard: »Aber dich doch nicht, Julchen.«

Jetzt war es Jule, die zuckte.

Sie: »Gibt es die auch mit Längsstreifen?«

Er: »Die Bretonen tragen nur quer.«

Sie: »Da vorne an der Straße war doch eine Boutique, die hatten viel schönere Sachen. Lass uns dahin gehen.«

Er: »Hast du die Preise im Schaufenster gesehen? Die Zahnspangen der Kinder, das Haus, Thomas' Studium ... Karin ...«

Gerhard hielt kurz inne, bevor er weitersprach: »Karin mochte quer, die konnte das tragen.«

Wieder dieser Blick. Eine Mischung aus Reue, Sehnsucht und dem Verdacht, einen Fehler begangen zu haben. Einen großen.

Jule gab ihm einen Kuss, aber keinen richtigen. Sie stoppte kurz vor seinen Lippen ab, das konnte ich sehen aus meiner Superangebotsecke.

Sie: »Ach, Schatz, denk doch nicht immer nur ans Geld. Genieß einfach das Leben.«

Er: »Würde ich ja gerne.«

Sie zog ihn aus dem Laden, sein letzter Blick ging in Richtung der Sonderangebote.

Er tat mir leid. Aber nur kurz. Ich hatte keine Zeit. Ich musste meine Wäsche an der Tankstelle abholen.

Am Nachmittag machte ich mich mit Hugo auf den Weg zu den weißen Buden, in denen man die Schiffstickets zu den Sept Îles kaufen konnte. Ich wollte mir die monogamen Vögel angucken, von denen Juliette gesprochen hatte. Die Buden standen am Rand eines Parkplatzes direkt hinter den Glaskuppeln des Hallenbads. Ich vermied den Blick hinunter auf die Damen-Aquajogging-Mannschaft, als ich vorbeilief.

Und ich steckte meinen Kopf auch nicht durch das Loch in der lustigen Stelltafel, die vor der Crêperie stand. Auf der Tafel war eine Bretonin zu sehen. Sie trug ein grünes Kleid, eine weiße Schürze und einen Hut, der aussah wie eine tote Möwe. Es war Bécassine, eine beliebte Comicfigur in Frankreich. Juliette hatte mir schon von ihr erzählt. Der Comic war vor mehr als hundert Jahren entstanden, weil die Frau eines Pariser Zeitungsverlegers die Redaktion mit Geschichten über ihre tollpatschige Magd unterhalten hatte. Und die kam … Überraschung, Überraschung … aus der Bretagne. Die Comics über Bécassine hatten das Bild der einfältigen Bretonin über Jahrzehnte geprägt, und Juliette hatte sich vor Empörung gar nicht mehr beruhigen können.

Dass die Franzosen »Tetu come un breton« (stur wie ein Bretone) sagten, war für sie dagegen völlig okay, und auch mit dem Spruch »Die Bretonen saufen so viel, wie es bei ihnen regnet«, hatte Juliette kein Problem. Bei Bécassine aber hörte der Spaß für sie auf. Ich hatte ihr daher lieber verschwiegen, dass ich eigentlich geplant hatte, kleine lustige Schlüsselanhänger mit Bécassine als Mitbringsel mit nach Hause zu nehmen. Für meine Mutter, meine Schwester und meine Nichte.

Für Schneider nicht, der ging immer noch nicht ans Telefon oder hatte meine Nummer blockiert. Keine Ahnung, was da los war.

Zum Glück hatte ich das Appartement für den Sommer im Voraus bezahlt. Damals, als ich noch mehr als genug Geld besaß. Ich und mein Hummer würden zumindest nicht am Strand schlafen müssen, wenn mein Konto endgültig leer war.

Ich ließ mir von einem der Ticketverkäufer Bilder der Boote zeigen, die raus zu den Sept Îles fuhren. Das schien mir wichtig. Ich besitze kein großes Vertrauen in Schiffe und Flugzeuge. Weder in große noch in kleine. Die Boote auf den Prospekten lagen irgendwo dazwischen, aber der Mann am Schalter versicherte mir, dass die Überfahrt völlig sicher sei und es fast nie zu Zwischenfällen käme.

Sein »fast« ließ mich aufhorchen. Genauso wie der Preis, den er für die Überfahrt nannte. Der besonders. Ich schaute hinaus aufs Meer, das seit gestern Abend noch rauer geworden war. Eine Frau fuhr mit einem der Ruderboote, die hier überall am Strand lagen, raus zu ihrem Segelschiff. Das Boot sah aus wie ein umgedrehtes Sandförmchen und war winzig. Aber ich hatte schon welche gesehen, die mit drei Menschen, einem Hund (einem großen) und einem Picknickkorb (einem riesigen) beladen waren. Sie hatten so tief im

Wasser gelegen, dass das Meer rechts, links, vorne und hinten hineingeschwappt war.

Wie alle hier benutzte auch die Frau nur ein einziges Ruder, mit dem sie am Heck hin- und herwedelte, als wäre sie ein lebender Außenbordmotor. Ich schaute ihr zu, wie sie sanft von den Wellen in die Höhe gehoben und dann unsanft wieder abgesetzt wurde. Die Frau hielt Kurs auf ein weißes Segelboot, das etwa fünfzig Meter vor ihr an einer Boje schaukelte. Mir wurde schon beim Zuschauen schlecht. Bei ihrem Schiff angekommen, band sie ihr Sandförmchen an der Boje fest, machte ihr Boot startklar und stieß in See.

Ich hatte diese Formulierung nie verstanden.

Warum sollte ich das Meer meucheln wollen?

Das hatte mir nichts getan, außer dass sein Wasser hier in der Bretagne schweinekalt war. Die Franzosen sagen »entrer dans la mer«: die See betreten. Und ich finde, das trifft es viel besser als unseres brutale deutsche Variante.

Ich sah der Seglerin hinterher, die das Meer betreten hatte und deren Segelboot auf den Wellen tanzte. Es war kein langsamer Walzer, sondern eher eine Polka, und mir verging endgültig die Lust auf einen Ausflug zu den monogamen Papageientauchern. Die schaute ich mir lieber auf den Postkarten an, die es überall in den Souvenirläden gab.

Ich verzichtete auf ein Ticket, und der Verkäufer wirkte nicht einmal überrascht. Ich war wohl nicht der Erste, der angesichts des Ticketpreises, der kleinen Boote und der riesigen See einen Rückzieher machte. Mit Hugo in der Tasche ging ich weiter an der Küste entlang und machte einen Spaziergang über die Halbinsel Île Renote, die direkt hinter den Ticketbuden begann. Am Rand des Weges lagen Häuser, oft unmittelbar am Rand der Klippen. Viele davon besaßen riesige Panoramafenster, und ich stellte mir vor, wie die Menschen dahinter auf ihrem Sofa saßen und im Winter Sturm guckten. Vor einem der Häuser parkte Gerhards Volvo mit dem Berliner Kennzeichen. Es war ein großes Haus, größer als das, das er mit Karin hier in Trégastel immer gemietet hatte. Das kannte ich ja von Gerhards Fotos. Ich war schon mehr als einmal auf der Suche danach durch Trégastel spaziert, hatte es aber nie finden können. Die alten Häuser sehen fast alle gleich aus und unterscheiden sich nur durch die Größe der Felsen, die im Garten liegen. Juliette hatte mir bei meiner Suche auch nicht weiterhelfen können.

Oder nicht wollen.

Da war ich mir nicht sicher.

Ich folgte weiter dem Küstenweg, der um die Halbinsel herumführte. Dahinter lag das Meer, und auf den Wellen schaukelte das Segelschiff, das vorhin ausgelaufen war. Es waren auch ein paar Fischerboote unterwegs, und in der Ferne konnte ich einen Leuchtturm erkennen. Außer mir war niemand da, obwohl es kaum regnete. Im nächsten Augenblick riss der Wind die Wolken auseinander, und die Sonne zauberte ein silbernes Glitzern auf das Meer. Ich hätte gerne jemanden bei mir gehabt, um diesen Moment teilen zu können.

Karin oder Juliette zum Beispiel.

Zur Not auch Gerhard und Julchen.

Oder Hugo.

Ich holte ihn aus der Tasche und setzte mich mit ihm auf einen der großen Felsen. Das tat man hier sowieso immer, und ich hatte schon länger überlegt, Juliette vorzuschlagen, neben den Felsen ein paar Kisten mit Sitzkissen aufzustellen, aus denen man sich bedienen konnte, um es ein wenig bequemer zu haben.

Als die Wolken wieder dichter wurden und es wieder zu regnen begann, packte ich Hugo zurück in seine Tasche, und wir setzten unsere Halbinselumrundung fort.

Auf dem Weg zurück musste man durch enge Felsspalten kriechen und auf die Dornen der Brombeerhecken achten, die wild am Rand des schmalen Pfades wuchsen. Unterwegs gab es ein paar versteckte kleine Strände. Sie waren perfekt für einen späteren Ausflug mit Hugo. Weit entfernt vom Trubel der anderen Strände. Die waren mit Beginn der Ferienzeit immer voller geworden. Da konnte ich mich tagsüber mit Hugo nicht mehr blicken lassen, ohne einen Menschenauflauf zu provozieren.

Weil es noch früh am Nachmittag war, beschloss ich, kurz bei Jacques vorbeizuschauen. Es war Zeit für einen Pastis. In Frankreich trank man den Anisschnaps verdünnt mit Wasser. Mit einem Glas und einer Karaffe Wasser ließ es sich locker eine Stunde aushalten, und wenn dann noch etwas übrig war, bestellte man einfach noch einen zweiten Pastis, damit man das Wasser nicht wegschütten musste.

18

Ich setzte mich an die Theke, weil die kurze Sonnenstunde schon wieder vorbei und es für die Terrasse zu nass war. In der Bretagne gab es nie nur ein Wetter. An einem einzigen Tag konnte man Sturm, Regen, Nebel, Sonne, dichte Wolken, leichte Bewölkung, Hagel und Regenbogen erleben. Manchmal alles gleichzeitig. Morgens aus dem Fenster zu schauen, um zu sehen, wie der Tag wird, war genauso aussichtslos, wie aus den Gedärmen von Fischen die Zukunft lesen zu wollen. Und trotzdem hatten die alten Römer daran geglaubt, und auch ich sah jeden Morgen hinaus, obwohl ich längst wusste, dass das immer nur eine Momentaufnahme war, die nichts über den kommenden Tag verriet.

Hier in Jacques' Bar brauchte ich gar nicht erst aus dem Fenster zu schauen. Ich hörte, wie der Regen gegen die Scheiben prasselte. Ich hatte die dunklen

Regenwolken vorhin schon beobachtet, wie sie vom Meer satt und schwer Richtung Land trieben.

Auf dem Stuhl neben mir stand meine Sporttasche und vor mir ein Glas Pastis, eine Karaffe mit Wasser zum Verdünnen und ein Kaffee. Den Kaffee hatte ich nur bestellt, weil es dazu immer einen Keks gab.

Hugo liebte die.

Als Jacques nicht hinsah, öffnete ich den Reißverschluss ein kleines Stück und ließ den Keks heimlich in die Tasche fallen. Kurz darauf ertönte aus dem Inneren ein zufriedenes Schmatzen.

Weil Jacques zu tun hatte, telefonierte ich. Das taten in Frankreich alle. Nicht nur in Bars, sondern auch in Crêperien und Restaurants. Ich hatte schon Pärchen gesehen, die während ihres ersten Dates mit dem Handy beschäftigt waren. Wahrscheinlich, um Freundinnen und Freunde an der aktuellen Entwicklung teilhaben zu lassen.

Zuerst versuchte ich es bei Schneider. Ohne Erfolg, und das machte mir langsam Sorgen. Dann probierte ich es bei Sandra. Nur zum Spaß, aber als sich auf der anderen Seite eine italienische Männerstimme meldete, legte ich schnell wieder auf. Ich hatte sie nur angerufen, um das überfällige Telefonat mit meiner Mutter hinauszuzögern. Ich überlegte, wen ich vorher sonst noch anrufen könnte. Mir fiel aber niemand ein. Außer Juliette, doch die war bei der Arbeit. Aber schließlich war ich ja auch Gast hier in Trégastel, da war ein Telefonat mit ihr schon irgendwie geschäftlich.

Aus einem Prospekt, der neben vielen anderen Werbe-
broschüren für Museen, Cidre-Keltereien und Vergnü-
gungsparks auf der Fensterbank lag, suchte ich die
Nummer des Tourist Office heraus.

Es klingelte fünfmal, bevor sie abnahm.

Sie: »'allo?«

Ich (freundlich): »Hier ist Frank.«

Sie (frostig): »Was willst du schon wieder?«

Ich: »Hey, ich bin Gast hier in Trégastel, da werde ich
ja wohl das Tourist Office anrufen dürfen.«

Sie: »Non, du bist keine Gast, du bist eine 'eiopei. Wenn
du etwas willst, komm vorbei. Ich 'abe keine Zeit zu
telefonieren.«

Das verstand ich nicht. Falls sie wirklich so beschäftigt
war, würde sie auch keine Zeit für mich haben, wenn
ich bei ihr vorbeischauen würde.

Ich: »Hast du mal rausgeguckt? Es gießt in Strömen.«

Sie: »Das ist nur eine kleine Schauer.«

Ich blickte aus dem Fenster und sah, wie ein Junge und
ein Mädchen im Neoprenanzug auf einem Surfbrett
über den Kreisverkehr sausten. Echt wahr.

Sie: »Ist übrigens angekommen.«

Ich: »Karin?!«

Sie: »Non, deine Koffer. Du kannst ihn 'ier abholen,
falls du nicht bist aus Zucker. Aber um sechs mache ich
zu. Pünktlich wie die Maurer.«

Ich: »Maurer?«

Juliette legte auf, und ich fragte mich, ob man das in
Bochum mit den *pünktlichen Maurern* wirklich noch

so sagte und was ich mit dem Koffer sollte. Ich hatte längst alles neu gekauft und mich schon so an die Streifen gewöhnt, dass ich gar nichts anderes mehr tragen wollte. Schließlich gehörten die gestreiften Pullis auch zu Picassos Kleiderschrank, und wenn jemand Geschmack hatte, dann ja wohl er.

Hugo klapperte in seiner Tasche, weil er mehr Kekse wollte, und da fiel mir ein, dass Picassos Kollege Dalí auch mal ein Kunstwerk mit einem Hummer gemacht hatte. Er nannte sein Werk *Aphrodisiac Telephone,* und es zeigte einen roten Gipshummer, der wie ein Hörer auf einem uralten Telefonapparat lag.

Damit war ich von der Kunst wieder beim Telefonieren angekommen, und da war ja wohl klar, dass mein Unterbewusstsein den Anruf bei meiner Mutter nicht länger aufschieben wollte.

Ich: »Hallo, wie geht es dir?«

Sie: »Wir essen gerade Kuchen.«

Ich: »Wer ist wir?«

Sie: »Ich, deine Schwester, deine Nichte und ihr Verlobter.«

Dass meine Mutter sich als Erste nannte, war nichts Neues. Das mit der Verlobung schon.

Sie: »Vegane Eierschecke.«

Ich: »Eier sind nicht vegan.«

Ich hörte, wie meine Mutter etwas nach hinten rief, dann nahm ihr Anouk den Hörer aus der Hand.

Sie: »Ich habe den Kuchen mit Eiersatz gebacken, was denkst du denn?«

Ich: »Dass es dann korrekt Eierersatzschecke heißen müsste.«

Sie: »Sehr komisch, die frische Seeluft tut dir gut.«

Ich: »Glückwunsch übrigens zur Verlobung. Wie hieß er noch mal?«

Sie: »Danke – und sein Name ist David.«

Ich: »Aber wieso verlobt ihr euch so plötzlich? Ihr seid doch schon ewig zusammen?«

Sie: »Schon, aber jetzt haben wir endlich eine Wohnung.«

Ich: »Ja, MEINE Wohnung!«

Im Hintergrund waren wieder Rufe zu hören, dann war plötzlich meine Schwester Nicole am Apparat.

Sie: »Du bist so ein Egoist, Frank! Gönn den beiden doch ihr Glück. Nur weil es bei dir nicht klappt und du wie ein Idiot einer Fremden hinterherreist, kannst du dich doch auch mal für andere freuen.«

Ich: »Aber nicht in MEINER Wohnung!«

Sie: »Willst du, dass das Baby unter einer Brücke aufwächst.«

Ich: »Was denn für ein Baby?«

Im selben Moment kamen Gerhard und Jule rein, und ich musste das Gespräch abbrechen. Sonst hätten sie gemerkt, dass ich gar kein Bretone war, und das wollte ich nicht riskieren. Das fühlte sich nämlich ziemlich gut an. Ich stamme noch aus einer Generation, in der man als Deutscher stolz ist, wenn man im Ausland für einen Niederländer, Dänen oder Schweden gehalten wird. Außerdem konnte ich mir ja denken, wessen

Baby das war. Das von Nicole oder meiner Mutter bestimmt nicht.

Jule wollte sich setzen, aber Gerhard erwischte sie gerade noch am Arm und zog sie an die Theke. Er hatte heimlich geübt und bestellte an der Bar auf Französisch beinahe perfekt Kaffee für sie beide. Jacques zwinkerte mir zu und stellte ihm trotzdem zwei Milchshakes auf den Tresen. Erdbeere und Banane, glaube ich. Jule trug ein neues Kleid. Eines ohne Streifen. Jacques und ich warteten neugierig, was als Nächstes passieren würde. Aber die beiden schwiegen. Offenbar hatten sie sich gestritten. Gerhard warf mir einen wütenden Blick zu und brummte leise, kaum hörbar: »Blöder Bretone.«
Als ob ich in allem schuld wäre. Ausgerechnet ich.
Genau in dem Augenblick ging die Tür auf und ...

... Karin kam herein.

Ich war ein wenig enttäuscht. Nicht wegen Karin. Sie war genauso perfekt, wie ich erwartet hatte: groß, blonde Haare, schlank, deutsch, aber elegant. Das war mir schon auf Gerhards Laptop aufgefallen.
Ich war enttäuscht, weil ich mir unsere erste Begegnung in Trégastel etwas ... nun ja, etwas grandioser vorgestellt hatte. Mit Blitz und Donner, einer Sonnenfinsternis oder anderen Himmelserscheinungen. Ein Komet, Polarlichter oder zumindest ein doppelter

Regenbogen. Das wäre dem Ereignis angemessen gewesen, fand ich.

Stattdessen wurde sie von zwei Kindern begleitet. Junge und Mädchen, zwölf und vierzehn. Die beiden schauten kurz von ihren Handys auf und riefen: »Hallo, Papa!«

Karin (mit Blick auf die Milchshakes): »Kaffee bestellen kannst du also immer noch nicht.«

Jule: »Das ist so peinlich!«

Karin: »Muss es nicht, Kindchen. Ich bin ja froh, dass ich ihn los bin.«

Gerhard sagte nichts, abgesehen von einem vorwurfsvoll verzweifelten: »Karin!«

Karin: »Kinder, holt euch ein Eis, ein großes, und setzt euch, das ist teurer. Papa zahlt.«

Dann wandte sie sich an Jule: »Sie können sich auch gerne eins holen.«

Gerhard: »KARIN!«

Karin: »Ab jetzt nimmst du die Kinder. Ob eins oder drei macht ja keinen Unterschied.«

Karin gab den Kindern einen Kuss – und Abgang.

Das war sogar noch besser als Kometen, Polarlichter und doppelte Regenbogen. Viel besser.

Was für ein großartiger Auftritt.

Fast hätte ich geklatscht.

An der Tür blieb sie noch mal stehen, drehte sich um und lächelte mir zu. Ich lächelte zurück. Dann war sie auch schon wieder draußen.

Draußen und doch da! Endlich.

Ich musste mich beherrschen, ihr nicht hinterher-
zurennen. Ich musste vorsichtiger vorgehen, unser
zweites Treffen geschickt einfädeln, sodass es wie zufällig wirkte. Ich hatte auch schon einen vagen Plan,
und Hugo spielte darin eine wichtige Rolle. Ein Drittel aller Paare lernt sich auf Hochzeiten kennen, ein
weiteres Drittel bei der Arbeit und das letzte Drittel
in Parks, wenn sie mit ihren Fiffis Gassi gehen. Was
mit Hunden klappt, funktioniert mit Hummern erst
recht.

Die Kinder saßen an einem Tisch, schleckten ein Eis
und starrten auf ihre Smartphones. Gerhard und Jule
starrten auf ihre Milchshakes.

Er: »Die werden mir fehlen.«

Sie: »Mir nicht.«

Er: »Julchen …«

Jule zeigte auf die Kinder, erst auf den Jungen, dann
auf das Mädchen.

Sie: »Und glaub bloß nicht, dass ich für Alexander und
Leonie …«

Er: »Alexandra und Leon …«

Sie: »… glaub bloß nicht, dass ich für deine beiden
Kiddies hier die Babysitterin spiele.«

Er: »Aber das verlangt ja auch keiner. Außerdem schlafen die eh bis um drei, und den Rest der Zeit gucken
die auf ihr Handy. Die stören doch überhaupt nicht.«

Jule holte ihr Handy raus und checkte Nachrichten.

Sie: »Bei Tommi und Carla in Nizza sind es jetzt fünf-
unddreißig Grad.«

Er: »Und knapp fünfzig im Zelt. Hier ist es doch viel
angenehmer.«

Jule sagte nichts, aber ihr Blick war kälter als die Tem-
peratur draußen. Und es war einer der frostigeren
Tage in Trégastel.

Er: »Sieh es doch mal so. Das mit Alexandra und Leon
ist doch eine gute Übung für uns …«

Jule sah Gerhard an, als wäre er verrückt geworden.

Sie: »Spinnst du jetzt völlig?«

Er: »Aber Julchen, ich dachte …«

Jacques schaute zu mir herüber. Auch wenn er nicht
alles en détail verstand, war ihm klar, dass in seiner Bar
gerade großes Theater aufgeführt wurde. Selbst Hugo
wollte das nicht verpassen und trommelte mit seinen
Scheren von innen gegen die Tasche. Vielleicht wollte
er aber auch nur einen weiteren Keks.

Er: »Lass uns heute einfach ein bisschen wandern gehen, das entspannt.«

Sie: »Ich hasse Wandern! Ich will in der Sonne liegen,
so wie Tommi und Carla.«

Er: »Möchte, nicht wollen, Julchen. Man sagt …«

Ein weiterer eisbergiger Blick von Jule, und er schwieg.
Kurz. Zu kurz.

Gerhard: »Karin ist immer gerne gewandert.«

Jule schüttete ihm ihren Milchshake, den mit Erdbeere, ins Gesicht und rauschte aus der Bar, wahrscheinlich nonstop durch bis Nizza.

Gerhard wischte sich die rote Soße aus dem Gesicht und bestellte noch einen Kaffee.

Und er bekam Kaffee. Keinen Milchshake, weil Jacques Mitleid mit ihm hatte.

Gerhard konnte sein Glück nicht fassen und schaute sich nach jemandem um, mit dem er seinen Triumph teilen konnte. Aber da war nur ich, weil seine Kinder immer noch auf ihre Handys starrten. Glücklich strahlte er mich an und zeigte auf die Tasse vor ihm.

Ich nickte ihm wohlwollend zu, zahlte und ging. Besser würde es für ihn heute nicht mehr werden, da war ich mir ziemlich sicher.

Der Regen hatte aufgehört, und das passte perfekt zu meinem Plan. Ich musste nur noch herausfinden, wo Karin wohnte und welcher Strand ihrem Ferienhaus am nächsten lag. Gerhard konnte ich nicht fragen, aber vielleicht wusste Juliette Bescheid. Es war noch vor sechs, und ich wollte sowieso bei ihr vorbeigehen, um meinen Koffer abzuholen. Vielleicht war da ja doch noch etwas drinnen, was ich gebrauchen konnte.

Im Tourist Office musste ich warten, weil noch zwei Touristen vor mir an der Reihe waren. Deutsche. Klar, neunzig Prozent der Touristen hier waren Deutsche. Die meisten davon Lehrerinnen und Lehrer, genau wie das Pärchen, das bei Juliette am Tresen stand. Ihr Beruf war nicht schwer zu erraten, weil sie Juliette ständig verbesserten, wenn sie mit den beiden deutsch sprach. Die zwei wollten auf die Sept Îles rausfahren und wissen, ob sich der Ausflug auch lohnt.

Ich: »Das sollten Sie unbedingt machen, den Ausflug kann ich uneingeschränkt empfehlen. Ich war schon fünfmal da draußen, weil es so toll ist. Auf den Felsen wimmelt es von putzigen Papageientauchern, und manchmal, also eigentlich fast immer, kann man im Meer vor den Inseln Delfine sehen.«

Sie: »Delfine?«

Ich: »Ich habe da jedenfalls immer welche getroffen.«

Er: »Ich hatte gelesen, hier leben gar keine Delfine mehr.«

Ich: »Doch, doch, aber die hängen das hier in Trégastel nicht so an die große Glocke, damit nicht noch mehr Touristen kommen. Das ist hier in der Gegend ja alles mehr so öko.«

Sie: »War mir noch gar nicht aufgefallen.«

Ich: »Doch, doch, die Boote zu den Inseln laufen alle mit Solarstrom. Wenn Sie die Tickets an den weißen Buden am Hafen kaufen, sind die übrigens viel billiger als hier im Tourist Office. Sie sollten sich aber beeilen, die machen gleich zu.«

Er: »Danke.«

Sie: »Vielen, vielen Dank.«

Die beiden verabschiedeten sich schnell und verließen das Tourist Office. Juliette hatte die ganze Zeit geschwiegen, aber ihre Augen waren immer größer geworden.

Sie: »Tu es fou? Hast du nicht mehr alle Tassen in die Schublade?«

Ich: »Schrank, nicht Schublade.«

Sie: »Totalement egal. Du kannst denen doch nicht Delfine versprechen! Und die Boote laufen mit Diesel, das weißt du genau.«

Ich: »Hauptsache, sie sind weg. Mit Delfinen und Öko kriegt man deutsche Touristen immer. Und wenn sie irgendwo was billiger kriegen. Dann vor allem. Dich haben die beiden doch auch genervt?«

Sie: »Ja, schon …«

Juliettes Blick wurde etwas milder.

Sie: »Was willst du?«

Ich: »Sie ist da!«

Sie: »Ich dachte, man sagt der Koffer, nicht die Koffer.«

Ich: »Den meine ich doch gar nicht. Ich meine Karin! Sie ist da, ich habe sie gesehen.«

Sie: »Ich weiß, sie war 'eute Vormittag schon hier.«

Ich: »Wie, du weißt das? Warum hast du mir das nicht gesagt?«

Sie: »Ich dachte, deine Koffer wäre dir wichtiger.«

Ich: »Und wo wohnt sie?«

Juliette tat so, als müsste sie ausgerechnet jetzt die Broschüren in den Regalen auffüllen.

Ich: »Wo wohnt sie?«

Sie: »Direkt an der Grève-Blanche.«

Juliette drückte mir ein Faltblatt des Aquariums in die Hand.

Sie: »Vielleicht hat Karin ja Lust, mit dir Fische gucken

211

zu gehen. Vielleicht seht ihr da auch Delfine, *bonne chance.*«

Ich: »Bist du sauer?«

Sie: »Wieso sollte ich?«

Juliette ging zurück hinter ihren Tresen, bückte sich und knallte meinen Koffer auf die Theke.

Sie: »Du tropfst.«

Ich: »Wie bitte?«

Juliette zeigte auf eine Pfütze, die sich auf dem Boden gebildet hatte. Offenbar war Hugos Tasche undicht geworden.

Sie: »Und jetzt geh, ich 'abe Feierabend.«

Ich: »Es ist aber doch noch gar nicht sechs?«

Sie: »Pünktlich sein, das könnt ihr Deutschen. Aber von Liebe ihr 'abt keine blasse Schimmer. Ich wünsch dir Glück zu!«

Ich: »*Glück auf.* Im Ruhrgebiet sagt man *Glück auf*, nicht *Glück zu.*«

Juliette erwiderte nichts, aber so, wie sie mich ansah, war ich mir gar nicht mehr sicher, ob sie das mit dem »auf« und »zu« tatsächlich verwechselt hatte. Ich nahm meinen Koffer und streckte Juliette zum Abschied meinen Kopf entgegen. Doch heute gab es keine drei *bises.* Nicht mal einen einzigen. Juliette schien wirklich sauer auf mich zu sein. Wahrscheinlich, weil ich den beiden Touristen Quatsch erzählt und ihr Office unter Wasser gesetzt hatte.

Ich würde mich bei ihr entschuldigen.

Später.

19

Ich lief mit meinem Koffer und Hugo vorbei an der Bucht, dem Parkplatz und dem Aquarium, bis nach Hause. Dort füllte ich frisches Wasser in Hugos Tasche, stellte meinen Koffer unausgepackt in den Schrank und machte mich auf den Weg zur Grève-Blanche.

Mein Plan war einfach: Was tat man an seinem ersten Tag am Meer? Genau, man ging an den Strand. Das machte jeder so. Okay, Karin hatte vorher nur noch ihre Kinder bei Gerhard geparkt. Aber ich war ziemlich sicher, dass ihr nächster Weg sie ans Meer führen würde.

Und ich würde dort sein.

Zusammen mit Hugo.

Ich nahm den schmalen Zöllnerpfad, der vom Hafen hinüber zu dem weißen Strand führte. Doch diesmal hatte ich keinen Blick für die unendliche Weite des Meeres und die bizarren Formen der Felsen. Ich hatte es eilig, kam aber nur langsam voran. Für einen Moment schien wieder die Sonne, und deswegen hatten Massen von Touristen beschlossen, das gute Wetter zu nutzen und endlich im Trockenen diesen Spaziergang zu unternehmen, der in allen Reiseführern entweder als »pittoresk« oder »atemberaubend« angepriesen wurde.

»Pardon!« rufend drängelte ich mich durch den Menschenstrom. Schneller voran kam ich so nicht, weil es an vielen Stellen überhaupt keinen Platz zum Ausweichen gab und vor mir eine Gruppe Rentner mit ihren Rollatoren unterwegs war. Über mir kreisten und kreischten Möwen. Und auch wenn es ganz bestimmt keine Lachmöwen waren, hatte ich den Verdacht, dass sie nur gekommen waren, um sich über mich lustig zu machen. Wie ein Porschefahrer in der Rushhour nutzte ich noch die kleinste Lücke, um die Menschen rechts und links zu überholen. Und es kann sein, dass ich dazu hin und wieder auch meine Ellbogen gebrauchte, um an den lästigen Rollatoren vorbeizukommen.

Aber die Liebe heiligt die Mittel, und ich schwöre, dass niemand zu Schaden gekommen ist. Den alten Mann mit dem Stock, der an der Felskante abgerutscht ist, als ich mich an ihm vorbeidrängte, konnte ich gerade noch am Arm packen und zurück auf den Pfad ziehen.

Als ich den Strand endlich erreicht hatte, zog ich meine Schuhe aus und holte Hugo aus seiner Tasche. Ich band ihm die Leine um und lief mit ihm unterm Arm durch die angeschwemmten Algen bis zu der Stelle, wo Meer auf Land traf. Es war Flut, da musste ich gar nicht weit gehen. Ich setzte Hugo auf dem Boden ab und lief im nassen Sand immer hin und her. Parallel zu den Schwimmern, die im eisigen Wasser ihre Bahnen in

Strandnähe zogen, statt sich mutig hinaus ins weite Meer zu wagen und mit etwas Glück irgendwann wieder zurückzukehren.

Aber wer war ich, darüber zu urteilen. Ich traute mich ja nicht mal bis zu den Knien hinein, weil mir das Meer zu kalt und zu tief und überhaupt aus der Nähe viel zu unheimlich war.

Ab und zu erwischte mich eine Welle, weil ich nicht aufpasste. Mein Blick ging nicht hinaus aufs Meer, sondern scannte den Strand nach einer eleganten Deutschen. Davon gab es nicht so viele, und deswegen war ich mir ziemlich sicher, dass ich Karin sofort erkennen würde. Natürlich erregte ich Aufsehen.

Wegen Hugo.

Ich hatte schon gewusst, warum ich seine Spaziergänge auf den frühen Morgen und den späten Abend gelegt hatte. Da war es am Strand viel ruhiger.

Ich erwiderte alle Fragen mit einem kühlen »Oui« oder »Non«, und wenn trotzdem jemand nicht lockerließ, schnappte Hugo mit seiner Knackzange nach ihm. Dann war meist Ruhe. Abgesehen von ein paar kleinen Kindern, die uns lachend folgten. Ich traute mich nicht, sie zu verscheuchen. Vielleicht stand Karin schon oben auf dem Weg, der oberhalb der Umkleidekabine am Strand entlanglief, und beobachtete den seltsamen Menschenauflauf. Und ich wollte in ihren Augen nicht der sein, der schimpfend kleine Kinder verjagte.

Gerade hatte mich wieder eine Welle erwischt, und ich schaute fluchend auf meine Hose, die bis übers Knie nass geworden war, als plötzlich jemand hinter mir, eine Frau, fragte: »Est-ce votre homard?«

Ich drehte mich um und wollte eine schroffe Antwort geben, weil ich mit einer Französin hinter meinem Rücken rechnete.

Aber es war keine Französin, es war Karin.

Ihr Französisch war viel besser als meins, und ihre Stimme dunkler, als ich erwartet hatte. Das war mir in der Bar gar nicht aufgefallen. Es war eine Stimme, die mindestens so elegant war wie der Badeanzug, den sie trug. Offenbar war sie auf dem Weg ins Meer und hatte nur gestoppt, weil die Kinder und Hugo ihre Aufmerksamkeit erregt hatten.

Bestimmt nicht wegen mir, aber wer weiß das schon.

Ich: »Ja, ja, ja, das ist meiner ... also der Hummer ... Hugo.«

Ich stammelte, und da hätte ich die Kinder vorhin genauso auch ohrfeigend verscheuchen können. Der erste Eindruck, den ich machte, hätte nicht schlimmer sein können.

Sie: »Oh, Sie sind Deutscher. Ich hatte Sie für einen Franzosen gehalten.«

Vielleicht war mein erster Eindruck doch nicht so schlecht, wie ich befürchtet hatte.

Ich: »Fast, meine Großmutter kommt von hier ...«

Okay, das war geschwindelt. Meine Großmutter stammte aus Pommern, der entgegengesetzten Ecke

Europas. Aber irgendwie wollte ich Karin im Glauben lassen, dass in mir mindestens ein Achtel Franzose steckte.

Sie: »Dachte ich mir schon. Haben Sie ihn vorm Kochtopf gerettet?«

Karin zeigte auf Hugo, der mit seinen beiden Scheren nach ihr schnappte. Das hatte er bei Juliette nie getan.

Ich: »Er tat mir einfach leid.«

Dass ich es selbst gewesen war, der ihn ursprünglich hatte in den Topf werfen wollen, erwähnte ich nicht. Das tat nichts zur Sache. Sie sollte mich lieber für jemanden halten, der Hummer mit bloßen Händen aus dem kochenden Wasser rettet.

Sie: »Ich mag die gegrillten Hummer eigentlich ganz gerne, aber den hier würde ich auch nicht essen können. Der ist so süß.«

Karin ging in die Knie, um Hugo zu streicheln. Aber Hugo hatte keine Lust und flüchtete ins Wasser, soweit die Leine ihm das gestattete. Und nützen tat es ihm auch nichts, weil Karin ja sowieso schon ihren Badeanzug trug. Sie lief ihm einfach hinterher.

Karin: »Was machen Sie hier? Urlaub?«

Ich nickte, weil ich nicht noch mehr lügen wollte. Das tat ich schon viel zu viel, und irgendwann würde ich ihr alles erzählen müssen.

Oder auch nicht.

Ich: »Es ist einfach eine wunderschöne Gegend zum ...«

Ich machte eine dramatische Pause, um die Spannung ein wenig hinauszuzögern, bevor ich meinen Trumpf ausspielte.

Ich: »... Wandern. Ich liebe es.«

Volltreffer. Karin strahlte mich begeistert an.

Sie: »Genau wie ich! Mein Mann ... also mein Ex-Mann ist nie gern gewandert.«

Ich: »Ich könnte den ganzen Tag nichts anderes machen.«

Sie: »An der Küste entlangwandern und im Meer schwimmen. Das ist für mich der perfekte Urlaub. Schwimmen Sie auch gerne?«

Ich: »Äh, ja. Klar. Im Meer. Jeden Tag, manchmal sogar zweimal.«

Schon wieder gelogen.

Sie: »Dann kommen Sie doch mit rein, und wir schwimmen eine Runde zusammen. Ihrem Hummer wird das bestimmt auch gefallen!«

Ich war nicht sicher, ob Hugo das wirklich mögen würde. Ich war mit ihm noch nie im tiefen Wasser gewesen. Ich war ja auch überhaupt erst einmal im Meer geschwommen, und da wäre ich fast erfroren. An die Begegnung mit der Kindergartengruppe erinnerte ich mich auch nicht gerne.

Ich: »Ich ... ich ... ich habe keine Badehose dabei.«

Sie: »Aber irgendetwas werden Sie unter Ihrer Hose doch tragen ...«

Sie grinste und zeigte auf meine nassen Hosenbeine.

Sie: »Die ist doch sowieso schon klitschnass. Und ob

sie eine Badehose oder Unterhose tragen, merkt hier kein Mensch. Und mir, mir ist es auch egal.«

Ich: »Ich … ich … ich habe aber auch gar kein Handtuch.«

Sie: »Dafür habe ich zwei dabei. Na, kommen Sie schon, stellen Sie sich nicht so an. Ich mag Männer, die sich nicht an Konventionen halten. Die trifft man viel zu selten.«

Wahrscheinlich war das ein Seitenhieb auf Gerhard. Ohne dass sie hatte wissen können, dass ich ihre Bemerkung verstehen würde.

Was blieb mir übrig?

Ich zog mich bis auf die Unterhose aus und lief ihr ins Wasser nach. Zusammen mit Hugo, den ich auf den Arm genommen hatte.

Karin hatte nicht auf mich gewartet. Sie stand schon so weit im Meer, dass ihr das Wasser gegen die Knie schwappte. Sehr *elegante* Knie, wie ich feststellte, wie sie überhaupt im Badeanzug eine gute Figur machte. Dass sie schlank war, hatte ich auf den Fotos gar nicht erkennen können, nicht auf dem damals bei Gerhard, nicht auf dem in der Crêperie und auf dem Blitzerbild schon gar nicht. Gehofft hatte ich es natürlich schon. Aber auch wenn nicht, wäre es mir egal gewesen. Ich hatte mich in ihr Gesicht auf dem Foto verliebt, nicht in ihren Körper.

Aber so war es natürlich schöner, das musste ich schon zugeben.

Ohne zu zögern, lief Karin weiter ins Meer hinein und warf sich, als das Wasser den Saum ihres Badeanzugs erreichte, kopfüber hinein. Die Kälte schien ihr überhaupt nichts auszumachen. Mir schon. Trotzdem wollte ich nicht als Feigling dastehen. Nicht vor Karin. Ich stürzte mich in die nächste Welle, die mir entgegenwogte.

Und starb.

So oder so ähnlich stellte ich mir den Tod zumindest vor. Den der bretonischen Fischer, die mit ihren Booten nicht zurückgekehrt waren. Und meinen eigenen. Hier und jetzt.

Ich sah ein helles, blau leuchtendes Licht, als der Kälteschock durch meinen Körper lief, und bekam keine Luft mehr. Mein schockgefrorenes Blut staute sich in meinen Adern. Ich spürte weder Arme noch Beine, weil mein Körper beschlossen hatte, die Versorgung auf die überlebensnötigsten Organe zu beschränken. Hoffte ich zumindest. Falls ich überhaupt etwas hoffte, während ich scheinbar schwerelos auf den Grund des Meeres sank. Das mit der Versorgung meiner überlebensnotwendigen Organe klappte nämlich auch nicht so richtig gut. Ich glaube, ich dachte und hoffte gar nichts, außer: Das war's dann also, schade eigentlich, so kurz vorm Ziel.

Es war Hugo, der mich rettete. An seiner Leine, die ich die ganze Zeit krampfhaft umklammert hielt, zog er mich zurück an die Wasseroberfläche. Die Welle, die mich umgeworfen hatte, war schon weitergezogen, und es war ein bisschen peinlich, weil ich, als ich mich aufgerichtet hatte, nur bis zu den Knien im Wasser stand.

Karin lachte. Aber nicht fies und schadenfroh, sondern nett. Es war ein fröhliches Lachen, das sein Gegenüber nicht kleiner machte, sondern sich einfach am Leben freute. Ich lachte ebenfalls, obwohl ich immer noch schwer atmete und nur langsam wieder Luft bekam. Auch weil ich meinen Blick nur schwer von ihren Brüsten lösen konnte. Ihre Nippel hatten sich in der Kälte aufgerichtet und zeigten genau auf mich, was ich interessant fand. Bei mir selbst hatte das kalte Wasser genau die entgegengesetzte Wirkung.

Sie: »Alles gut mit Ihnen?«

Ich: »Ja, ja, alles gut. Ich geh immer so ins Wasser, dann hat man es schneller hinter sich.«

Karin sah mich verständnislos an.

Sie: »Was hat man hinter sich?«

Ich: »Na, die Eiseskälte, das ist ja nicht gerade das Mittelmeer hier.«

Sie: »Das ist doch nicht kalt hier, da müssen Sie mal im Februar hier baden gehen. Da ist es kalt.«

Ich: »War ja auch nur ein Witz, ich finde es angenehm erfrischend. Genau wie der da.«

Um von mir abzulenken, zeigte ich auf Hugo, der an seiner Leine neben mir im Wasser schwamm. Manchmal tauchte er ab und krabbelte eine Weile auf dem sandigen Meeresgrund herum. Die meiste Zeit aber paddelte er auf Höhe meiner Knie herum. Ich hatte das Meer betreten, wie die Franzosen sagten, um Karin näher zu sein. Und langsam war die Kälte auch wirklich nicht mehr so schlimm. Warm war es immer noch nicht, aber zumindest ließ es sich aushalten.

Sie: »Wirklich süß.«

Es war nicht ganz klar, wen sie damit meinte.

Hugo oder mich.

Aber bevor ich fragen konnte, hatte sie sich schon wieder umgedreht und angefangen, zwischen den Felsen hinaus aufs Meer zu kraulen. Es hätte mich allerdings auch sehr gewundert, wenn sie zur Fraktion der Parallel-zum-Strand-Schwimmer gehört hätte. Sie kraulte, ich brustschwamm hinterher und hoffte, dass sie sich nicht zu weit hinauswagen würde.

Falsch gehofft, natürlich wagte sie sich weit hinaus. Viel zu weit. Zumindest für meinen Geschmack. Sie hatte die letzten der parkenden Segelboote schon hinter sich gelassen, und es fehlten nur noch ein paar Meter, dann wäre sie in England wieder an Land gegangen. Ich hatte nicht mal das erste Schiff erreicht und schon jetzt Schwierigkeiten, mich über Wasser zu halten.

Ich klammerte mich an einen großen gelben Ball, der auf den Wellen hin- und herschaukelte. Die Boje war mit einer langen Eisenkette auf dem Grund befestigt. Die Kettenglieder verloren sich irgendwann in den Tiefen des Meeres. Es machte mir Angst, dass ich den Boden unter mir nicht mehr sehen konnte. Spüren konnte ich ihn schon lange nicht mehr.

Auch das empfand ich als beängstigend.

Ich drehte mich Richtung Strand, weil ich mich beobachtet fühlte. Das spürt man ja, also ich spüre das, und jetzt spürte ich es ganz heftig. Vielleicht schaute die Rettungsschwimmerin besorgt aufs Meer hinaus, bereit, sich jederzeit ins Wasser zu stürzen, um mich vor dem Ertrinken zu retten. Aber die achtete gar nicht auf mich, sondern flirtete mit ein paar hübschen Jungs mit schwarzen Locken. Das konnte ich sogar aus der Ferne erkennen, und obwohl das Salzwasser in meinen Augen brannte. Davon hatte ich auch schon eine Menge geschluckt und musste deswegen immer wieder husten.

Zum Glück brauchte ich die Rettungsschwimmerin nicht, ich hatte Hugo. Der würde mich einfach zurück an Land schleppen, wenn ich nicht mehr konnte.

Also genau jetzt.

Denn ganz sicher wollte Hugo nicht seinen zuverlässigen Seeigellieferanten verlieren. Und außerdem – so bildete ich mir ein – war da bereits eine tiefe Verbindung zwischen uns beiden entstanden. Immerhin hatte ich ihm das Leben gerettet und er mir, vorhin, als er mich aus dem kniehohen Wasser zurück an die Oberfläche gezogen hatte.

Ich entdeckte Karins Kopf als blonden Punkt weit draußen auf dem Meer. Genau in dem Augenblick drehte sie um und kam schnell näher. Sie war eine gute Schwimmerin. Ich hätte für die Strecke die doppelte Zeit gebraucht. Falls ich es überhaupt so weit hinaus geschafft hätte. Zwischen ihr und mir gab es im Wasser nämlich keine Bojen mehr, an denen ich mich hätte festklammern können.

Als Karin mich erreicht hatte, schwamm sie langsam um mich herum. So wie ein Hai, der einen Schiffsbrüchigen umkreist.

Sie: »Alles klar?«

Ich: »Ja, ja, alles bestens.«

Sie: »Sie haben ganz blaue Lippen! Lassen Sie uns zurück an den Strand.«

Ich: »Sehr gute Idee, schwimmen Sie ruhig schon mal vor. Ich komme dann nach.«

Karin lächelte mich an, nickte und kraulte Richtung Strand davon. Fünf Armzüge lang blieb sie mit dem Kopf unter Wasser, dann tauchte sie kurz auf, holte Luft, um erneut für exakt fünf Armzüge abzutauchen. Das hatte ich schon in der Schule nicht hinbekommen, und jetzt war ich erst recht nicht in der Lage dazu. Ich hatte in den letzten Wochen, in denen ich auf Karin gewartet hatte, nicht viel Sport getrieben. Und zu oft in Jacques' Bar gesessen hatte ich auch.

Ich atmete einmal tief ein, verabschiedete mich dankbar mit einem Kuss von meiner Rettungsboje und schwamm Karin mit Hugo an der Leine hinterher. Als ich eine halbe Stunde später fix und fertig an den Strand kroch, wartete sie mit ihrem zweiten Handtuch schon auf mich. Sie hatte sich bereits abgetrocknet und den Badeanzug gegen ein Strandkleid eingetauscht.

Vielleicht hatte sie sich in einer der weißen Strandkabinen umgezogen.

Vielleicht auch einfach so am Strand.

Auf keinen Fall konnte ich sie mir in einem dieser Frotteesäcke vorstellen, welche die Franzosen am Strand benutzen. Die Säcke haben ein Loch für den Kopf, umhüllen den ganzen Körper und erlauben es den Französinnen, ungesehen ihre nassen Badesachen gegen trockene Kleidung zu tauschen. Alles, was man mir in meiner Jugend über die freizügigen Franzosen erzählt hatte, war ein einziger Betrug gewesen. Aber das hatte ich ja damals schon in der Sauna bemerkt.

Als ich mich abgetrocknet hatte, lud mich Karin zu einem Kaffee ein. Oberhalb des Strandes gab es ein kleines Restaurant mit Blick aufs Meer. Das war mir bereits an meinem ersten Tag in Trégastel aufgefallen. Wir suchten uns einen Platz auf der Terrasse, weil Tiere im Restaurant verboten waren und ich Hugo nicht draußen anbinden wollte.

Nicht so nah an der Küche.

Sie: »Mein Mann, also mein Ex, ist nie mit mir im Meer geschwommen. Der hat nicht mal den Fuß ins Wasser gestreckt, und wissen Sie, warum?«

Ich schüttelte den Kopf und betrachtete die Wasserpfütze, die sich unter meinem Stuhl gebildet hatte. Weil ich keine Wechselsachen dabeihatte, trug ich immer noch meine nasse Unterhose.

Sie: »Wegen der Tiere im Wasser! Können Sie sich das vorstellen?! Er hat Angst vor Fischen, Krebsen und bestimmt auch vor ihm hier …«

Karin zeigte auf Hugo, der zufrieden an dem Keks knabberte, den ich zu meinem Kaffee bekommen hatte.

Sie: »Aber das Beste ist die Sache mit den Crêpes.«

Ich: »Was ist denn mit den Crêpes?«

Sie: »Die waren ihm zu dünn! Gerhard hätte lieber Pfannekuchen gehabt. Dann mach doch gleich in Holland Urlaub, habe ich ihm immer gesagt. Das wollte er aber auch nicht …«

Mir gefiel nicht, wie sie über ihren Ex-Mann redete. Ich hatte Gerhard nun schon ein bisschen kennengelernt, und ehrlich gesagt, tat er mir leid. Trotzdem hielt ich lieber den Mund und erzählte Karin nicht, dass ich Pfannkuchen ebenfalls lieber mochte als Crêpes.

Genau wie ihr Ex.

Sie: »Und Sie wandern wirklich gerne?«

Ich: »Ich liebe es.«

Sie: »Hätten Sie vielleicht Lust, mich morgen auf einer kleinen Tour zu begleiten?«

Ich: »Selbstverständlich.«

Sie: »Es gibt da eine schöne Wanderung zu einem Leuchtturm. Daneben steht ein Haus …«

Ich: »… von Eiffel, der mit dem Eiffelturm.«

Sie: »Woher haben Sie das denn?«

Ich: »Keine Ahnung.«

Meine Antworten waren etwas kurz, und ich hörte mich an wie ein Idiot. Aber das war nicht meine Schuld. Ich war einfach nur furchtbar nervös.

Sie: »Stimmt auch nicht. In dem Haus hat gar nicht Gustave Eiffel, sondern sein Sohn Albert gewohnt. Wer hat Ihnen den Quatsch mit Eiffel senior erzählt?«

Ich zuckte mit den Schultern, weil ich Gerhard nicht verpetzen wollte. Außerdem musste Karin ja nicht wissen, dass es da eine Verbindung gab zwischen ihm und mir und ihr.

Sie: »Warten Sie, ich zeige Ihnen ein paar Fotos.«

Karin holte ein Handy aus ihrer Strandtasche, und ich entspannte mich augenblicklich. Fotos gucken war mein Fachgebiet, da kannte ich mich aus, da konnte nichts schiefgehen.

Ich: »Aber gerne, sehr gerne sogar. Ich liebe es, mir Fotos anzuschauen.«

Sie: »Wirklich? Da sind Sie einer der wenigen.«

Ich: »Darin bin ich sogar Profi …«

In Gedanken machte ich mir eine Notiz. Ich musste unbedingt Schneider erreichen. Ich brauchte Geld, dringend, um mich bei Karin für die Einladung zum Kaffee revanchieren zu können.

20

Die Fotos, die Karin mir auf ihrem Handy zeigte, kannte ich schon. Es waren die gleichen, die ich bereits bei Gerhard gesehen hatte. Damals in der Villa mit dem Volvo vor der Tür.

Der Strand, der Leuchtturm, das Haus, die Felsen.

Alles da, und doch fehlte irgendetwas.

Es dauerte eine Weile, bis ich begriff, was nicht mehr da war.

Gerhard.

Karin hatte ihn aus allen Bildern rausretuschiert, und da tat er mir noch ein wenig mehr leid. Manchmal konnte man noch seinen Schatten und den Rand eines seiner Hosenbeine auf den Fotos entdecken. Da, wo das Bildbearbeitungsprogramm nicht ganz sauber gearbeitet hatte. Aber das kam selten vor. Aus den meisten der Bilder war Gerhard verschwunden, als hätte es ihn nie gegeben. Karin wischte über das Display, und ich sagte: »Das ist aber hübsch da« oder »Da hatten Sie aber Glück mit dem Wetter«.

Was ich halt so sage.

Sie: »Hören Sie doch auf mit dem dummen Siezen. Unter Wanderfreunden duzt man sich. Ich heiße Karin.«

Ich tat überrascht und hoffte, dass es mir gelang.

Ich: »Was für ein schöner Name.«

Sie: »Ist er nicht, aber nett, dass du das sagst. Ich mag

den Namen nicht besonders. Ich hätte mir lieber einen französischen Vornamen gewünscht. Aber was will man machen. Meine Eltern haben immer nur Urlaub an der Nordsee gemacht. Und du?«

Sie schaute mich fragend an.

Ich: »Meine auch.«

Das war geschwindelt. Genau wie die Sache mit dem Wandern, aber ich hoffte, dass Gemeinsamkeiten uns einander näherbringen würden.

Sie: »Du Ärmster. Aber eigentlich wollte ich wissen, wie du heißt.«

Ich: »Frank.«

Sie: »Oh, willkommen im Club.«

Eigentlich hatte ich meinen Namen immer gemocht, erwähnte das aber lieber nicht. Wegen der Gemeinsamkeiten und so.

Als wir aufbrachen, streichelte Karin Hugo zum Abschied über den Kopf. Mir nicht. Sie küsste mich auch nicht, so wie Juliette es getan hatte. Wir verabschiedeten uns wie Deutsche, gaben uns die Hand und machten einen Treffpunkt aus.

Morgen früh um zehn.

Sie: »An dem Hinkelstein vor dem Tourist Office?«

Ich wusste gar nicht genau, warum, aber ich bevorzugte einen anderen Treffpunkt. Einen, an dem Juliette uns von ihrem Büro aus nicht sehen konnte.

Ich: »Lieber vorm Schwimmbad.«

Sie: »Einverstanden. Dann bis morgen.«

Ich: »Bis morgen.«

Sie nahm den Weg oberhalb des Strandes Richtung Stadt, und ich sah ihr nach. Ich hoffte, sie würde sich umdrehen. Tat sie aber nicht. Erst als Hugo mich sanft in meinen Unterschenkel kniff, hörte ich auf, ihr hinterherzustarren.

Hugo!

Was würde ich mit ihm machen, wenn ich mit Karin unterwegs war? Das hatte nicht nach einem Spaziergang geklungen, sondern einer richtigen Wanderung. Ein oder zwei Stunden konnte ich Hugo allein lassen, aber nicht den ganzen Tag. Ich brauchte einen Hummersitter für ihn.

Jacques?

Das war mir zu riskant. Immerhin hatte sein Bistro auch eine kleine Küche, in der man steinharte Baguettes mit Schinken oder Käse und durchweichte Croque Monsieur kriegen konnte. Ein Hummer würde seine kleine Speisekarte definitiv bereichern, und man wusste nie, wozu er fähig war, wenn er wieder einen depressiven Karibikschub hatte und an Monique dachte.

Gerhard?

Unmöglich.

Blieb Juliette.

Sie musste ja nicht wissen, dass ich für Hugo nur eine Betreuung suchte, weil ich mit Karin verabredet war. Ich hatte das unbestimmte Gefühl, dass die beiden sich nicht mochten. Zumindest galt das für die französische Seite. Aber vielleicht könnte Juliette ihre Tante bitten, sich um ihn zu kümmern. Dann hätte Hugo auch mal jemanden zum Spielen und Unterhalten oder was Hummer sonst so tun, wenn sie ihresgleichen treffen. In dem Augenblick klingelte mein Telefon. Auf dem Display erschien Schneiders Name. Endlich hatte er Zeit gefunden, mich zurückzurufen. Dass er vorher zu beschäftigt dafür gewesen war, nahm ich als ein gutes Zeichen. Wenn er viel zu tun hatte, ging es auch Look-a-lot gut, und das wiederum war gut für mich. Und für die verzögerten Zahlungen auf mein Konto gab es bestimmt eine Erklärung. Irgendeine Umstellung in der Buchhaltung, vielleicht eine neue Software oder etwas Ähnliches, um das ich mich nie gekümmert hatte. Das war Schneiders Ding, dafür hatte ich ihn eingestellt. Ich wartete ein bisschen, bevor ich den Anruf annahm. Schneider sollte nicht glauben, ich hätte nichts zu tun. Zu lang durfte ich aber auch nicht warten, sonst gab er auf, und es würde wieder Tage dauern, bis er zurückrief.

Ich: »Hallo, wie geht es Ihnen?«

Er: »Bestens, bestens, könnte gar nicht besser sein.«

Ich: »Das freut mich, mir geht es auch gut.«

Das erwähnte ich, obwohl er gar nicht gefragt hatte. Wahrscheinlich hatte er so viel zu tun, dass er keine Zeit für Small Talk besaß.

Er: »Schön, schön. Sie hatten versucht, mich zu erreichen.«

Ich: »Ja, bei mir kommen keine Zahlungen mehr aus meiner Firma an. Schon seit einiger Zeit nicht mehr. Ist was mit der Buchhaltung?«

Er: »Nö, der geht es gut.«

Ich: »Neue Software?«

Er: »Ist immer noch die alte.«

Ich: »Aber …«

Er: »Ich mach es kurz …«

Ich hatte ja schon geahnt, dass er viel zu tun hatte.

Er: »… es ist nicht mehr Ihre Firma.«

Ich: »Wie bitte?«

Er: »Sie haben mir alles übertragen, ich habe das schriftlich. Mehrfach sogar.«

Ich: »Ich soll was?«

Er: »Ich hatte Ihnen den Vertrag in dreifacher Ausfertigung vorgelegt, und Sie haben unten unterschrieben. Auf allen drei Exemplaren.«

Ich: »Aber das habe ich doch gar nicht gelesen! Ich habe nie was gelesen, was Sie mir vorgelegt haben.«

Er: »Fehler, großer Fehler. Lernen Sie daraus für die Zukunft.«

Ich: »Aber Sie können mir doch nicht einfach meine Firma …«

Er: »*Meine*, nicht Ihre.«

Ich: »… wegnehmen.«

Er: »Ich habe Ihnen Look-a-lot nicht weggenommen. Sie haben mir den Laden überschrieben. Ich muss Schluss machen, ist gerade viel zu tun. Wir expandieren nach Frankreich. Da heißen wir Regarde Beaucoup. Die Franzleute mögen keine Anglizismen.«

Ich: »Aber …«

Er: »Tut mir leid, ich muss jetzt wirklich Schluss machen. Aber wenn Sie mal einen Job brauchen, schicken

Sie eine Bewerbung. Schriftlich. Im Außendienst waren Sie einer der Besten … Nur als Chef, na ja …«
Dann legte er auf, und ich starrte hinaus aufs Meer, das in immer neuen Wellen auf den Strand zurollte und dem es völlig egal war, dass ich gerade meine Existenz verloren hatte.
Regarde Beaucoup … was für ein bescheuerter Name.

Hugo zupfte an meiner Hose, weil er Hunger hatte oder mich trösten wollte. Hugo liebte mich, auch wenn ich kein Geld besaß. Ich hoffte nur, dass das auch so blieb, wenn ich mir seine teuren Seeigel nicht mehr würde leisten können. Aber die konnte ich auch selbst suchen, so wie es die Franzosen machten: *pêche-à-pied*. In der Küchenschublade lag ja noch der Ritterhandschuh zum unfallfreien Öffnen von Austern. Damit würde ich die piksigen Viecher von den nassen Felswänden pflücken. Kein Problem, so machten es hier alle, und für Hugo tat ich es gerne.
Das Seltsame war: Es machte mir nichts aus, dass ich gerade meine Firma verloren hatte. Ich hatte Karin, das war wichtiger.
Look-a-lot war nur eine Idee, mit der ich Geld verdient hatte. Und ich konnte jederzeit wieder damit anfangen, so wie zu Beginn, als es sowieso am schönsten war. Ich, meine Kundinnen und Kunden und ihre Fotos. Das konnte Schneider mir nicht verbieten. Darauf gab es kein Patent.
Hoffte ich.

Ich würde einfach wieder ganz von vorne anfangen. Gemeinsam mit Karin.

Oder etwas ganz anderes machen.

Es war völlig unmöglich, angesichts des unendlichen Atlantiks vor mir das eigene Dasein zu beklagen. Das Wasser verschluckte alle Ängste und Sorgen und ließ sie klein und nichtig erscheinen. Das klappte nicht nur beim Fliegen über den Wolken. Auch das Meer besaß eine enorm relativierende Wirkung.

Fast beschwingt, so als wäre eine Last von meinen Schultern gefallen, machte ich mich auf den Weg zu Juliette. Das Einzige, was mir wirklich Sorgen machte: Ich musste meiner Familie irgendwie erklären, dass sie von mir keine Unterstützung mehr erwarten durfte. Aber hey, die waren alle schon groß, die würden das schon schaffen, und eine Wohnung hatte das junge Glück ja immerhin bereits gefunden.

Meine nämlich.

Ich sparte mir den Weg um die Felsspitze, sondern nahm die kurze Strecke zurück ins Zentrum. Einmal den Berg steil rauf und noch steiler wieder runter. Ich war außer Atem und hoffte, dass ich morgen besser in Form sein würde. Schwer keuchend erreichte ich mit Hugo das Tourist Office. Juliette musste noch ein paar Touristen vertrösten, die wissen wollten, wann sich das Wetter endlich bessern würde. Dabei hatte es jetzt schon vier Stunden nicht geregnet, das war mehr, als man hier erwarten durfte.

»Spätestens morgen«, versprach Juliette.

Das sagte sie immer, und das würde sie auch morgen sagen, wenn die Touristen wiederkamen. Juliette fälschte auch den Wetterbericht, der in der Glastür hing. In Wirklichkeit schrieb sie den an ihrem Computer und beschönigte dabei die kommenden Aussichten ein wenig … sehr. Das hatte sie mir bei einem Abendessen gestanden und gesagt: »Ist doch besser, man freut sich auf nächsten Tag. Wenn das Wetter dann schlecht ist, kann man sich immer noch ärgern.«

Und eigentlich hatte sie recht damit, fand ich.

Nur bei den Prognosen für den Wind blieb sie korrekt, weil der für die Segler wichtig war und ein paar abgedriftete Boote, die plötzlich in Amerika landeten, nicht gut fürs Renommee des Ortes gewesen wären.

Als die Touristen zufrieden gegangen waren, stellte ich die tropfende Tasche mit Hugo auf den Tresen.

Ich: »Du musst mir helfen.«

Sie: »Wobei, du 'eiopei.«

Juliette klang immer noch sauer.

Ich: »Bist du sauer?«

Sie: »Deine Karin ist da, was willst du noch von mir? Du 'ast, was du wolltest. Das Warten auf Merlot hat ein Ende.«

Ich: »Godot, nicht Mer…«

Juliette rollte mit den Augen und trommelte mit den Fingern ungeduldig in der Pfütze herum, die sich neben Hugos Tasche gebildet hatte.

Ich: »Hör auf, das macht ihn nervös.«

Sie: »Wen?«

Ich: »Na, Hugo, um den geht es doch. Ich brauche jemand, der sich morgen um ihn kümmert.«

Sie: »Ich soll spielen 'ummersitter, damit du dich mit Karin treffen kannst.«

Juliette hatte mich sofort durchschaut. Leugnen war zwecklos. Aber immerhin hatte sie nicht ganz ins Schwarze getroffen.

Ich: »Nein, natürlich nicht. Ich dachte eher an deine Tante, die mit dem Hummer. Die beiden könnten ein bisschen miteinander spielen.«

Sie: »Sie ist tot.«

Ich: »Deine Tante?«

Sie: »Nein, der geht's prima. Ihre 'ummerin ist tot.«

Juliette machte eine Pause, bevor sie weitersprach.

Sie: »Suicide.«

Ich: »Was?«

Sie: »Selbstmord. Josephine ist in eine Topf mit kochendem Nudelwasser gesprungen.«

Ich wusste nicht, ob ich ihr das glauben sollte. Juliette erzählte gerne Geschichten, deswegen mochte ich sie. Und das hier war garantiert auch geflunkert.

Ich: »Sehr komisch. Also was ist jetzt, meinst du, sie kann einen Tag auf Hugo aufpassen?«

Sie: »Das war keine Witz. Das ist gestern passiert. Josephine war sofort tot.«

Ich fühlte mich schlecht, weil ich Juliette nicht geglaubt hatte. Und wegen Josephine.

Ich: »Das ist ja schrecklich. Was hat deine Tante gemacht?«

Sie: »Sie 'at ihre 'ummerin gegessen.«

Ich: »Wie bitte?«

Sie: »'ätte sie Josephine begraben sollen?«

Ich zog die Tasche vom Tresen, weil ich nicht wollte, dass Hugo sich die Geschichte noch weiter anhören musste.

Ich: »Du musst mir helfen! Das ist hier das Office du Tourisme. Da ist das quasi dein Job, mir zu helfen.«

Juliette schaute mich an, und hinter ihren Augen sah ich, wie ihre Wut und ihre Berufsehre miteinander stritten. Am Ende siegte ihr Verantwortungsgefühl, aber es war eine knappe Entscheidung. Auch das konnte ich sehen.

Sie: »D'accord, ich bring ihn beim Aquarium vorbei, da kann er eine Tag bleiben. Die kümmern sich um ihn.«

Ich: »Kann ich ihn da nicht selbst abgeben?«

Sie: »Nicht jeder 'eiopei kann da seine Meerestiere abgeben. Das ist keine Kindergarten. Aber mich kennen sie, da ist das okay. Ich sag einfach, eine Gast will sein Abendbrot kurz zwischenlagern.«

Ich: »Und du bringst ihn auch bestimmt nicht in ein Restaurant?«

Juliette blickte mich an. Mehr brauchte es gar nicht.

Ich: »Du bist nicht die Einzige, die Witze machen kann. Danke jedenfalls, und wenn du willst, können wir heute Abend noch was essen gehen. Müssen ja keine Crêpes sein.«

Sie: »'at Karin keine Zeit für dich?«

Ich: »Keine Ahnung, ich habe sie nicht gefragt.«

Sie: »Aber ich 'abe keine Zeit. Ich muss noch den Wetterbericht schreiben für morgen. Irgendeine Idee?«

Ich: »Wie wäre es mit *zunehmend sonnig, wolkenlos und warm*?«

Sie: »Gute Idee, und jetzt verschwinde, ich 'abe zu tun. Du kannst mir 'ugo morgen früh vorbeibringen.«

Ich verließ das Tourist Office ohne die obligatorischen Küsse rechts, links, rechts und ging nach Hause. Heute wollte ich früh ins Bett, damit ich morgen fit war. Außerdem war meine Unterhose noch nass, und das war unangenehm, weil es wieder kälter geworden war.

Auf dem Heimweg kaufte ich in der Bäckerei ein Baguette und im Supermarkt ein bisschen Käse und eine Dose Sardinen. Die waren günstig und machten satt. Ich würde sparsamer als bisher leben müssen, bis mein Geschäft hier in Frankreich Fahrt aufgenommen hatte. Die wichtigsten Sätze für meinen Job hatte ich auf Französisch schon auswendig gelernt:

Wo ist das denn? – *Où est-ce que c'est?*

Das sieht ja toll aus! – *Ça a l'air genial!*

Da hatten Sie aber Glück mit dem Wetter. – *Vous avez eu de la chance avec le temps.*

Da wäre ich auch gerne dabei gewesen. – *J'aurais aimé y être aussi.*

Viel mehr brauchte es nicht, und vielleicht konnte ich mir hier in Trégastel eine Stammkundschaft aufbauen, bevor Schneider mit Regarde Beaucoup den französischen Markt aufrollen würde. Dabei fiel mir ein, dass ich dem weiblichen Teil meiner Familie noch würde erklären müssen, warum die monatlichen Zahlungen in Zukunft erheblich niedriger ausfallen würden, falls ich sie überhaupt noch würde leisten können.

Als ich am Aquarium vorbeikam, holte ich Hugo kurz aus der Tasche und zeigte ihm die Wasserbecken, die man durch eine Scheibe sehen konnte. Damit er wusste, wo er den morgigen Tag verbringen würde. Ich hatte ein schlechtes Gewissen, obwohl ich mir sicher war, dass es ihm dort gut gehen würde. Zurück im Appartement, ließ ich für Hugo Wasser in die Wanne laufen, zog mir trockene Shorts an und schnappte mir den Handschuh aus Eisenketten. Dann ging ich los, um meinem Hummer ein Abendessen zu besorgen. Es war Ebbe, und es tummelten sich schon eine Menge Franzosen zwischen den Algen. Ich lief noch ein wenig weiter ins Meer, bis mir das schwindende Wasser um die Waden schwappte. Ich brauchte gar nicht lange zu suchen, da entdeckte ich ein paar Seeigel, die an einem Felsen klebten. Mit dem Handschuh war es ganz leicht und völlig schmerzlos, sie dort abzupflücken. Leider hatte ich einen Eimer vergessen, und so musste ich meine Beute in den Taschen meiner Shorts verstauen. Das tat dann doch weh.
Sehr sogar.

Unter einem Stein entdeckte ich auch einen großen Taschenkrebs und überlegte kurz, ob ich ihn mitnehmen sollte. Ließ es dann aber doch sein, weil Taschenkrebse bestimmt genauso zubereitet werden wie Hummer. Das würde ich nicht übers Herz bringen, erst recht nicht nach der Geschichte mit Josephine. Und dann hätte ich zu Hause zwei Schalentiere, für die ich verantwortlich war und die ich füttern musste. Ich gab dem Krebs einen sanften Stoß mit dem Fuß, damit er schnell unter einem veralgten Felsen verschwand. Hinter mir war ein Franzose mit Gummistiefeln und Fangnetz aufgetaucht, und ich war mir ziemlich sicher, dass er weniger Skrupel haben würde als ich.

Hugo und ich aßen zusammen zu Abend. Er seine Igel, ich mein Baguette mit den Sardinen und dem Käse. Dazu trank ich Wein. Der war hier Grundnahrungsmittel, so wie Bier in Bayern. Ich gönnte mir nur ein Glas. Nicht so wie die Franzosen, die schon mittags zu ihren üppigen Mahlzeiten den Wein gleich flaschenweise trinken. Keine Ahnung, wie sie den Rest des Tages überstehen. Aber irgendwie schaffen die Bayern das nach ihrem Mittagsbier ja auch.

Ich drückte den Korken zurück in die Flasche, räumte den Teller ab und brachte Hugo in seine Wanne. Dann legte ich mich schlafen und betrachtete Karins Blitzerfoto an der Wand gegenüber. Morgen würde sich alles entscheiden, und da wollte ich in guter Form sein. Als ich das Licht ausmachte, klingelte das Telefon: We are family.

Ich wartete einen Moment, bevor ich abnahm.

Ich: »Was ist los? Geht es Mutter nicht gut?«

Sie: »Wie soll es ihr gut gehen?! Wir warten seit Wochen auf deine Überweisung.«

Aus dem Hintergrund rief eine Stimme: »Er lässt seine eigene Mutter im Stich. Aber Frank hat ja immer schon nur an sich selbst gedacht. Nicht so wie du, Nicole, mein Herzstück. Du bist immer für mich da und reist nicht einem Foto hinterher.« Es mischte sich noch eine dritte Stimme ein: »Wir ziehen hier jedenfalls nicht mehr aus! Eine andere Wohnung könnten wir uns zu dritt gar nicht leisten, das kann Onkel Frank komplett vergessen. Aber so was von. Und sag ihm: Die Kühlschränke sind leer. Alle beide.«

Irgendwie schienen sie jetzt alle in meine Wohnung eingezogen zu sein. Oder es waren permanente Familienkrisensitzungen, die dort stattfanden.

Ich: »Ich habe kein Geld mehr, ich bin pleite.«

Auf der anderen Seite war plötzlich Stille. Keine der drei Frauen sagte ein Wort, und das hatte ich lange nicht erlebt. Es war Nicole, die sich als Erste wieder meldete.

Sie: »Wie, kein Geld mehr? Wie, pleite?«

Ich: »Die Firma ist weg.«

Sie: »Von wegen weg. Wenn ich zum Fenster rausgucke, sehe ich doch die Plakatwände mit der Werbung für Look-a-lot.«

Eigentlich wollte ich keine Details erzählen, aber ich musste meine Aussage wohl oder übel etwas präzisieren.

Ich: »Sie ist auch nicht weg. Nur ich bin weg.«

Sie: »Wie?«

Im Hintergrund herrschte immer noch Schweigen.

Ich: »Die Firma gehört mir nicht mehr.«

Sie: »Hast du sie verkauft? Oder hast du dich auszahlen lassen.«

Ich: »Weder noch.«

Ich beschloss, auf den Bericht weiterer Details zu verzichten. Brauchte ich auch nicht, meine Schwester kannte mich schließlich lange genug.

Sie: »Du hast dich übern Tisch ziehen lassen!«

Offenbar war der nächste Satz an meine Mutter und meine Nichte gerichtet.

Sie: »Er hat sich übern Tisch ziehen lassen!«

Augenblicklich brach hinter ihr lautes Geschrei los. Auch Nicole brüllte wütend ins Telefon, und ich war ziemlich sicher, die nächste Pizza, die sie geliefert bekam, würde auch wieder zum Fenster raussegeln.

Irgendwann legte ich einfach auf. Ich machte das Licht aus, und es dauerte gar nicht lang, da kam Hugo angekrabbelt.

Das würde ich ihm abgewöhnen müssen. Ich bezweifelte, dass Karin nasse Hummer im Bett besonders schätzte.

21

Am nächsten Morgen stand ich früh auf, schnappte mir Hugo und machte mich auf den Weg zum Tourist Office. An der Glastür hing Juliettes Wetterbericht und versprach in den kommenden Stunden zunehmend mehr Sonne und weniger Regen.

Es war tatsächlich einer der seltenen Tage, an denen es so aussah, als würde es schön und trocken bleiben. Aber darauf konnte man sich nicht verlassen, nicht in der Bretagne. Ich klopfte an die Scheibe, weil das Büro noch geschlossen war. Aber ich wusste, dass Juliette immer schon früher zur Arbeit kam, um Papierkram zu erledigen.

Ich musste dreimal klopfen, bevor sie aufmachte.

Ich: »*Bonjour*, wie geht es dir?«

Sie: »Gut.«

Sie sah nicht so aus, als ob es ihr gut gehen würde. Ganz im Gegenteil. Sie wirkte unausgeschlafen und auch ein bisschen gereizt, aber das war sie in den letzten Tagen öfter gewesen. Eigentlich immer. Es war Hauptsaison, da war ja klar, dass sie unter Stress stand. Umso dankbarer war ich ihr, dass sie sich um Hugo kümmerte, während ich mit Karin unterwegs war.

Ich: »Wann bringst du ihn ins Aquarium?«

Sie: »Gleich.«

Ich: »Jetzt gleich?«

Sie: »Bevor ich das Office aufmache.«

Ich: »Sehr gut und sag ihnen bitte, Hugo ist andere Tiere nicht mehr so gewohnt. Er war in letzter Zeit mehr mit Menschen zusammen.«

Sie: »Ich weiß, er schläft ja sogar bei dir in Bett.«

Ich: »Woher …«

Sie: »Wusste ich nicht, war nur ein Vermutung. Aber merci fürs Bestätigen.«

Juliette lächelte, das erste Mal seit Langem, und ich hatte den Verdacht, dass es ihr lieber war, ich teilte mein Bett mit Hugo statt mit jemand anderem.

Sie: »Keine Sorge, ich verrate nichts. Wenn die Meeresbiologen im Aquarium von dir und 'ugo wüssten, 'ätten sie ihn dir längst abgenommen. Wegen 'ummerquälerei.«

Ich: »Hugo gefällt es, und deine Tante hatte schließlich auch einen.«

Sie: »Josephine hat sich das Leben genommen in einem Topf mit kochende Wasser. Schon vergessen?«

Ich sagte lieber nichts mehr, sondern drückte Hugo einen Abschiedskuss auf den Panzer. So lange waren wir noch nie getrennt gewesen. Aber heute musste es sein. Wegen Karin.

Ich: »Danke noch mal.«

Sie: »*De rien.*«

Ich hielt Juliette meine Wange hin, damit wir uns zum Abschied küssen konnten. Rechts, links, rechts, wie üblich. Aber das hatte sie gestern schon nicht getan.

Sie streckte einfach ihre Hand aus, bis ich sie schüttelte und mich dann schnell verabschiedete.

Es war noch ein wenig Zeit bis zu meiner Verabredung am Schwimmbad. Das war gut, da würden sich Karin und Juliette nicht begegnen. Deswegen hatte ich auch so darauf gedrängt, dass Juliette Hugo schnell im Aquarium vorbeibrachte.

Ich beschloss, zu einem kleinen Frühstück bei Jacques vorbeizuschauen. Um mich für die Wanderung zu stärken. Für einen Kaffee und ein Croissant reichte mein Geld noch. Es war ja nicht so, dass ich völlig pleite war. Da hatte ich meiner Familie gegenüber ein wenig übertrieben. Aber lange würden meine Reserven nicht mehr reichen, und es wurde höchste Zeit, dass ich mir hier eine Stammkundschaft fürs Bildergucken aufbaute. Jacques nicht, er war mein Freund. Bei ihm ging das Betrachten und Kommentieren seiner Palmenfotos aufs Haus. Und ich hoffte, dass es umgekehrt mit dem Kaffee, Pastis, Cidre, Wein und Calvados genauso laufen würde, wenn ich mal so richtig knapp bei Kasse war.

Ich trank meinen Kaffee, schaute mir ein paar seiner Bilder an und weinte mit ihm über Monique. Dafür spendierte er mir ein Croissant. Als ich schon fast wieder draußen war, zeigte er auf ein Schild, das er ans Fenster zur Straße gehängt hatte und das mir beim Betreten der Bar nicht aufgefallen war.

Darauf stand in großen Buchstaben: »*à vendre.*«

Ich: »Du willst verkaufen?«

Jacques erklärte mir, dass er in die Karibik auswandern wollte. Er hatte dort günstig ein Grundstück gekauft, um auf einer der Inseln eine bretonische Bar aufzumachen. Da regnete es weniger, und wärmer war es auch. Ich verstand ihn. Gut sogar. Und ein bisschen neidisch war ich auch. Wenn Karin und Gerhard jedes Jahr im Sommer nach Barbados geflogen wären, dann würde ich auch nicht jeden Tag hier bei Jacques an der Theke sitzen, sondern hätte in einer Hängematte mit einem exotischen Cocktail auf Karins Ankunft gewartet.

Ich sah sie schon von Weitem. Sie wartete bei den Glaskuppeln, durch die man von oben ins Schwimmbad hineingucken konnte. Aber sie war nicht allein. Neben ihr stand Juliette, und die beiden sprachen miteinander. Das gefiel mir nicht, das gefiel mir ganz und gar nicht. Als ich die beiden erreicht hatte, verabschiedete sich Juliette gerade und lächelte mich an.

Es war kein nettes Lächeln.

Vielleicht hatte sie Hugo doch in einem Restaurant vorbeigebracht oder sich sonst irgendeine Gemeinheit ausgedacht.

Juliette: »Viel Spaß euch beiden *et au revoir*, Karin.«

Karin: »Au revoir et merci bien.«

Ich sagte nichts, sondern starrte Juliette hinterher, die grußlos an mir vorbeimarschierte.

Ich: »Was wollte Juliette denn von dir?«

Karin: »Ich wusste gar nicht, wie sie heißt. Schöner Name. Kennt ihr euch?«

Ich: »Flüchtig.«

Sie: »Sie hatte noch ein paar tolle Tipps für unsere Wanderung.«

Ich: »Echt?«

Sie: »Das ist ihr Job, schließlich arbeitet sie im Tourist Office.«

Ich: »Ich weiß, daher kenne ich sie ja auch.«

Sie: »Julia …«

Ich: »Juliette.«

Sie: »Stimmt. Sie hat mir erzählt, sie kümmert sich um Hugo, wenn wir wandern.«

Ich: »Ja, die machen hier wirklich eine tolle Arbeit. Sehr professionell.«

Keine Ahnung, warum, aber irgendwie wollte ich, dass Karin dachte, die Beziehung zwischen Juliette und mir wäre eine zwischen Urlauber und Tourist-Office-Managerin. Ich fand, sie musste nicht unbedingt wissen, dass wir zusammen essen waren und ich mittlerweile fast ihre gesamte Verwandtschaft kannte.

Sie: »Ich fand sie ja immer eher provinziell statt professionell. Ist halt keine Pariserin, sondern nur Bretonin. Wie hieß noch mal diese lustige Comicfigur?«

Ich: »Bécassine … glaube ich.«

Ich hasste mich dafür, dass ich das sagte. Es kam mir wie Verrat vor. Gegenüber Juliette.

Sie: »Stimmt, die ist so schön dämlich. Ich liebe die Geschichten von Bécassine.«

Da war ein Zug an Karin, der mir gestern schon aufgefallen war. Als sie über Gerhard gesprochen hatte. Aber ich war nicht von Berlin nach Trégastel gereist, hatte nicht meine Firma und meine Wohnung verloren, nur um jetzt alles hinzuschmeißen, weil die Bilderfrau meiner Träume einen kleinen Knick im Charakter hatte. *Nobody is perfect*, und sind es nicht gerade die kleinen Unzulänglichkeiten, die Menschen interessant und liebenswert machten?

Dazu gehörte auch der Rucksack, den Karin geschultert hatte. Dazu trug sie Wanderschuhe, eine Trekkinghose und eine Regenjacke. Sie sah aus, als wollte sie irgendeinen Berg besteigen. Einen hohen. Aber egal, was Karin trug, sie sah immer noch umwerfend aus. Ich hatte Turnschuhe an, eine Jeans und ein T-Shirt. Alles aus meinem Koffer und deswegen ohne Streifen.

Ich zeigte auf ihren Rucksack: »Was hast du denn da alles drin?«

Sie: »Wasser, Kekse, belegte Baguettes, Pflaster … Was man zum Wandern halt so braucht.«

Ich war überrascht, ich hatte Karin eher für die spontane Wanderin gehalten. Aber wenn man drei Kinder großgezogen hat, ist man wahrscheinlich immer gut vorbereitet. Auf alles. Gleichzeitig kam ich mir ein bisschen nackt vor, weil ich so gut wie gar nichts dabeihatte. Oder anders ausgedrückt: Im Gegensatz zu ihr war ich miserabel vorbereitet, obwohl es hier ganz offensichtlich nicht um eine kleine Tour, sondern um eine lange Wanderung ging. Der komplette Jakobsweg war ein Spaziergang dagegen.

Ich: »Aber kein Zelt, oder?«

Das sollte ein Witz sein, aber Karin schaute mich ernst an und zog die Stirn in Falten, als würde sie ernsthaft darüber nachdenken.

Sie: »Ich hatte tatsächlich kurz überlegt, eins mitzunehmen. Aber ich denke, wir schaffen die Strecke an einem Tag.«

Ich lachte, weil ich das für einen Scherz hielt. Das kannte ich von Juliette. Es war aber kein Scherz. Es war Karins Ernst, das sah ich ihr an.

Ich: »Ich kann den Rucksack für dich tragen.«

Sie: »Wirklich?«

Ich: »Klar doch.«

Das hatte ich angeboten, um vor Karin nicht ganz blöd dazustehen. So ganz ohne Proviant und Vorbereitung. Sie nahm den Rucksack ab und reichte ihn mir.

Sie: »Ist aber schwer.«

Ich: »Kein Problem.«

Es war ein Problem. Keine Ahnung, was sie da drin hatte, aber das waren nicht nur Wasser, Kekse, Baguettes und Pflaster. Der Rucksack riss meinen Arm nach unten, und ich konnte ihn gerade noch stoppen, bevor er auf die Glaskuppel des Schwimmbads krachte. Da wäre er locker durchgeschlagen, so schwer war das Teil, und dann wären die Glasscherben, die Kekse, das Baguette und die Pflaster auf die aquajoggenden Damen unter uns gestürzt. In der Lokalzeitung hätten sie daraus bestimmt eine Doppelseite gemacht.

Sie: »Geht es wirklich?«

Ich: »Kleinigkeit.«

Ich wuchtete den Rucksack auf meinen Rücken, und zum Glück gab es ein Geländer, das um die Glaskuppel herumführte. Da konnte ich mich festhalten, sonst hätte mich das Gewicht und der Schwung des Rucksacks glatt umgerissen.

Sie: »Dann mal los!«

Es war so ein unternehmungslustiges »Dann mal los!«, das keinen Widerspruch duldete und von großen Taten kündete.

Karin lief los, und ich stolperte hinterher.

Als wir am Aquarium vorbeikamen, hielt ich Ausschau nach Hugo, konnte ihn aber nirgendwo entdecken. Obwohl ich es noch nie besucht hatte, wusste ich aus einem Prospekt, dass es drinnen jede Menge Wasserbecken gab. Weiter hinten in Höhlen, die vor langer Zeit in den Felsen gegraben worden waren. Früher hatte dort angeblich mal ein Einsiedler gelebt. Jetzt wohnten da Einsiedlerkrebse. Den Witz hatte ich mal gegenüber Juliette gemacht, aber die hatte nicht einmal gegrinst. Wahrscheinlich war ich nicht der Erste, der den müden Scherz gemacht hatte.

Karin marschierte vorneweg, und ich hatte Mühe, ihr zu folgen. Jetzt schon, dabei waren wir gerade erst gestartet. Immerhin konnte ich sie überreden, quer über die Bucht zu laufen. Es war Ebbe, das Meer hatte sich mal wieder verkrümelt, und die Segelboote schliefen auf der Seite.

Der Weg hatte zwei Vorteile: Erstens war es eine Abkürzung, und zweitens konnte uns so Juliette von ihrem Büro aus nicht sehen.

Der Schlamm schmatzte unter unseren Füßen, als wir die Bucht durchquerten. Karin hatte sich die Schuhe ausgezogen und schwärmte, wie gesund es sei, barfuß durch den Schlick zu laufen. Ich hatte meine lieber angelassen, auch wenn ich mir so meine weißen Turnschuhe versaute. Im Matsch türmten sich überall die geringelten Häufchen der Wattwürmer, und ich hatte einmal einen Horrorfilm über Würmer gesehen, die aus dem Boden schossen und sich schnappten, was ihnen vor die Nase kam: Pferde, Kühe, Menschen.

Seitdem war ich vorsichtig.

Karin lachte über mich.

Sie: »Genau wie Gerhard.«

Das traf mich.

Aber vielleicht hatte sie recht. Vielleicht waren wir uns gar nicht so unähnlich. Und vielleicht war das meine Chance bei ihr. Irgendwann musste sie ja irgendetwas an ihm gefunden haben. Sonst hätten sie nicht geheiratet und drei Kinder bekommen. Und vielleicht erinnerte ich sie an die guten Seiten von Gerhard. Die, in die sie sich verliebt hatte. Und wenn es nur die Angst vor Wattwürmern war.

Sie: »Dreh dich mal um.«

Ich: »Warum?«

Sie: »Im Rucksack ist ein Handtuch, ich will mir die Füße abtrocknen, bevor es weitergeht.«

Ich nutzte die Pause, um durchzuatmen. Ich war schon jetzt fix und fertig. Und das lag nicht nur an dem schweren Gepäck auf meinem Rücken. Gestern beim Schwimmen hatte ich schon gemerkt, dass ich nicht gut in Form war, und ich verfluchte meine häufigen Besuche bei Jacques.

Nachdem sie das Handtuch zurück in den Rucksack gestopft hatte, ging es weiter. Durch das Wasser und den Sand im Handtuch war der Rucksack noch schwerer geworden. Wir liefen die Straße lang, die zum Supermarkt führte. Machten da aber keine Pause, sondern gingen einfach weiter. Unterwegs erzählte Karin ein bisschen über sich. Dinge, die ich noch nicht wusste. Aufgewachsen im schwäbischen Vaihingen (Vater: Beamter, Mutter: Hausfrau, Bruder: Zahnarzt), litt sie schon als Kind unter der Sehnsucht nach der großen Stadt. Nein, nicht Stuttgart, sondern Paris. Sie studierte Romanistik, ein paar Semester auch in Frankreich, ging nach Berlin, lernte Gerhard kennen. Bei dem Namen nickte ich wissend. Es war ein Reflex gewesen, unvorsichtig, unentschuldbar.

Sie: »Kennt ihr euch?«

Ich: »NEIN, woher?!«

Sie beließ es bei einer Falte auf der Stirn und erzählte

weiter. Gerhard und sie heirateten, bekamen ein Kind. Oder umgekehrt, ganz genau hatte ich das nicht verstanden. Dann kamen noch zwei Kinder, Gerhard machte Karriere an der Uni, sie kümmerte sich um die Villa, die sie gekauft hatten, die Kinder wurden größer, die Autos auch. Alles bekannt und tausendmal gehört. Was blieb, war ihre Sehnsucht nach Paris. Und da die Stadt sich nicht für Familienurlaube eignete, sollte es wenigstens Frankreich sein. Es wurde die Bretagne, weil Gerhard keine Hitze vertrug und Karin Meeresfrüchte liebte. Die hatte es in Schwaben nie gegeben und waren für sie das Symbol für die große Welt.

Ganz ähnlich wie das Taxifahren und das Essen im Bordrestaurant bei mir.

So unterschiedlich waren wir beide gar nicht, nur dass Karin ihren Traum zumindest in den Ferien wahr gemacht hatte und ich bisher weder mit einem Taxi gefahren war noch im Zugbistro gegessen hatte.

Ab und zu unterbrach sie ihre Lebenserzählung, um wie ein Reiseführer Informationen über die Umgebung einzustreuen. Wir liefen über eine Straße, links war das Meer, rechts ein See.

Sie: »Das Gebäude da auf der Mitte der Brücke ist eine Gezeitenmühle, davon gibt es nur ganz wenige. Der Mühlstein wird von Ebbe und Flut angetrieben.«

Ich: »Das klingt spannend. Können wir uns die angucken?«

Ich hatte auf dem schmalen Bürgersteig eine Tafel mit

der Aufschrift »*ouvert*« vor der Tür entdeckt. Die Mechanik der Mühle interessierte mich kein bisschen, ich wollte die Gelegenheit für eine Pause nutzen.

Sie: »Da drinnen gibt es nicht viel zu sehen, lass uns lieber weiter. Wir haben noch eine Menge vor.«

Am Ende der Brücke bogen wir von der Straße ab und liefen über eine kleine Landzunge, hinter der ein Hafen mit vielen Fischerbooten und Segelschiffen lag.

Sie: »Der Ort da vorne, das ist Ploumanac'h.«

Karin sprach den Namen perfekt aus. Zumindest klang es für mich perfekt. Sogar das kleine Zeichen zwischen dem c und dem h beherrschte sie wie die Einheimischen. Es war nämlich kein ch, sondern ein ck, und ich fragte mich, warum man den Ort dann nicht gleich Ploumanack genannt hatte.

Ich: »Guck mal, da ist ein schönes Café direkt am Hafen, da können wir doch …«

Sie: »Jetzt doch noch nicht, später vielleicht.«

Karin nahm eine kleine Straße, die bergauf führte. Dafür, dass wir am Meer und nicht in den Bergen waren, gab es hier eine Menge Steigungen. Die Straße führte uns an den Strand des Ortes. Er lag an einer Bucht, aber es war fast kein Wasser zu sehen, weil immer noch Ebbe war. Ich hatte schon lange den Verdacht, dass das mit dem Rhythmus von sechs Stunden Ebbe und sechs Stunden Flut nur eine Legende war. Immer, wenn ich mit Hugo das Meer besucht hatte, war das Wasser weit weg gewesen, und wir hatten endlos laufen müssen, um es zu erreichen. Meine Vermutung war, dass die Ebbe doppelt so lange dauerte wie die Flut, wenn nicht sogar dreimal so lange.

Anders war das nicht zu erklären.

Sie: »Das Schloss da draußen auf der kleinen Insel gehört übrigens einem deutschen Komiker ...«

Karin riss mich aus meiner Ebbe-Flut-Theorie, und ich schaute hinaus aufs Meer, wo am Ausgang der Bucht tatsächlich eine kleine Insel lag. Das Schlösschen darauf war kein altes, sondern ein neugotischer Kasten aus dem neunzehnten Jahrhundert, der von Bäumen umgeben war.

Ich: »Welcher?«

Sie: »Ich habe den Namen vergessen. Palim, Palim ... klingelt da was bei dir?«

Ich: »Ach der! Dem gehört das?«

Sie: »Steht in allen Reiseführern. Ist aber nicht so wichtig, viel wichtiger ist, dass Henryk Sienkiewicz da seinen Roman *Quo vadis* geschrieben hat. Das Schloss gehörte damals einem reichen Polen, und Sienkiewicz war ein Freund von ihm.«

Ich war tief beeindruckt, was Karin alles wusste. Sie kannte hier jeden Felsen bei seinem Spitznamen (Napoleons Hut, die Hexe, die Schildkröte) und hätte locker Juliettes Job im Tourist Office übernehmen können. Wenn man jedes Jahr hier Urlaub machte, wusste man so was wahrscheinlich. Das war ja nicht Florenz, Rom oder Paris, wo es viel mehr gab, was es zu wissen lohnte.

Ich: »Kann man das besichtigen?«

Nicht, dass ich den alten Kasten wirklich von innen hätte sehen wollen. Mir ging es nur wieder um die Pause, die ich dringend benötigte. Dafür war ich sogar bereit, mir die Inneneinrichtung eines Berliner Komikers anzuschauen.

Sie: »Leider nicht, aber wir können uns die da angucken.«

Karin zeigte auf eine winzige Kapelle, die mitten im Schlick der leer gelaufenen Bucht auf einem kleinen Steinhügel stand.

Sie: »Da drinnen ist die Statue eines Heiligen, und die Mädchen, die sich verheiraten wollen, stechen ihm ihre Haarnadel in die Nase. Verrückt, oder?«

Karin sah mich lange an und zog eine Nadel zwischen ihren blonden Haaren hervor. Dann lachte sie und steckte die Nadel wieder zurück.

Sie: »War nur Spaß, so gut kennen wir uns ja noch gar nicht. Lass uns weiter, es ist nicht mehr weit bis zum Leuchtturm. Und auf dem Weg dorthin bist du dran, dann erzählst du ein bisschen was von dir.«

Der Weg am Ende des Strands führte wieder steil bergauf. An der Nordseeküste konnte einem das nicht passieren, da war alles schön flach. Hier in der Bretagne aber ging es ständig bergauf. Zumindest fühlte es sich so an, zumindest für mich, der ich immer noch den schweren Rucksack trug. Karin hatte schon ein paarmal vorgeschlagen, mich abzulösen. Aber ich hatte ihr Angebot zurückgewiesen.

Natürlich hatte ich das.

Weil ich auf der Steigung nur wenig Luft bekam, beschränkte ich meine Autobiografie auf das Nötigste. Sandra ließ ich aus und auch, dass ich meine gut laufende Firma leichtgläubig und völlig naiv an Schneider verloren hatte. Ich hörte da auf, wo wir mit Look-a-lot die Büros am Alexanderplatz bezogen hatten.

Sie: »Und was genau macht deine Firma?«

Ich: »Meine Mitarbeiter gehen zu den Leuten nach Hause und schauen sich deren Urlaubsbilder an.«

Karin lachte, und ich fand es bewundernswert, dass sie dafür noch Kraft und Luft hatte. Ich hatte keine mehr.

Sie: »Und dafür geben die Menschen Geld aus?«

Ich: »Ja.«

Sie: »Das wäre was für Gerhard gewesen! Ich wette, wenn der das kennen würde, wäre er sofort dabei.«

Ich schwieg, weil ich grundsätzlich nicht über meine Kunden sprach. Und in diesem speziellen Fall schon gar nicht. Außerdem war ich gar nicht in der Lage dazu.

Ich folgte Karin und sie dem Zöllnerpfad, der an dem Leuchtturm (einem Koloss aus rosa Granitstein) und dem Haus von Eiffel vorbeiführte. Das von Albert, nicht das von Gustave, wie ich gelernt hatte. Bei Gelegenheit würde ich Gerhard über seinen Irrtum aufklären. Falls ich bis dahin wieder Luft zum Sprechen übrig haben würde.

22

Hinter dem Leuchtturm führte der Weg an einer See-
notrettungsstation vorbei. Schienen kreuzten unseren
Weg, über die das Rettungsschiff ins Wasser gelassen
werden konnte. Das wäre ein schöner Anlass für eine
Pause gewesen. Wir hatten am Leuchtturm nicht ge-
rastet, an Alberts Haus nicht und erst recht nicht bei
dem kleinen Museum, das direkt gegenüber lag. Wir
gingen einfach immer weiter, und mittlerweile hatte ich
den Verdacht, Karin war unterwegs zurück nach Berlin.
Wir liefen auf dem schmalen Pfad noch eine Weile am
Meer entlang, das sich tief unter uns krachend gegen
die Felsen warf. Knöchelhohe Drähte sollten verhindern, dass man den Klippen zu nah kam. Dass das nur
so mittelgut funktionierte, verrieten die vielen Tram-
pelpfade dahinter, die bis zur Felskante führten und
dort endeten.

Ich hatte keinen Blick mehr für die atemberaubende
Landschaft. Ich war zu erschöpft, vielleicht hatte ich
mich auch einfach nur sattgesehen an Felsen und Wasser und Felsen und Wasser und Felsen und Wasser.

Ich: »Wald wäre mal schön. So ein schöner dichter
deutscher Wald …«

Das hatte ich so in Trance vor mich hin gemurmelt,
wie ein Verdurstender in der Wüste von Seen, Teichen
und Pfützen brabbelt.

Sie: »Wunderbar, der steht nämlich als Nächstes auf unserem Programm.«

Karin machte kehrt, und wir liefen denselben Weg zurück, den wir gekommen waren. Vorbei an der See-notrettung, dem Leuchtturm, der Kapelle mit dem Heiligen, dem Schlösschen des Komikers, dem Hafen, der Ebbe-Flut-Mühle. Gar nicht weit dahinter lag auch schon der Super U. Von da aus war es nicht mehr so weit bis nach Hause. Das würde ich sogar mit dem schweren Rucksack irgendwie schaffen, auch wenn ich kriechen müsste.

Ich: »Ist ja jetzt nicht mehr weit.«

Sie: »Na ja, ein bisschen müssen wir schon noch lau-fen.«

Ich: »Katzensprung.«

Im selben Augenblick bog Karin links ab, und mir war klar, dass wir unser Ziel noch lange nicht erreicht hatten.

Wir folgten einer Straße, die – wie konnte es anders sein – einen Berg hinaufführte. Nach etwa fünfhun-dert Metern bog ein schmaler Pfad in einen Wald hi-nein. Der Weg ging steil bergab, aber das freute mich nicht, weil ich ahnte, dass ich irgendwann die ge-schenkten Höhenmeter wieder würde hinaufsteigen müssen.

Der Pfad endete an einem See, an dessen Rand wir über kleine Holzbrücken stiegen, weil die Erde darun-ter nass und matschig war. Ein falscher Schritt und das

Moor würde mich verschlingen. Das versprachen mir die Frösche, die uns aus dem Wasser neugierig beäugten. So weit war es gekommen. Ich hörte Frösche sprechen, und das kann man nur, wenn man kurz vor dem völligen Zusammenbruch stand.

So wie ich.

Hinter dem See folgten wir einem kleinen Bach, der durch das enge Tal bergab Richtung Meer sprudelte. Wir begleiteten ihn in die entgegengesetzte Richtung. Bergauf.

Das Tal wurde enger, der Pfad schmaler und die Bäume höher. Es gab auch kleine Höhlen am Wegrand, und ich liebäugelte mit dem Gedanken, mich einfach dort niederzulassen und keinen Schritt mehr weiterzugehen. Ich würde als Einsiedler leben, der von der gläubigen Bevölkerung mit Lebensmitteln versorgt wird, die sie diskret vor seiner Höhle abstellt. So wie der Mann, der früher im Aquarium gelebt haben soll. Also, bevor es das Aquarium war, in dem Hugo jetzt faul in einem Wasserbecken lag und sich mit Seeigeln füttern ließ.

Ich spürte Neid.

Sie: »Das Tal heißt Traouïero. Ist es nicht wunderschön hier?«

Den Namen sprach Karin fehlerlos aus. Natürlich. Ich konnte nur schnaufend antworten und beschränkte mich daher auf kurze Wörter.

Ich: »Schon schön.«

Dabei war es wirklich hübsch hier, und wenn wir mit

dem Taxi hierher gefahren wären, hätte ich es auch genießen können. Das Tal wirkte wie eine französische Version deutscher Märchenwälder. Nur dass hier das Moos noch moosiger und das Plätschern des Baches noch plätschernder war, als ich es von den heimischen Wäldern kannte. Dort gab es auch keine so großen Felsen. Sie lagen überall und meistens im Weg. Felsen am Wasser, Felsen in den Gärten, Felsen im Wald.

Die bretonischen Felsen gingen mir gewaltig auf die Nerven. Auch weil ich es kaum über sie hinüberschaffte, Karins ausgestreckte Hand aber selbstverständlich verschmähte. Also nicht generell. Ich hätte schon gerne ihre Hand genommen, aber nicht so und nicht hier.

Ich: »Danke, geht schon.«

Sie: »Echt?«

Ich: »Klar, alles prima, alles gut.«

Dabei war gar nichts gut und überhaupt nichts prima. Ich setzte mechanisch Fuß vor Fuß und fantasierte sogar, dass statt einer Brücke ein alter Grabstein über den Bach führte. Erst, als ich mich konzentrierte und genau hinsah, bemerkte ich, dass es wirklich einer war.

Ich: »Ist das ein Grabstein?«

Sie: »Der liegt hier schon ewig. Wir sind auch gleich da.«

Ich glaubte ihr nicht, und es stimmte auch nicht. Es dauerte noch eine Stunde, bis wir den höchsten Punkt erreicht hatten. Unterwegs bat ich Karin dreimal, mich einfach zurückzulassen. Wasser gab es hier genug, und ich würde mich einfach von Beeren und Wurzeln ernähren.

Alles war besser, als weiterzulaufen.

Nur um Hugo tat es mir leid, der dann den Rest seines Lebens im Aquarium verbringen musste. Immer noch angenehmer, als in einem Kochtopf zu landen, tröstete ich mich, und ich war mir ziemlich sicher, dass Juliette ihn jeden Sonntag besuchen würde. Vielleicht konnte ihn auch ihre Tante bei sich aufnehmen.

Oder besser doch nicht.

Es gab ja bestimmt einen Grund, warum sich Josephine ins kochende Wasser gestürzt hatte.

Sie: »Wir sind da!«

Karin riss mich aus meinen Gedanken. Wir hatten einen Wasserturm erreicht, und das war ein gutes Zeichen. Wassertürme stehen immer auf den höchsten Stellen, anders macht das ja auch keinen Sinn.

Und das bedeutete, es würde nicht mehr weiter bergauf gehen. Dankbar ließ ich mich auf die Knie fallen und schaute mich um.

Wenn mich nicht alles täuschte, waren wir in Bourg gelandet. Der kleine Ort oberhalb, sehr weit oberhalb von Trégastel.

Ich: »Machen wir jetzt eine Pause?«

Sie: »An der Kirche. Sind nur noch ein paar Meter.«

Sie sprach mit mir, wie man mit Kindern spricht, wenn man sie zum Weiterlaufen überreden will. Es fehlte nur noch, dass sie mir ein Eis versprach, wenn wir unser Ziel erreicht hatten.

Sie: »An der Kirche da vorne gibt es ein kleines Café, da kriegen wir bestimmt auch ein Eis.«

Natürlich lag die Kirche nicht da vorne, sondern eher da hinten. Aber das war mir egal. Es ging bergab, und zurück würden wir uns in dem Café einfach ein Taxi rufen lassen, das uns nach Trégastel brachte.

Das klang nach einem perfekten Plan, weil ich sowieso nicht mehr laufen konnte und so endlich, endlich Taxi fahren konnte. Das hatte in Berlin nicht geklappt, in Paris nicht und in Lannion auch nicht. Es wurde höchste Zeit, das Thema endlich abzuhaken, bevor sich daraus noch ein dauerhaftes Trauma entwickelte.

Als wir die Kirche endlich erreicht hatten, wollte Karin sie unbedingt besichtigen. Ich nicht. Mir hatte schon der modrige Geruch in der kleinen Kapelle unten in Trégastel gereicht, und nach meiner Erfahrung roch es so in fast allen französischen Dorfkirchen. Meist musste man nicht lange suchen, da fand man an den Wänden Wasserflecken, Schimmelspuren und abblätternden Putz. Nein, die Landkirchen hier waren in keinem guten Zustand, und das Letzte, was ich jetzt gebrauchen konnte, war Luft, die nach Schimmel roch. Was ich brauchte, war frische Luft mit viel Sauerstoff, denn davon hatte ich in den letzten fünf Stunden viel zu wenig gehabt.

Fünf Stunden waren wir unterwegs gewesen, und ich konnte mich nicht erinnern, jemals so lang an einem Stück gelaufen zu sein. In meiner Familie lief man eher wenig, wenn man nicht musste. Meine Mutter tat das nicht, meine Schwester nicht und meine Nichte auch nicht. Aber das war mit dem dicken Bauch jetzt auch schwierig.

Ich schaute mich nach einer Bank um, auf der ich mich ausruhen konnte. Es gab aber keine, und da bereute ich, Karin nicht in die Kirche begleitet zu haben. Da gab es bestimmt Bänke und zur Not auch ein paar Beichtstühle zum Ausruhen. Ich schleppte mich auf den Friedhof, der gegenüber der Kirche lag. Da wollte ich sowieso hin, und außerdem war ich mir ziemlich sicher, dass ich mich dort irgendwo würde setzen können.
Ich fand eine Bank direkt in der Nähe des Eingangs. Von dort hatte ich einen guten Blick über das Gräberfeld. Es gab hier keine Promigräber und keine Grüfte, in denen ich verloren gehen konnte wie in Paris. Steinig, grau und trist war es auch hier. Ich saß einfach nur da, ruhte meine müden Beine aus und zählte die Fischer-Gräber, die man an den Kuttern auf den Grabsteinen erkennen konnte. Es waren viele, sehr viele, die mit ihren Schiffen untergegangen waren, und ich beglückwünschte mich zu meiner Entscheidung, auf die Sept Îles zu verzichten.

Karin ließ auf sich warten. Vielleicht gab es in der Kirche ja doch mehr zu sehen, als ich gedacht hatte. Weil ich Hunger hatte, öffnete ich den Rucksack, den ich die ganze Zeit geschleppt hatte.

Darin fand ich eine Flasche Wasser, etwas Brot, Käse, Wurst und zwei dicke, sehr dicke Bücher. Eines handelte von der Architektur der Bretagne vom Mittelalter bis heute, das andere war eine komplette Übersicht aller Menhire und Hünengräber zwischen Saint-Malo und Nantes. Unfassbar schwer waren sie beide.

Sie: »Die hat mir die Kleine aus dem Tourist Office vorhin noch vorbeigebracht.«

Karin stand hinter mir. Ich hatte sie gar nicht kommen hören, weil ich immer noch fassungslos die Wälzer anstarrte, die ich völlig sinnlos durch die Gegend geschleppt hatte.

Ich: »Juliette?«

Sie: »Sie sagte, die würden mich sicher interessieren. Das ist doch nett von ihr, oder?«

Ich: »Ja, sehr nett.«

Sie: »Es war übrigens auch ihre Idee, unsere kleine Wanderung um den kleinen Ausflug durch das Vallée des Traouïero ein bisschen zu verlängern.«

Ich nickte nur und zählte eins und eins zusammen.

Das war Juliettes Rache für …

Wofür eigentlich?

Eigentlich konnte es ihr doch egal sein, was ich mit Karin unternahm.

Zum Beispiel romantisch nebeneinander auf einer Friedhofsbank zu sitzen. Manchmal berührten sich unsere Hände, wenn wir zur gleichen Zeit nach der Wasserflasche oder dem Käse griffen. Ich erwartete jedes Mal einen Schlag, wie beim Griff an den Elektrozaun einer Kuhweide. Aber ehrlich gesagt, fühlte ich gar nichts. Aber das war normal, meine Beine spürte ich vor Erschöpfung ja auch nicht. Ich war einfach zu müde für romantische Gefühle.

Ich: »Zurück können wir uns ja ein Taxi rufen, dann sind wir ruckzuck in Trégastel.«

Sie: »Das lohnt sich doch gar nicht. Die paar Meter schaffen wir auch noch, wäre doch gelacht. Das Geld sparen wir lieber ...«

Da war sie. Karins schwäbische Sozialisierung schlug durch. Ausgerechnet jetzt. Dabei wollte sie doch so gerne eine Pariserin sein. Die hätte sich sofort ein Taxi gerufen. Die hätte auch keine Trekkingklamotten getragen und sich im Café ein Eis gegönnt.

Wir sparten uns die drei Kugeln im Becher, weil Eis in Frankreich unfassbar teuer ist. Keine Ahnung, warum. Die Zutaten sind dieselben wie bei uns, und trotzdem kostet ein Eisbecher locker das Dreifache. Eher mehr.

Sie: »Man müsste Vanilleeis günstig in Deutschland kaufen und dann teuer hier in Frankreich verkaufen. Die Gewinnmarge wäre riesig.«

Ich: »Wird aber leider von den Kosten für die Kühlwagen wieder aufgefressen.«

Das wusste ich, weil ich das selbst schon durchgerechnet hatte. Damals, nach dem Telefonat mit Schneider, als ich nach neuen Verdienstmöglichkeiten suchte.

Irgendwie schaffte ich es dann später wieder hinunter nach Trégastel, humpelnd, mit drei dicken Blutblasen an den Füßen und zwei dicken Bildbänden auf dem Rücken. Wir liefen an Claudes Laden vorbei, an Jacques' Bar, dem Kreisverkehr, machten einen Bogen um das Tourist Office, wanderten an der Bucht entlang, bis wir das Aquarium erreicht hatten. Dort standen wir eine Weile. Schweigend.

Karin immer noch topfit, ich total erledigt. Die letzten Kilometer war ich wie in Trance gelaufen, hatte einen Fuß vor den andern gesetzt. Ohne zu denken.

Sie: »Ich komme nicht mit rein, ich war zu oft mit den Kindern dort. Ich kenne da praktisch schon alle Fische persönlich mit Namen.«

Ich sagte nichts. Ich stützte meine Hände auf die Knie und atmete schwer.

Sie: »Das war schön.«

Ich: »Was?«

Sie: »Die Wanderung.«

Ich: »Sehr schön.«

Sie: »Wir könnten heute Abend noch etwas essen gehen, wenn du magst?«

Eigentlich hatte ich die Frage stellen wollen, aber Karin war mir zuvorgekommen. Das war ein gutes Zeichen. Nicht so gut war, dass ich völlig erledigt war und auch kein Geld mehr hatte, um sie angemessen ausführen zu können. So mit allem Pipapo, nur ohne Hummer.

Klar.

Mein Budget reichte höchstens für zwei Crêpes, und ich hasste Crêpes.

Ich: »Sehr gerne, eigentlich. Aber ich bin nicht sicher, ob ich noch mal rauskomme, wenn ich mich hingelegt habe. Ich bin ein bisschen müde.«

Sie: »Dann komme ich einfach bei dir vorbei und bring was zu essen und zu trinken mit. Das ist doch sowieso viel netter. Um acht?«

Ich nickte nur und reichte ihr ihren Rucksack.

Sie: »Dann bis heute Abend, ich freu mich.«

Dabei warf sie mir einen Blick zu, wie ich ihn lange nicht gesehen hatte. Das letzte Mal in Venedig. Sandra hatte ihren Gondoliere so angeschaut, kurz bevor sie mit ihm auf seiner Gondel über den Canal Grande verschwunden war.

Und dann – sie war schon fast hinter der nächsten Ecke verschwunden – fiel mir noch etwas ein. Etwas Wichtiges.

Ich: »Warte! Du weißt doch gar nicht, wo ich wohne.«

Sie: »Klar weiß ich das.«

Karin lächelte vielsagend oder vielversprechend, so genau war das nicht zu unterscheiden.

Ich: »Woher denn?«

Karin: »Die Kleine aus dem Tourist Office, diese Julia ...«

Ich: »Juliette.«

Karin: »... hat es mir verraten. Als sie mir die Bücher gebracht hat. Wir sehen uns dann später, ich freu mich.«

Ich: »Ich auch.«

Das murmelte ich leise vor mich hin, weil ich mich

wunderte. Warum hatte Juliette Karin meine Adresse verraten? Das passte irgendwie alles nicht zusammen, aber ich war zu müde, um darüber nachzudenken. Ich wollte jetzt nur nach Hause, zusammen mit Hugo.

Ich musste eine Eintrittskarte kaufen, um ins Aquarium zu kommen. Anders ließ man mich nicht rein, obwohl ich nur Hugo abholen wollte und mich die anderen Meerestiere in ihren Becken gar nicht interessierten. Neben der Kasse gab es Plüschfische und Stoffhummer zu kaufen, aber auch die interessierten mich nicht. Wozu brauchte ich einen Plüschhummer, wo ich doch einen echten besaß, der bestimmt schon sehnsüchtig auf mich wartete? Ich fühlte mich wie ein Vater, der sich beim Abholen seines Sohnes aus dem Kindergarten verspätet. Vor meinen Augen erschien das Bild eines Kindes, das heulend vor der Tür seiner Kita sitzt, weil die Erzieherinnen schon Feierabend gemacht hatten, sein Papa aber noch nicht gekommen war. Ich lief an den Becken am Eingang vorbei und dann eine Treppe rauf, was mir schwerfiel. Meine Beine gehorchten mir nicht mehr, allein die Sehnsucht nach Hugo trieb mich dort hoch. Wie ich schon in den Prospekten gesehen hatte, befinden sich die meisten der Aquarien innerhalb der alten Einsiedlerhöhle. Darin leben nur Fische, die es hier auch vor der Küste im Meer gibt. Die meisten findet man auch auf den Tellern der Restaurants, und passende Rezepte neben den Aquarien hätte ich hilfreich gefunden. Man ist ja oft ein wenig hilflos, was

man mit den Tieren machen soll, die man beim Fischhändler gekauft hat. So wäre ein Besuch im Aquarium
auch kulinarisch lehrreich und erkenntnisfördernd. Ich
hielt Ausschau nach Hugo, konnte ihn aber zwischen
den vielen Fischen nirgendwo entdecken.

Plötzlich klopfte irgendwer hinter meinem Rücken ans
Glas. Als ich mich umdrehte, hatte sich Hugo auf seine
Hinterfüße gestellt und streckte mir seine Scheren entgegen. Erneut sah ich den kleinen Jungen vor mir, der
in der Kita auf seinen Vater wartete. Und tatsächlich
glaubte ich, in seinen schwarzen Knopfaugen neben
großer Erleichterung auch einen leichten Vorwurf erkennen zu können.

Es dauerte dann noch eine Weile, bis ich ihn mit nach
Hause nehmen konnte. Die Mitarbeiter in ihren kniehohen grünen Gummistiefeln wollten mir Hugo nicht
ausliefern. So als wenn hier ständig Touristen behaupten würden, die Seezunge in einem der Becken würde
ihnen gehören. Erst, als ich sie bat, Juliette anzurufen
und sie ihnen am Telefon versicherte, dass ich nur ein
emotionales, aber kein kulinarisches Interesse an Hugo
hatte, erhielt ich ihn zurück. Schließlich gehörte er mir,
ich hatte ihn gekauft, und irgendwo musste in meinem
Portemonnaie auch noch eine Quittung sein. Vielleicht
aber auch nicht, weil ich Madame Viviers Laden damals
so überstürzt verlassen hatte.

Ich schnappte mir Hugo und schleppte mich die Treppen hoch in meine Wohnung. Ein paar Stunden hatte

ich noch Zeit, bevor Karin hier auftauchen würde, und die brauchte ich, um wieder zu Kräften zu kommen. Ich legte Hugo in seine Wanne und mich ins Bett. Sofort schlief ich ein. Tief und traumlos.

23

Als ich aufwachte, war es schon fast sieben. Meine Beine taten immer noch weh, trotzdem zwang ich mich aufzustehen. Hugo war diesmal nicht in mein Bett geklettert, wahrscheinlich schmollte er. Ich holte ein paar von den Seeigeln, die ich beim *Pêche à pied* gesammelt hatte, aus dem Kühlschrank und warf sie in die Wanne. An guten Tagen schnappte sich Hugo die stacheligen Kugeln mit seiner Greifschere direkt aus der Luft. Heute ließ er sie einfach neben sich auf den Wannenboden sinken. Entweder hatte man ihn im Aquarium ordentlich gefüttert, oder er war tatsächlich immer noch sauer auf mich.
Ich tippte auf Letzteres.

Ich ging ans Fenster und schaute hinaus auf den Platz. Über dem Meer hingen dunkle, schwere Wolken. Es würde Sturm geben, das war sicher. Ich hatte in Trégastel noch keinen erlebt, zumindest keinen von den schlimmen. Die kamen erst im Herbst, aber es gab

Fotos, gerne dramatisch in Schwarz-Weiß, die in den Schaufenstern der Läden oder in den Crêperien hingen. Darin warfen sich die Wellen haushoch ans Land, als wollten sie es für alle Zeiten verschlingen und nie wieder herausrücken. So eine Art von Sturm schien sich dort draußen auch anzukündigen, und ich war froh, dass ich heute nicht mehr rausmusste. Die meisten Touristen schienen dasselbe zu denken. Der Platz unter meinem Balkon war wie leer gefegt, und nur die Dorfjugend nutzte die Gelegenheit, um dort bis zum Beginn des Unwetters ungestört herumzuskaten. Die kannten solche Stürme seit ihrer Geburt. Vielleicht lag sogar einer ihrer Großväter oben auf dem Friedhof in Bourg, weil er in einem solchen Unwetter mit seinem Boot untergegangen war. Ich wünschte den Jungen und Mädchen mehr Glück und schloss die Fensterläden.

Es war höchste Zeit, alles ein bisschen feierlich herzurichten. Vielleicht sollte ich auch das Bett neu beziehen. Das hatte ich seit meiner Ankunft nicht getan, und heute war der perfekte Anlass dafür. In einem Schrank fand ich frische Laken. Leider keine einfarbigen, sondern nur bedruckte. Auf den meisten waren Meerestiere, auch Hummer konnte ich erkennen. Egal, ich hatte keine Wahl und machte mich an die Arbeit.

Danach war die Tischdeko dran. Es war ein sehr kleiner Tisch, und trotzdem wollte ich ihn so romantisch wie möglich decken. Doch in den Geschirrschränken waren keine zwei zueinander passende Teller und Gläser zu finden, aber das ist in Ferienwohnungen ja oft so, dass die Besitzer zerbrochenes Geschirr einfach durch altes Zeug von zu Hause ersetzen. Es war wie in einer Studenten-WG, ein buntes Sammelsurium von Formen, Farben und Materialien.

Bisher hatte mich das nicht gestört.

Jetzt schon.

Ich entschied mich für einen roten und einen blauen Teller, zwei Weingläser unterschiedlicher Höhe und die wenigen Besteckteile aus der Schublade, die nicht aus Blech waren. Als Tischdecke benutzte ich eine der rosa Decken, die ich zusammen mit dem anderen Zeug am ersten Tag in der kleinen Kammer neben der Eingangstür entsorgt hatte. Kurz überlegte ich, ein paar der Seeigel als maritime Dekoration auf den Tisch zu legen. Ließ es dann aber doch lieber sein, weil sie schon angefangen hatten zu riechen und Hugo das bestimmt auch nicht gefallen hätte.

Danach suchte ich nach einer Kerze. Ohne Kerze keine Romantik, das hatte ich von Sandra gelernt. Es gab aber nur einen runtergebrannten weißen Stumpen, und erst, als ich ihn angezündet hatte, bemerkte ich, dass es eine Duftkerze war. Noch bevor ich sie ausblasen konnte, stank das ganze Zimmer nach Vanille. Ich probierte ein paar Lichtoptionen aus. Am besten wirkte es, wenn ich alle Lampen ausschaltete. Dann sah man das Durcheinander auf dem Tisch nicht. Ich knipste die Schalter wieder an, weil es zum Essen zu dunkel war und ich Karin ja auch sehen wollte.

Das Licht konnten wir später immer noch löschen.

Ich verbrannte mir die Finger, als ich ein paar Glühbirnen aus der Fassung schraubte, um das Licht wenigstens ein wenig zu dimmen. Der Schmerz war es wert. Danach war es nicht mehr ganz so grell, sogar ein klein wenig schummrig, fast sogar romantisch, und zur Not hatte ich immer noch die Vanillekerze. Die würde auch den Geruch der Seeigel übertönen, falls ich mich in letzter Sekunde doch noch für ein wenig Deko entscheiden würde. Ich betrachtete mein Werk und war – ehrlich gesagt – zufrieden. Aus dem wenigen, was die Wohnung hergab, hatte ich das Beste rausgeholt.

Hugo kam neugierig um die Ecke gekrabbelt, um zu sehen, was ich da trieb. Ich hob ihn hoch und brachte ihn zurück ins Bad. Dort ließ ich frisches Wasser ein und setzte ihn in seine Wanne.

Ich: »Du bleibst da, verstanden?! Ich will heute Abend keinen Mucks mehr von dir hören.«

Hugo drehte mir beleidigt den Schwanz zu und schlug wütend mit seinen Scheren aufs Wasser. So kräftig, dass ich nass wurde. Aber das war mir egal. Ich musste mich sowieso noch umziehen, und Hauptsache, er gab den Abend über Ruhe.

Und die Nacht auch.

Ich: »Und du kommst später auch nicht in mein Bett. Versprochen?!«

Hugo schaute mich neugierig an, als wollte er mehr erfahren.

Ich: »Da ist belegt.«

Mehr verriet ich nicht, verließ das Badezimmer und schloss hinter mir ab.

Sicher war sicher.

Eigentlich hatte ich geplant, noch kurz unter die Dusche zu springen, bevor Karin kam. Aber noch mal ins Badezimmer zu Hugo wollte ich nicht, und mein Deo war leider auch dort drinnen. Ich zündete die Duftkerze wieder an, was blieb mir übrig, und zog mich um. Die anderen Sachen aus meinem Koffer waren alle dreckig. Ich hatte es noch nicht wieder zur Tankstelle geschafft. Zweimal war ich auf dem Weg dorthin bei Jacques hängen geblieben und mit meiner dreckigen Wäsche wieder nach Hause zurückgekehrt.

Also griff ich auf die Sachen von Claude zurück. Gestreifte Hose, gestreifter Pullover und auch darunter alles gestreift. Ich schaute in den Spiegel: Prompt wurde mir wieder schwindelig, und ich nahm einen Schluck Calvados.

Auch, um meine Nerven zu beruhigen.

Ich setzte mich an den gedeckten Tisch und wartete. Draußen tobte bereits der Sturm und ließ die geschlossenen Läden klappern. Drinnen war es warm und gemütlich, und ich musste dagegen ankämpfen, nicht einzuschlafen. Ich war noch immer erschöpft von unserer heutigen Bretagne-Durchquerung, und nur das

Tosen des Windes und die krachenden Wellen hielten mich wach.

Es wurde acht.

Es wurde Viertel nach acht.

Es wurde halb neun.

Frauen kommen immer zu spät und schwäbische Pariserinnen sowieso, versuchte ich, mich zu beruhigen.

Aber vielleicht hatte sie mich auch versetzt?

Vielleicht war das für sie alles nur ein riesengroßer Spaß gewesen?

Eine demütigende Vorstellung.

Einerseits. Andererseits war ich erleichtert. Was, wenn ich aus lauter Erschöpfung während unseres Essens mit dem Gesicht auf den Teller gesunken wäre?

Vielleicht war heute einfach kein guter Tag für ein romantisches Rendezvous. Morgen würde es besser passen, da wäre ich wieder fit. Oder noch besser übermorgen, um ganz auf Nummer sicher zu gehen.

Ich beschloss, aus dem Fenster nach ihr zu schauen und – falls ich sie nicht auf der Straße sah – die Badezimmertür wieder aufzuschließen und ins Bett zu gehen.

Mittlerweile hoffte ich das sogar.

Ein wenig.

Ich musste mich gegen die Läden stemmen, um sie aufzukriegen, so sehr drückte der Sturm von außen dagegen. Als es mir endlich gelungen war, blies mir der Wind den Regen ins Gesicht. Die Skater waren verschwunden, die Restaurants geschlossen, aber die

Wellen gigantisch. Mit einem rollenden R brachen sie sich am menschenleeren Strand und an den Felsen. Niemand ging bei diesem Wetter aus dem Haus, und doch huschte eine Person über den Platz und kämpfte mit ihrem Regenschirm. In der Hand hielt sie eine mit Alufolie verpackte Etagere, und über ihrer Schulter hing eine schwere Tasche.

Es war Karin.

Ich: »Hallo, hier oben!«

Ich musste brüllen, um den Wind zu übertönen, und es dauerte, bis Karin mich hörte und zu mir hochsah.

Sie: »Ach, da bist du! Ich suche schon die ganze Zeit nach deiner Adresse. Die Hausnummer war falsch. Ich glaube, die Kleine aus dem Tourist Office hat sich vertan.«

Das glaubte ich eher nicht.

Karin war völlig durchnässt, und ihr weißes Kleid fast durchsichtig, als sie vor mir stand. Doch anders als damals im Meer waren ihre Brustwarzen diesmal nicht das Einzige, was sich aufrichtete. Ich hatte keine Ahnung, wo ich hinschauen sollte, und drehte mich schnell weg, um trockene Sachen für sie zu holen. Dabei fiel mein Blick auf die Wand, wo immer noch Karins Blitzerfoto hing. Im Vorbeigehen riss ich es ab und stopfte es in meine Hosentasche.

Ich gab ihr ein paar meiner gestreiften Sachen und schaute aus dem Fenster, als sie sich hinter meinem Rücken umzog. Draußen tobte immer noch der Sturm.

Die Segelboote wurden von den Wellen unter Wasser gedrückt. Manche tauchten danach wieder auf. Andere nicht.

Es sah nicht so aus, als ob sich der Wind dort bald legen würde. Uns stand eine stürmische Nacht bevor, und das nahm ich als ein gutes Omen.

Ich: »Darf ich mich umdrehen?«

Sie: »Hättest du auch vorher schon gedurft.«

Ich wandte mich um, und da stand sie, gestreift von oben bis unten. Genau wie ich. Wir mussten beide lachen.

Sie: »Können wir bitte die Kerze ausmachen? Die stinkt ja entsetzlich.«

Dann zeigte sie auf den gedeckten Tisch, auf den ich so stolz gewesen war.

Sie: »Und das da kann auch alles weg.«

Ich: »Aber wovon sollen wir denn dann essen?«

Sie: »Ich kenne die Ferienwohnungen hier in der Bretagne und hatte so etwas Ähnliches schon befürchtet. Ich habe Ersatz dabei.«

Karin pustete die Kerze aus, packte die Tischdecke an ihren vier Ecken und hob sie mit einem Ruck hoch. Ich hörte ein paar Teller und Gläser zu Bruch gehen, aber das schien sie überhaupt nicht zu stören. Mir imponierte das, und es war ja auch nichts dabei, um das es schade gewesen wäre.

Sie: »Wo kann ich das hintun?«

Ich überlegte, das Tuch mit seinem ganzen Inhalt einfach zum Fenster rauszuwerfen. Das hätte Karin bestimmt beeindruckt. Aber das traute ich mich nicht, auch wenn bei dem Sturm niemand mehr auf der Straße war, den ich damit hätte treffen können. Stattdessen nahm ich ihr die Tischdecke ab, öffnete die Wohnungstür und legte alles im Hausflur ab, weil im Appartement so wenig Platz war.

Der Tisch stand direkt neben dem Bett, was mir ein wenig peinlich war. Karin nicht. Sie hatte nur »Wie praktisch« geflüstert und dabei wieder gelächelt.
So wie Sandra damals, bevor sie …
Egal.
Karin hatte mittlerweile angefangen, ihre große Tasche auszupacken, und sie hatte wirklich an alles gedacht: eine weiße Tischdecke, silberner Kerzenständer, rote Kerzen (ohne Vanilleduft), weißes Geschirr, Kristallgläser, Stoffservietten, schweres Besteck.
Ich: »Das sieht wunderschön aus.«
Das sagte ich nur, um überhaupt etwas zu sagen. Sie ließ mich nicht helfen, sondern bestand darauf, den Tisch ganz allein herzurichten. Am Ende holte sie noch ein Baguette, gesalzene Butter und eine gekühlte Flasche Champagner aus ihrer Tasche. Es war eine sehr große Tasche. Dann zeigte sie auf mich.
Sie: »Packst du das bitte mal aus?«
Ich: »Jetzt schon? Ich dachte, wir essen erst mal was.«
Mir ging das alles ein bisschen schnell, auch wenn ich schon bemerkt hatte, dass Karin eine Frau war, die wusste, was sie wollte, und nicht lang fackelte.

Sie: »Ich meinte unser Abendessen, das hinter dir steht.«

Dabei grinste sie wieder, und ich wurde knallrot, was sie nur noch mehr grinsen ließ.

Ich stellte die Etagere vorsichtig auf dem Tisch ab und entfernte die Verpackung. Darunter versteckte sich eine Meeresfrüchteplatte, wie ich sie schon in den Restaurants am Hafen gesehen hatte. Ich hatte mich nie getraut, eine zu bestellen, weil ich keine Ahnung hatte, wie und womit man das alles halbwegs ordentlich und ansehnlich aß.

Auf Eis lagen Crevetten, Garnelen, Venusmuscheln, Austern, ein halber Taschenkrebs sowie kleine und große Schnecken. Es fehlte nur noch Hummer, aber den hatte Karin weggelassen. Wahrscheinlich aus Rücksicht auf Hugo.

Sie: »Wo ist dein Hummer eigentlich?«

Ich: »In seiner Wanne. Ich mag es nicht, wenn er am Tisch bettelt.«

Karin lachte, und das war schon mal ein guter Anfang. Sie lachte viel an dem Abend. Vor allem über mich, wenn ich versuchte, mit den verschiedenen Gabeln und Spießen das Innere der Schalentiere zu erreichen. Manchmal stellte ich mich extra dumm, weil ich gar nicht die Absicht hatte, all das glibberige Zeug zu essen, das sich in den Schneckenhäusern verbarg. Die harten Schalen waren ja nicht umsonst da, sondern ein klares Zeichen der Natur, dass man besser die Finger davon lassen sollte.

Karin kannte keine Hemmungen. Sie aß von allem mindestens doppelt so viel wie ich, und am Ende waren nur noch die Austern übrig.

Sie: »Das Beste zum Schluss.«

Karin reichte mir das Austernmesser. Ich hatte keine Ahnung, was ich damit tun sollte. Ungeschickt stocherte ich an der Schale herum, suchte einen Punkt, an dem ich das Messer ansetzen konnte, fand ihn aber nicht.

Karin: »Gerhard konnte das auch nicht.«

Ich: »Gleich habe ich es. Ich muss sie nur müde machen.«

Die Auster wurde aber nicht müde, sondern klammerte sich verzweifelt von innen an ihre Schalen, die ich keinen Millimeter weit aufbekam. Es war ein Kampf Mann gegen Auster, der über zehn Runden ging.

Mindestens.

Ich schwitzte vor Anstrengung und Nervosität, weil Karin mit ihrem Glas in der Hand jede meiner Bewegungen beobachtete. Vom Öffnen dieser Auster hing mehr ab als nur die Öffnung dieser Auster.

Viel mehr.

Ich: »Aua!«

Ich war mit dem Messer abgerutscht und hatte mich in den Finger geschnitten. Es blutete. Stark. Na ja, ein bisschen. Karin stand auf und kam zu mir.

Sie: »Du Ärmster, lass mal sehen.«

Sie griff nach meiner Hand, besah sich die Wunde und nahm meinen verletzten Finger in den Mund.

Das hatte schon was von französischem Kino. Als sie meinen Finger eine Ewigkeit später wieder freigab, griff sie wortlos nach der Auster und dem Messer. Mit zwei geschickten Handbewegungen hatte sie die Muschel geöffnet. Das Meerwasser schwappte über die Schale und tropfte auf mein Bretonenshirt. Egal, das hatte sowieso schon Blut abbekommen. Das Ganze fühlte sich ein bisschen dreckig und ziemlich verrucht an.

Also eigentlich ganz gut.

Sie: »Du weißt, was man über Austern sagt?«

Ich: »Äh, nein.«

Sie: »Man sagt, die wirken wie ein Aphrodisiakum. Aphrodite, die Göttin der Liebe, ist ja nicht umsonst einer Muschel entstiegen. Casanova soll fünfzig Austern gegessen haben. Täglich.«

Ich: »Oh, das wusste ich nicht.«

Sie: »Ist auch nicht wichtig. Viel wichtiger ist …«

Karin hob die Auster an ihren Mund und schlürfte sie aus. Dann beugte sie sich zu mir herunter. Sie küsste mich und schob mir dabei ihre Zunge zwischen die Zähne. Langsam ließ sie das glibberige Austernfleisch von ihrem in meinen Mund gleiten. Ich erschrak so sehr, dass ich mich verschluckte. Die Auster schmeckte genauso wie die Wellen, die mir im Meer in den Mund geschwappt waren: salzig, wässrig mit einem Hauch Grünalge im Abgang. Karin zog ihren Kopf wieder zurück, nahm meine Hand, die unverletzte, und führte mich zu meinem Bett.

Doch obwohl es nur ein kurzer, ein sehr kurzer Weg war, kamen wir nie dort an.

Nicht, weil wir schon auf dem Weg dorthin übereinander herfielen. Sondern weil …

Ich: »Entschuldige!«

Ich rannte Richtung Bad, schloss schnell die Tür auf und erreichte gerade noch rechtzeitig das Klo. Dort blieb ich die nächsten Stunden. Den Kopf über der Schüssel. Offenbar litt ich an einer Austernallergie, die ich nie bemerkt hatte, weil ich zuvor nie eine gegessen hatte. Hugo schaute mir besorgt zu, vielleicht spekulierte er auch nur auf einen Nachtisch.

Sie (draußen vor der Tür): »Alles gut bei dir?«

Ich: »Ja, ja, alles gut.«

Das war gelogen. Nichts war gut. Ich hatte mich noch nie so elend gefühlt. Ausgerechnet jetzt.

Karin blieb noch eine Weile vor der Tür stehen und erkundigte sich in regelmäßigen Abständen, wie es mir ging. Ich blieb bei meiner Lüge, rief »alles bestens, geht gleich wieder« und übergab mich erneut.

Irgendwann hörte ich das Klappern von Tellern und Besteck, dann klopfte Karin erneut an die Badezimmertür.

Sie: »Ich glaube, es ist besser, ich gehe dann mal. Alles Gute dir und danke für den schönen Abend.«

Ich wollte etwas erwidern, sie bitten zu bleiben, aber als ich den Mund aufmachte …

Keine Details.

Irgendwann in der Nacht konnte ich es wagen, mich ein wenig von der Kloschüssel zu entfernen, ohne eine Katastrophe befürchten zu müssen.

Karin hatte ihre Sachen mitgenommen und sich wieder umgezogen. Die gestreiften Kleidungsstücke lagen ordentlich gefaltet auf dem Tisch. Ich nahm sie hoch und roch an ihnen. Karins Parfüm hing noch im Stoff und schaffte es sogar, meinen miesen Atem und den Vanillegestank der Duftkerze zu übertönen. Erst jetzt bemerkte ich, was neben dem Bretonenpulli auf dem Tisch lag. Es war ihr zerknittertes Blitzerfoto. Ich musste es aus der Tasche verloren haben, als ich aufs Klo geflüchtet war. Daneben lag eine beschriebene Serviette unter einer leeren Austernschale. Auf dem Blatt war ein riesiges Fragezeichen. Darunter hatte sie geschrieben:

Ich könnte sowieso nicht mit jemand zusammen sein, der keine Austern verträgt. Adieu.

Ich setzte mich mit Hugo ans Fenster und schaute der Sonne beim Aufgehen zu. Die frische Luft tat mir gut. Der Sturm hatte sich gelegt, aber die Bäume, Markisen und Sonnenschirme zerzaust zurückgelassen. Auch ich fühlte mich zerzaust.

Hugo zwickte mich sanft mit seiner Knackschere in die Seite, mit der anderen zeigte er aufs Meer.

Ich: »Du willst zurück?«

Hugo nickte.

Ich: »Dann verlasst mich nur alle, mir doch egal.«

Das war ein bisschen Mimimi. Ein bisschen sehr sogar. Aber ich war in der Stimmung für ein gewaltiges Mimimi.

Dabei wusste ich, dass Hugo recht hatte. So wie ich schon nach dem ersten Treffen mit Karin gewusst hatte, dass sie trotz ihrer schwäbischen Herkunft drei Ligen über mir spielte.

Aber das taten die meisten Frauen.

Es wurde Zeit, Hugo freizulassen, bevor auch er sich aus Heimweh in einen Topf mit kochendem Wasser stürzte. Genau wie Josephine. Er gehörte mir nicht, so wie Karin mir niemals gehören würde. Es war aus und vorbei, und immerhin hatte ich aus der ganzen Sache eines gelernt: *Pas d'huîtres pour moi.*

24

Ich brauchte dringend etwas zu trinken. Aber Karin hatte nicht nur ihre Sachen, sondern auch meinen Calvados mitgenommen. Wahrscheinlich als Entschädigung für den enttäuschenden Abend, und da konnte ich überhaupt nicht meckern. Ich brachte Hugo zurück in seine Wanne, warf die letzten Seeigel hinein und strich ihm über den Panzer.

Ich: »Nachher. Versprochen.«

Dann zog ich mich an, klebte ein Pflaster auf meine Stichwunde und schleppte mich am Aquarium und an der Bucht vorbei zu Jacques.

Als ich die Bar betrat, saß Claude an der Theke und grüßte. Neben ihm hockte Gerhard. Direkt unter dem Schild »*à vendre*«, das Jacques bislang vergeblich an die Scheibe geklebt hatte. Gerhard war allein. Die Kleinen schliefen sicher noch, und Julchen war auf dem Weg ans Mittelmeer, zu ihren Freunden Tommi und Carla. Vor ihm auf der Theke stand eine Tasse Kaffee, kein Milchshake. Jacques hatte offenbar immer noch Mitleid mit ihm. Auch er grüßte mich hinter der Bar und sah irgendwie verlegen aus. Ich hatte das Gefühl, dass die drei gerade über mich geredet hatten. In welcher Sprache auch immer. Gerhard grüßte nicht, er sprang von seinem Hocker und brüllte mich an.

Er: »Sie sind gar kein Bretone, Sie sind nicht mal Franzose!«

Ich schaute Jacques und Claude an, die entschuldigend die Schultern hochzogen. Offensichtlich hatten sie wirklich über mich gesprochen.

Ich: »Das habe ich ja auch nie behauptet!«

Er: »Und jetzt spannen Sie mir meine Frau aus!«

Gerhard griff sich zwei der Baguettes, die in einem Korb bei Jacques hinter der Theke lagen. Eines davon warf er mir zu, mit dem anderen stürmte er auf mich zu und brüllte laut: »*En garde*«.

Ich erwähnte bereits, dass Jacques' Baguettes nicht die frischesten waren. Wir duellierten uns mit den harten Brotstangen wie echte Ehrenmänner. Es ging hin und her und erinnerte an diese alten Mantel-und-Degen-Filme. Und wenn es in Jacques' Bar eine Treppe gegeben hätte, hätten wir uns raufgekämpft, wären von der Empore zum Kronleuchter gesprungen und am Ende auf dem Tresen gelandet.

Wie früher Errol Flynn und später Johnny Depp.

Jacques und Claude schauten uns gespannt zu. Keiner von beiden hielt uns auf, während Gerhard mit seinem Baguette auf mich einschlug und ich mich, so gut es ging, verteidigte.

Warum hätten sie uns auch stoppen sollen?

Ich würde mir so ein Spektakel auch nicht entgehen lassen, und ich glaube, heimlich schlossen die beiden Wetten auf den Sieger ab.

Es gab aber keinen.

Als wir aus den Baguettes Semmelbrösel gemacht hatten, ließen wir uns erschöpft auf die Stühle sinken, und ich orderte für uns beide zwei Calvados. Jacques brachte uns meine Bestellung und klopfte uns anerkennend auf die Schulter. Streit aus Liebe und Leidenschaft, darauf stehen die Franzosen. Als er wieder weg war, legte mir Gerhard einen Arm um die Schulter.

Er: »Ihre Freunde haben Sie nicht verraten.«

Ich: »Wer?«

Er: »Jacques und Claude. Sie waren es nicht, die mir gesagt haben, dass Sie gar kein Bretone sind.«

Ich: »Wer dann?«

Er: »Karin.«

Ich: »Wo ist sie?«

Er: »Weg. Mit Pierre nach Paris.«

Ich: »Wer ist Pierre?«

Er: »Der Sohn eines Austernfischers. Er hat eine Jacht, mit der schippert er Leute an der Küste entlang.«

Ich: »So etwas Ähnliches wie ein Gondoliere?«

Gerhard dachte einen Moment nach: »Ich denke schon.«

Mein Schicksal.

Er: »Der Sturm hat ihn gestern gezwungen, mit seinem Schiff hier den Hafen anzulaufen. Die beiden sind sich in der Nacht begegnet, als sie von Ihnen kam.«

Ich: »Da ist nichts passiert!«

Er: »Weiß ich, sie hat es mir erzählt.«

Ich: »Ihnen?«

Er: »Karin ist heute Morgen noch bei mir vorbei, bevor sie losgesegelt sind. Wegen der Kinder.«

Ich: »Wieso gehen Sie dann auf mich los?«

Er: »Du. Du kannst du zu mir sagen. Gerhard.«

Ich: »Frank.«

Wir stießen mit dem Calvados an, und ich schüttelte mich, weil der erste immer ein wenig im Hals brennt.

Ich: »Warum prügelst DU dann mit dem Baguette auf mich ein?«

Er: »Weil Pierre unerreichbar weit draußen auf dem Meer ist. Tut mir leid, Frank.«

Wir tranken unseren zweiten Calvados, und ich bestellte vier neue. Für Jacques und Claude gleich mit. Die beiden hatten das Interesse an uns verloren und quatschten über … keine Ahnung, worüber.

Ich: »Musst du dich nicht um deine Kinder kümmern?«

Er: »Julchen ist in Cannes, und die Kleinen schlafen noch.«

Ich: »Dachte ich mir.«

Jacques servierte Calvados, wir prosteten uns zu und tranken. Der dritte brannte schon nicht mehr ganz so schlimm, also bestellte ich gleich Nachschub.

Er: »Seien Sie froh.«

Ich: »Bin ich auch. Echt.«

Er: »Sie wollte immer für eine echte Pariserin gehalten werden. Wegen der Eleganz und so.«

Ich: »So elegant ist sie gar nicht. Für mich sah sie immer aus, als käme sie aus Stuttgart.«

Er: »Schlimmer, Vaihingen.«

Ich bestellte beim Wirt noch zwei Calvados, für jeden von uns.

Er: »Ich hasse die Bretagne.«

Ich: »Wer nicht?!«

Er: »Überall liegen Felsen im Weg rum. Am schlimmsten aber sind die Austern. Ich habe eine Allergie gegen die Dinger. Es gibt nur eines, was noch schlimmer ist.«

Ich: »Der Regen?«

Er: »Der auch, aber ich meinte diese schrecklichen Crêpes. Wie soll man davon satt werden?«

Ich: »Weißt du was? Man sollte hier in Trégastel ein richtig schönes Pfannkuchenhaus aufmachen.«

Er: »Das ist eine geniale Idee! Warum hat da vorher noch keiner dran gedacht?!«

Ich: »Keine Ahnung, aber das ist sogar noch besser als look-a-lot. Eine Runde Calvados für alle!«

Zwischen dem neunten und zehnten beichtete ich ihm alles. Aber Gerhard erinnerte sich nur noch vage an meinen Besuch in der Villa, und Karins zerknittertes Blitzerfoto wollte er auch nicht zurück. Das Thema Karin war für uns beide durch, und genau das war es, was uns zwei verband.

Irgendwann standen wir auf und sangen laut die Marseillaise. Auch Jacques und Claude stimmten mit ein. Draußen blieben die Passanten stehen und legten ihre rechte Hand aufs Herz. Zumindest die Franzosen. Nie wurde die Marseillaise lauter geschmettert als hier in dem kleinen Café, das zum Verkauf stand. Nicht mal in Casablanca. Ich war Rick und Gerhard Captain Renault, und das war der Beginn einer wunderbaren Freundschaft.

Dann musste Gerhard nach Hause, die Handyzeiten der Kinder überprüfen, und ich hatte auch noch zu tun. Schließlich hatte ich Hugo ein Versprechen gegeben.

Es war weder Ebbe noch Flut, irgendetwas dazwischen, und ich konnte unmöglich erkennen, ob das Wasser gerade kam oder schon wieder ging. Ich zog

Hose und Schuhe aus, dann watete ich mit Hugos Tasche in der Hand durch das kniehohe Wasser und kletterte auf eine der Felsinseln. Dort suchte ich mir einen bequemen Stein und setzte Hugo auf meinen Schoß. Ich wollte Abschied nehmen, und das nicht nur von ihm. Aus meiner Hemdtasche zog ich Karins zerknittertes Foto. Hugo half mit seiner Knackschere, es in hundert kleine Schnipsel zu zerreißen, die wir feierlich über dem Meer verstreuten so wie Asche bei einer Seebestattung.

Am Horizont segelte ein Schiff vorbei, aber das hieß gar nichts. Davon gab es viele, und es war höchst unwahrscheinlich, dass da draußen gerade Karin und ihr Hochseegondoliere vorbeischipperten.

Ich zögerte den Moment hinaus, Hugo freizulassen, und er schien es auch nicht besonders eilig zu haben. Die Sonne stand schon tief und sank noch tiefer, während wir dort saßen und den Wellenkämmen beim Auf-und-ab-Wippen zusahen. Als es dunkel wurde, erinnerte ich mich an die Nacht in der Gruft auf dem Pariser Friedhof. In der Grabkammer der Familie Homard. Allein. Jetzt hatte ich immerhin einen richtigen Hummer dabei, war aber genauso gefangen wie damals.

Das Meer hatte den Felsen mittlerweile völlig eingeschlossen. Es war also doch Flut gewesen, und es gab kein Zurück, ohne im eiskalten Wasser zu ertrinken. Aber ich hatte keine Eile, ich würde einfach hier oben auf Ebbe warten. Zusammen mit Hugo, und ich würde ihn freilassen, sobald ich trocken wieder an Land zurückkam. Das gab uns beiden noch ein bisschen Zeit, um uns voneinander zu verabschieden.

Und so schließt sich der Kreis. Ich sitze mit Hugo auf einem Felsen, und es ist alles erzählt. Die ganze Geschichte ist genau so passiert, und ich habe niemanden geschont. Nicht mich, nicht Karin und auch nicht Gerhard.

Es ist still, nur der Regen und die Wellen sind zu hören, die gegen den Felsen klatschen. Plötzlich ist da noch ein anderes Geräusch. Weil es schon dunkel ist, kann ich nicht sehen, was es ist. Dann doch. Eine Frau im Badeanzug nähert sich schwimmend dem Felsen und klettert auf meine kleine Felseninsel mitten im Meer.

Es ist Juliette.

Ohne ein Wort zu sagen, setzt sie sich neben mich und lehnt ihren Kopf an meine Schulter. Meine Jacke wird nass, aber seltsamerweise stört mich das gar nicht. Ganz im Gegenteil. Ich bin froh, dass sie da ist.

Ich: »Wie hast du mich gefunden?«

Sie: »Mein Nichte ist Rettungsschwimmerin am Strand. Die 'at dich gesehen und wollte dich schon retten. Aber ich 'abe gesagt, das ist Pillepalle. Das mach ich selbst.«

Ich: »Warum?«

Sie: »Du bist echt so eine 'eiopei, wenn du nicht weißt, warum.«

Sie schmiegt sich an mich, und ich werde noch nasser.

Sie: »Mir ist kalt, kannst du legen deine Arm um mich?«

Ich tue, was sie von mir verlangt.

Ich: »Du bist doch von hier, ich dachte, euch wird nie kalt.«

Sie: »Kennst du den Witz von dem Pinguin?«

Ich: »Nein.«

Sie: »Sagt Kinderpinguin zu Maman: War Oppa auch schon Pinguin? Sagt Maman: Oui. Fragt Pinguinkind: Und Oppa von Oppa auch? Sagt Maman: Bien sur. Fragt Pinguinkind: Und Oppa von Oppa von Oppa auch? Sagt Maman: Naturellement. Sagt Pinguinkind: Mir ist trotzdem kalt.«

Ich muss lachen, auch wenn ich den Witz schon kannte. Juliette lacht auch. Wir lachen beide.

Juliette spielt ebenfalls drei Ligen über mir, wenn nicht vier. Aber es macht ihr nichts aus. Und mir auch nicht. Ich war ein blinder 'eiopei, aber jetzt kann ich sehen. Sogar in der Dunkelheit hier auf dem Felsen im Meer. Zusammen schauen wir über die Wellen hinüber zu dem Leuchtturm, der nur für uns kurz, lang, kurz, kurz, Pause, kurz, kurz, Pause, kurz, Pause, lang, kurz, kurz, kurz, Pause, kurz blinkt.

Und plötzlich ist alles ganz einfach. Ich schnappe mir Hugo und gehe mit ihm an die Stelle, wo das Meer auf die Felsen trifft. Juliette steht neben mir. Wir beide streicheln sanft über seinen Panzer, dann setze ich ihn vorsichtig im Wasser ab. Er paddelt ein wenig herum, dreht sich noch mal zu mir um und – ich schwöre – winkt mir mit seiner Greifschere zu.

Dann ist er verschwunden.

Sie: »Bedröppelt?«

Ich: »Was?«

Sie: »Sagt man nicht so, wenn jemand traurig?«

Ich: »In Bochum schon.«

Sie: »Und? Bist du bedröppelt?«

Ich: »Ja.«

Sie: »Musst du nicht.«

Ich: »Ich werde ihn vermissen.«

Sie: »Wie Karin?«

Ich: »Schlimmer. Viel schlimmer.«

Sie: »Du kommst drüber weg. Über beide. Ich 'elfe dir, du 'eiopei.«

Und dann küsst sie mich. Ihr Kuss schmeckt nach Salz und Meer und ein wenig Grünalge im Abgang. Fast wie Austern.

Nur besser, viel besser, und das Allerbeste ist: Ich bin kein bisschen allergisch dagegen.

25

Das ist jetzt auch schon wieder zwei Jahre her. Juliette arbeitet nicht mehr im Office du Tourisme. Wir haben Jacques' Bar gekauft und darin das erste bretonische Pfannkuchenhaus eröffnet. Marktlücke, absolute Marktlücke. Das nötige Startkapital hat Gerhard beigesteuert, der jedes Jahr mindestens einmal vorbeischaut. Ohne die Kinder. Die fahren lieber mit Karin in die Karibik, wo Jacques auf Réunion eine Strandbar betreibt und dort Cidre und Calvados anbietet. Das Letzte, was ich von Karin gehört habe, ist, dass sie ihren Hochseegondolieri schon im nächsten Hafen wieder verlassen und in Stuttgart eine Agentur gegründet hat. Dort bemüht sie sich, Schwäbinnen und Schwaben den berühmten französischen Schick beizubringen.

Vermutlich vergeblich.

Ich nehme ihr nicht übel, dass sie damals einfach so gegangen ist und mich meinem Schicksal über der Kloschlüssel überlassen hat.

Im Gegenteil, ich bin ihr dankbar.

Ohne sie wäre ich nie in die Bretagne gefahren und hätte Juliette nicht getroffen.

Manchmal erzählt Juliette ihrer Familie, wie sie Karin damals zu dem langen Umweg durch den Traouïero-Wald überredet und ihr noch zwei schwere Bildbände mitgegeben hat. Weil sie genau wusste, dass ich anbieten würde, den Rucksack zu tragen. Und wie sie Karin für unser Rendezvous die falsche Hausnummer genannt hat, das erzählt sie auch gerne. Dann beömmeln sich alle, wie man im Ruhrgebiet sagen würde. Zumindest ihre weiblichen Verwandten, während die männlichen mir mitleidig auf die Schulter klopfen. Ich bin meiner kleinen Bécassine nicht böse: Im Krieg und in der Liebe ist alles erlaubt. Nur wandern tue ich nur noch selten. Eigentlich nie. Dafür habe ich keine Zeit, denn mittlerweile besitzen wir fünfzehn Pfannkuchenhäuser, verteilt über die ganze Bretagne. Alle sind eingerichtet wie ein schickes Zugrestaurant aus den Zwanzigerjahren des letzten Jahrhunderts. Schöner als jedes ICE-, Thalys- oder TGV-Bordbistro, und das Angebot ist auch besser.

Das war mein Wunsch, und den Gästen gefällt es. Wenn wir unsere Filialen besuchen, nehmen wir ein Taxi. Auch wenn Juliette sich beschwert, dass das zu teuer ist. Aber wir können uns das leisten, und außerdem macht uns Gerard, ihr Cousin, einen guten Preis. So reicht es sogar für eine großzügige Unterstützung meiner Mutter, meiner Schwester und meiner Nichte samt ihrem veganen Nachwuchs in Berlin.

Deswegen stören mich auch die Plakate von Regarde Beaucoup nicht. Die hängen in Trégastel an jeder Ecke und nicht nur dort. Sogar in den Lokalzeitungen mit den großen Bildern der neu eröffneten Kreisverkehre lässt Schneider Anzeigen schalten.

Manchmal gehe ich bei Flut an den Strand. Dann stelle ich mir vor, wie Hugo eines Tages angekrabbelt kommt, um mich zu begrüßen. Voller Freude, weil er mich wiedererkennt. Im Internet habe ich ein Video gesehen, in dem eine Frau nach Jahren eine ausgewachsene Löwin wiedertrifft, die sie als Junges aufgezogen hat. Die riesige Raubkatze springt ihr glücklich entgegen, legt ihre großen Tatzen auf die schmalen Schultern der Frau und schleckt ihr mit ihrer rauen Zunge quer übers Gesicht.

Genauso wird das bei uns auch sein, nur ohne das Abschlecken. Hugo wird seinen Kopf mit den schwarzen Knopfaugen aus dem Wasser strecken und mich mit seiner Knackschere kneifen.

Ganz sanft, so wie er es immer getan hat.

Irgendwann wird das geschehen.

Hier am Strand von Trégastel.

Und es wird regnen.

Das weiß ich genau.

Frankreichs charmanteste Loser ermitteln wieder!

Kommissarin Anne Capetan hat ein Team, das sonst keiner haben will: Trinker, Spieler, Spinner. Viel traut man ihnen nicht zu, schon gar nicht die Aufklärung von Verbrechen. Doch wer die Truppe unterschätzt, der irrt. Das zeigt sich, als ihnen ein Mordfall übertragen wird: Das Opfer ein hohes Tier bei der Polizei – und Annes Ex-Schwiegervater. Wie soll sie das ihrem Verflossenen beibringen, mit dem sie nie wieder ein Wort wechseln wollte? Und warum legt ihnen die Führungsriege nur Steine in den Weg? Doch Annes Kollegen haben nicht nur einen Knall, sondern auch unkonventionelle Ermittlungsmethoden …

Jetzt reinlesen auf www.penguin-verlag.de

Günther,
pack die Badehose ein!

Die Schmidts sind im Ruhestand – und nun packt sie
das Fernweh. Doch ihre Vorstellungen, wie ein perfekter
Urlaub aussieht, gehen komplett auseinander. Während
Günther von einem Campingurlaub träumt, will sich Rosa
an Bord eines Kreuzfahrtschiffes verwöhnen lassen. Beide
beharren auf ihrem lang ersehnten Traumurlaub – bis
Tochter Julia die rettende Idee hat und eine Urlaubswette
vorschlägt: Erst geht's im Wohnmobil an den Gardasee,
danach mit der Queen Mary auf Kreuzfahrt. Und am Ende
entscheiden sie, auf welcher Reise sie mehr Spaß hatten.
Dosenravioli treffen auf Galadinner. Auf ins Abenteuer!

Jetzt reinlesen auf www.penguin-verlag.de

Eine Busreise zum Verlieben!

Zu ihrem vierzigsten Geburtstag bekommt Janne von ihren Freundinnen eine Busreise nach Schottland geschenkt. Der absolute Albtraum! Denn obwohl Janne Schottland liebt, findet sie, dass eine Busreise höchstens etwas für Senioren und Langweiler ist. Und spätestens als sie eingeklemmt zwischen dem überkorrekten Reiseleiter und lauthals singenden *Outlander*-Fans sitzt, ist sie sich sicher: NIE WIEDER Busreise! Doch dann schaut Janne beim Whisky-Tasting etwas zu tief ins Glas und landet prompt im falschen Bus: neben dem unglaublich netten Schotten Alex. Und plötzlich findet Janne Busfahren gar nicht mehr so furchtbar …

 **PENGUIN** VERLAG